Juhász Klaudia

Ne ítélj el!

Sötét titkok

novum ▚ pocket

© 2023 novum publishing

ISBN 978-3-903468-22-1
Borítókép:
Konradbak | Dreamstime.com
Borító, tördelés & nyomda: novum
publishing

www.novumpublishing.hu

1. fejezet

A történetünk Lorenzo Damianival kezdődik, 1983-ban. Egy gazdag, ismert családból származó olasz vállalkozó férfiról beszélünk, aki alig 25 évesen elmondhatta, hogy mindent, amit csak lehetett, megszerzett. Pénzt, hatalmat, vagyont, nőket. Lorenzo egész Messinában nagy nőcsábász hírében állt. Kapós fiatal férfi volt a nők körében, a vagyona és külseje miatt is egyaránt. Sok nő szerette volna magáénak tudni a szívét, de ő nem vette komolyan a nőket. Számára csak játékszerek voltak, amelyeket kénye-kedve szerint használhatott. Lorenzo édesapja fiatalon meghalt, így örökölte meg az édesapja vállalkozását.

A borászatot hamar megtanulta irányítani, pedig nem egy egyszerű pincészet volt, amit örökölt, hanem egy nívós, több generációs családi vállalkozás, ami Európa-szerte ismert volt a borairól. Amíg élt az édesapja, akkor is már jól ment a borászat és tehetős lett a családjuk, azonban onnantól kezdve, hogy Lorenzo vette át, az üzlet csak még inkább felvirágzott. A plusz bevételből pedig nem félt kockáztatni, és újabb és újabb dolgokba fektetni a pénzét. Ez bizony kockázatos lépés volt részéről, de aki mer, az nyer, ahogy tartja a mondás. Most sem volt másképp...

Az, hogy a szerencsének vagy Lorenzo kiváló üzleti érzékének volt köszönhető a siker, ezt senki nem tudná megmondani... Először egy szállodát építtetett, aztán kaszinót kezdett üzemeltetni a szállodában és azon kívül is. Lorenzo szinte napról napra gazdagabb lett, de ez sem volt elég neki. Egyre jobban belefolyt az illegális ügyletekbe. Az első a fűvel volt. A Columbiából olcsón beszerzett kábítószert a kaszinókban kezdték árulni az emberei, majd jöttek sorra a keményebb drogok is, mint a kokain és társai. Ebből szintén jócskán megszedte magát Lorenzo, de még mindig nem volt elégedett. A fejébe vette, hogy ő lesz Szicíliában a maffia feje. Ehhez persze jó úton haladt, de persze nem ment olyan könnyen, mint azt ő gondolta. Az akkori maffiavezérnek, don Francesco Grittinek már szemet szúrt egyébként is az ifjú Lorenzo terjeszkedése. Tervezte, hogy leszámol vele, hiszen két dudás egy csárdában nem férhet meg. Lorenzo kis híján rá is fázott erre a hatalmi átvételi tervre, de az utolsó pillanatban, mielőtt don Francesco és az emberei lecsaptak volna Lorenzóra, az ifjú egy közeli ismerőse megneszelte, mire készül a don, és mielőbb Lorenzohoz sietett a hírrel, így végül ő került ki győztesen a vérfürdőből. Onnantól kezdve Lorenzo lett a szicíliai maffia főnöke. Alig 25 évesen már minden létező hatalmat megszerzett magának. Az üzlet azonban eldurvult. Már nem csak drogokat terjesztett, hanem emberekkel is kereskedett. Főként nőkkel, akiket prostituáltként vagy ő futtatott, vagy eladta őket más maffiavezéreknek. Lorenzo halálosan veszélyes emberré vált rövid idő alatt, aki nem ismerte a *nem*et még hírből sem.

A történet másik kulcsszereplője egy Anna Guerra nevű fiatal, csinos nő, akit Messinában pillantott meg Lorenzo, miközben a szokásos ügyleteit intézte. Anna a rokonaihoz érkezett Messinába, abban a reményben, hogy a frissen végzett turisztikai diplomájával könnyebben tud munkát vállalni. Ő egyébként Ferrarából származott. Az édesanyja olasz, az édesapja pedig spanyol származású volt. Anna bácsikájának, Alberto Guerrának volt egy tengerpart melletti kis bisztrója. Ugyan nem egy szállodai munka, amit a lány szeretett volna, de kezdetnek, gondolta, jó lesz az is, amíg nem szerez annyi pénzt, hogy egy saját kis albérletben éljen és a maga ura legyen. A lány nem sokkal érkezése után felszolgálói munkát kapott Albertótól. A helyi kis bisztrónak tengerre nyíló terasza volt, kovácsoltvas korlátja, régi, kis faasztalokkal, amiken piros-fehér kockás terítők voltak. A hely adottságai miatt szinte minden este teltház volt náluk. Jól ismert és közkedvelt hely volt Messinában. Egy este Lorenzo emberei betértek a Mare nevezetű bisztróba, ahol ettek, ittak – mondhatnánk, intézték a saját üzleti ügyeiket. Lorenzo ismét látta a mutatós fiatal nőt, akiről az égvilágon semmit sem tudott, de nagyon megtetszett neki, és amikor lehetősége volt rá, jó alaposan megnézte magának a csinos lányt. Lorenzo és az emberei elmentek a dolguk végeztével. Anna egész későn, talán hajnali fél 1 körül végzett a bisztróban. Amikor haza indult, észrevette, hogy régóta lassan halad egy autó mögötte. Anna gyorsabban kezdett el sétálni, mire az autó is gyorsabban haladt utána. Megállt. Hátranézett, látta, hogy egy férfi kiszáll egy fekete Mercedesből. Ez az ember nem más volt, mint Lorenzo, aki beszélgetni próbált az ijedt lánnyal, de az cseppet sem volt vevő rá. Anna próbált szabadulni a fiatal férfi társaságából, de nem tudott. Lorenzo, nem kerülgetve a forró kását, hirtelen előállt egy szemérmetlen ajánlattal, ami nem más volt, minthogy töltse vele az éjszakát, és kap egy tetemes összeget tőle. Anna megszeppent az ajánlattól, hiszen ki számítana hajnalban egy ilyen esetre, hogy valaki követi, majd ajánlatot tesz neki. A lány határozottan visszautasította az ajánlatot. Lorenzo hagyta elmenni őt. Másnap Anna szintén dolgozott, és az étteremben ismét látta azt a férfit, aki tegnap követte őt. Ő nem tudta, kicsoda, hiszen nem ott élt egészen mostanáig. Aznap este, mikor a lány hazaindult, ismét követte a fekete Mercedes. Lorenzo ismét tett neki egy ajánlatot, ami még nagyobb összeg volt, mint az előző esti. Anna elgondolkodott egy pillanatig. Habozott a válasszal, de újra nemet mondott a jóképű idegennek. A férfit ugyan vonzónak találta, de az ajánlat elfogadását nem érezte helyénvalónak. Ő mégsem egy könnyűvérű prostituált. Anna kérte a férfit, hogy hagyja őt, és ne zaklassa ilyen ajánlatokkal. Lorenzo végül is elengedte a lányt újfent, de zárásképpen hozzátette, hogy Lorenzo Damiani ajánlatát utasította vissza. Anna gondolkodás nélkül továbbállt, amikor a férfi engedett a szorításából. A haza vezető úton azonban már gyötörte a kíváncsiság, hogy miért mondhatta ezt neki az ismeretlen. Az látszódott, hogy jómódú, de nem értette, miért emelte ki, hogy kicsoda. Anna a következő napon-nagyon gondolkodóba esett az előző este történtek kapcsán. A bácsikája kérdezte tőle, hogy történt-e valami vele. Anna annyit kérdezett, hogy tudja-e, ki az a Lorenzo Damiani. A bácsikája óva intette és annyit mondott, hogy vigyázzon, és tartsa távol magad tőle. Lorenzo aznap este, amikor Anna már végzett a munkában, ott várta a nőt az étterem bejárata előtt. Amikor Anna kilépett, akkor a Mercedes hátsó ablaka lassan lehúzódott, és egy már ismerősen csengő hang annyit mondott a kocsiból, hogy szálljon be. A lány persze vonakodott és el akart futni, de hiába próbálta, nem tudott, mert Lorenzo emberei karon ragadták és betuszkolták az autóba.

Anna a rövid autóút alatt kimondottan félt, szinte reszketett, mint a kocsonya. Pár perc után azonban

Lorenzo házánál megállt a kocsi, amit Anna nem tudott, fogalma sem volt arról, hogy hova keveredett. Innen már nem volt menekvés számára. Mielőtt kiszálltak volna a kocsiból, Lorenzo a mellette ülő nő combjához érintette a mutatóujját, amit lassan a szoknyája széléig húzott, miközben elmondta neki, hogy jobban járt volna, ha elfogadja a korábbi ajánlatát. Annát két fickó a karjánál fogva hurcolta. A nő sikítani próbált, de az egyik pasi bekötötte a száját és egy szobába hurcolta, ahol az ágytámlához kötözték. Lorenzónak már csak annyi dolga volt mindössze, hogy magáévá tegye a lányt. Amikor belépett az ajtón és az övét kezdte el kicsatolni és a nadrágját gombolta, akkor Anna már sírva fakadt. Lorenzo levette a szájáról a rongyot, amivel korábban bekötötte neki az egyik testőr. Anna könyörgött, hogy engedje el. Hasztalanul. Lorenzo annyit mondott neki hanyagul, hogy ha hagyja, akkor még élvezheti is.

A férfi odament az ágyhoz, Anna bugyiját félrehúzta, letolta a nadrágját, és ezzel a lendülettel már Annában is volt. Anna csak sírt; természetesen nem is akarta, és fájt is neki, mivel Lorenzo ezt az egészet a lehető legdurvábban tette, egy pillanatig sem volt finomnak nevezhető. Anna kiabált, sikoltozott, de persze aki halhatta volna, az meg nem ezzel foglalkozott. Egy idő után, miközben Lorenzo hevesen végezte dolgát, megunta a lány sikolyait és úgy döntött, kipeckeli a nő száját a ronggyal. Anna arcán szinte patakokban folytak a könnyek. Minden egyes pillanatban várta, hogy végezzen már a férfi, és engedje már szabadon. Egy csomó gondolat cikázott a fejében. Nem tudta, mi fog történni, ha végez is a férfi... vajon megöli vagy elengedi? Lorenzo a végén csak annyit ismételt el még egyszer:

9

– Na, látod, megkaptam, amit akartam. Ugye, hogy jobban jártál volna, ha elfogadod az ajánlatomat? Most lenne egy halom pénzed – nevetett fel Lorenzo.

Anna üveges tekintettel ült az ágyon. Amikor Lorenzo kivette a pecket a szájából, nem szólt semmit, csak meredten bámult a semmibe. Magához húzta lábait és remegett, egészen halkan sírt. Az aktust követően kis időre megjelent pár férfi, akik mondták Annának, hogy szedje össze magát, majd nem sokkal később visszavitték az étteremhez, ahol kirakták a kocsiból. Anna, mint egy zombi, olyan tekintettel, merengve sétált haza. Későn ért haza, a bácsikája pedig már várta. Amikor Anna belépett a házba, egyszer csak a sötétben fény gyúlt. Alberto felkapcsolta az egyik kislámpát a nappaliban. A fotelben ült karba tett kézzel, a lány pedig neki háttal. Alberto megkérdezte, hol járt ilyen sokáig, de Anna nem válaszolt: azt érezte, nem tudna megszólalni sem. Tudta, ha megszólal vagy megfordul, nem bír semmi olyat mondani anélkül, hogy arcán ne látszódjon, a hangján pedig ne hallatszódjon a korábban történtek hatása. Csak szótlanul felment a szobájába. Anna nem érezte jól magát, miközben levetkőzött és a zuhany felé indult. Érezte, hogy fáj az alhasa, és valami meleg folyik lassan a combján. A zuhany alatt állva látta, hogy vér csorog le a lábain. Sírva és remegve állt a vízsugarak alatt legalább 20 percig. Később megpróbált aludni, de nem jött álom a szemére. Csak sírt, és a korábban történtek forogtak a fejében, mint filmkockák, de végül álomba sírta magát. Másnap felkelni sem volt kedve, de tudta, hogy dolgozni kell mennie. Így hát erőt vett magán, és besétált az étterembe. Mindenkinek furcsa volt, hogy a nap mint nap üveges tekintettel, mélabúsan néz mindenkire, hiszen korábban mosolygós, vidám lány volt. Elejtett dolgokat, elfelejtett vagy összekevert rendeléseket. Így teltek el a napok és a hetek, és ahogy telt-múlt az idő, a férfi már nem zaklatta, csak ritkán látta az étteremben, de akkor is közönyösen viselkedett Annával, mintha mi sem történt volna. Anna próbálta elfelejteni azt az estét. Azonban mire elfelejthette volna, addigra eltelt 4 hét. Egyszerre csak azon gondolkodott egy nap, hogy már túl régóta nem volt menstruációja. Egyik reggel csinált egy tesztet, ami pozitív lett. Anna kétségbeesetten gondolkodott, hogy vajon terhes lehet-e. Nem szólt senkinek, az idő pedig csak telt. Nem tudta, mihez kezdjen. A reggeli rosszulléteit általában a nagynénje látta, és ez éppen elég volt, ahhoz, hogy elgondolkodjon Anna állapotán. Nagyjából pár ilyen rosszulléttel később a nagynéni rákérdezett, hogy terhes-e. Anna meglepettnek tűnt, de nem szólt semmit sem, csak bólintott és elsírta magát.

Angela, a nagynéni odament hozzá és megölelte, s megkérdezte tőle, hogy mi történt. Anna annyit mondott neki: „Lorenzo Damiani". Angela elszörnyedt, és tudta, hogy ez nem jelent semmi jót. A lány ekkor már körülbelül 8 hetes terhes lehetett. Még nem látszott külső szemmel az állapota, de abban megegyeztek, hogy a férfi nem tudhatja meg. Itt viszont, Messinában, semmi sem történhetett az ő tudta nélkül. A férfi apja jószívű ember volt, akinek hatalmas, több száz hektáros borászata volt. Korán elhunyt rákban, amikor fia még csak alig 20 éves volt. Az édesanyja volt, aki megpróbálta jó útra terelgetni az ifjút, több-kevesebb sikerrel. Lorenzo próbálta tisztára mosni a kétes ügyletekből származó pénzt azzal, hogy, rövid időn belül még egy szállodát épített, így próbálta elkerülni, hogy bárkinek is szemet szúrjon a vagyona. Természetesen elkerülhetetlen lett, hogy sok befolyásos és gazdag ember megforduljon Lorenzo valamelyik szállodájában, és ezt persze Lorenzo kis is használta mindig. Akivel ugyanis érdemes volt üzletet kötni, azzal ő biztosan rövid időn belül olyan viszonyba került, hogy így vagy úgy, de lett belőle pénze. Aki fontos ember volt és Szicíliában járt, majdnem biztos, hogy az ő egyik szállodájában szállt meg, és biztosan megfordult valamelyik kaszinóban is. Lorenzo nagy kártyás volt, akiről úgy tartották, szinte nem lehet pókerben legyőzni. Ez persze minden tehetős férfinak egy kvázi kihívást jelentett. Ezeknek a pókerezős esteknek köszönhette többek között a befolyásosságát és a vagyona jelentős gyarapodását. Na persze nem a pókeren elnyert aprópénzre kell gondolni, hanem a kifizetődő kapcsolatokat, az ebből adódó zsíros üzleteket.

Egy keddi napon Lorenzo ismét betért a Mare-ba. Szokásosan a fiatal, csinos Anna volt a pincér. A lány, amikor meglátta Lorenzót, remegni kezdett, és nem akart kimenni, hogy felvegye a rendelést, de tudta, hogy muszáj. Angela néni nem állhatta meg, hogy ne mesélje el a történteket a férjének, így Alberto tudta, mi történt Annával. Bár tudta, hogy nem jó ujjat húzni Damianival, mégis, mikor meglátta Lorenzót az étteremben, akkor elfutotta a méreg és csak arra tudott gondolni, hogy legszívesebben megölné. Messinában, mint azt említettem, nem volt kérdéses a férfi hatalma, de azzal együtt az is köztudott volt, hogy már az illegális ügyleteket sem veti meg, ám abban a pillanatban ez nem érdekelte Albertót. Kirohant a konyhából kezében egy nagy késsel, és odasietett Lorenzo asztalához. Az emberei felpattantak, és mielőtt még hozzáérhetett volna, feltartóztatták.

– Engedjétek, hadd jöjjön. Mi a probléma, öreg barátom?

– Ne merj így hívni, hisz' teljesen egyértelmű, hogy nem voltunk soha barátok. Mit tettél Annával?! Hogy volt merszed ezt tenni vele?! – kérdezte dühösen Alberto, miközben a nagykést az asztalba vágta, egyenesen Lorenzo elé.

– Nem értelek, Alberto. Nyugodj meg, és mondd, mi történt.

Habár sejtette, mit akarhat Alberto, mégis azt gondolta, hogy biztosan nem tudja, mi történt azon az estén, amikor elrabolták Annát.

– Szégyentelen, pontosan tudod, mire gondolok. Anna terhes lett tőled!

A meglepődés valósan kiült Lorenzo arcára. Azt gondolta, ez valami tréfa lehet csak. Mígnem Alberto kihívta Annát az étkezőrészbe. Tudták, hogy nem jó, ha Lorenzo megtudja Anna állapotát, Alberto mégsem tudta türtőztetni magát. Lorenzo hívatta Annát. A lány vonakodva, de kénytelen volt menni. Lorenzo felállt, és levette a kötényt Annáról. Anna ekkora már több mint 5 hónapos terhes volt, és már valamelyest látszódott a kerekedő hasa. Attól a pillanattól kezdve Lorenzo eldöntötte, hogy Anna az ő felügyelete alatt, a házában fog élni.

– Elég ebből, Alberto! Vigyázz a szádra! Kedvellek, de ne feszítsd túl a húrt! Anna velünk fog jönni.

Alberto felpaprikázta magát és neki akart menni Lorenzónak –bár ekkor már nem volt nála a kés –, mire a férfi emberei elővették a pisztolyaikat és hátralökték Albertót, aki a földre esett. Alberto felesége kirohant a konyhából a lármát hallva, mire ráfogták a fegyvert.

– Alberto, higgadj le! Nem szívesen bántanék senkit, de te is tudod, hogy megteszem, ha kell. Anna, gyerünk! – nyúlt a lány karjáért, mire az megpróbálta elhúzni.

– Bácsikám, kérlek, ne engedd, hogy elvigyen! – mondta a lány könnybe lábadt szemekkel, miközben a földön fekvő bácsikájára nézett. – Nem akarok veled menni, Lorenzo, és ezt nem teheted velem! Bácsikám, hívjátok a rendőrséget, kérlek!

– Rendőrséget? Anna, ne nevettess, kérlek! Azt teszek, amit akarok, és jobban jársz, ha jössz magadtól. Feltételezem, nem szeretnéd, ha a bácsikád megsérülne...

Albertónak egyértelmű volt, hogy hiába is hívná őket, hiszen szinte mindenki Lorenzo zsebében volt. Anna már tudta a korábbiak alapján, hogy valóban jobban jár, ha vele megy. Így hát a fenyegetés hatására Lorenzóval ment el az étteremből. Anna mélyen megvetette a férfit azért, amit vele tett, de tudta, hogy ez a lehető legjobb megoldás abban az adott szituációban, hiszen féltette a rokonait a férfitól. Beszállt a fekete Mercedesbe, és onnantól kezdve nem tudta, hogy mire számítson. Korábban sokat nem látott az épületből, de a férfi háza olyan volt, mint egy kis kastély. Szép, nagy belmagasságú előtér, stukkókkal díszített termek, szobák antik bútorokkal. Hatalmas virágos, pálmafás kert.

Anna korábban még nem látott ehhez foghatót. A lány ámult a luxustól és a pompától, ami ott volt, de igazán nem érdekelte sokáig, mivel megint elrabolták. Lorenzo a saját természetéhez képest megpróbált viszonylag kedves lenni a nőhöz. Soha nem volt és lett szerelmes Annába, de tudta, hogy innentől kezdve gondoskodnia kell róla, hiszen az ő gyerekét várja. Anna, mikor megérkeztek Lorenzo házához, félve kérdezte, mit fog most vele tenni. Lorenzo annyit felelt: ne aggódjon, a saját vérét hordja a szíve alatt, és nem esik bántódása, amíg nem jön a világra a gyermek. Lorenzo hírnevének ártott volna, ha kiderül ez az eset, így megpróbálta teljesen távol tartani mindenkitől a lányt. Anna félt; úgy értelmezte, ha megszül, többé nincs rá szükség, ezért azon kezdett gondolkodni, hogyan tudná megvédeni magát. Anna az első perctől kezdve nem volt hajlandó enni. Étvágya sem volt, hiszen idegesítette a gondolat, hogy mi lesz vele a szülést követően. Első este még nem foglalkoztak ezzel a ténnyel. Másnap reggel, mikor felébredt egy hatalmas szobában, reggeli várta a teraszon. Ő kiment, ránézett az ételre, de nem evett semmit. Kérte, hogy vigyék el az ételt. Lorenzo kiadta 3-4 embernek a személyzet tagjai közül, hogy felügyeljék Annát, és lessék a kívánságait a nap 24 órájában. Így tudta meg azt is, hogy Anna már 2-3 napja szinte semmit sem evett. Lorenzo dühödten rohant be a szobájába, és számon kérte a lányt.

– Miért nem eszel? A gyerekemnek ártasz ezzel!

– Nem kívánok semmit sem – mondta egészen halkan, szinte alig hallható hangon.

– Enni fogsz! Az én gyerekem életével nem játszhatsz! Most még szépen kérlek, hogy egyél valamit. Ne feledd, hogy tudok kérni is, de ha nem teszed, amit kérek, annak csak rossz vége lehet.

– Miért, mit tudsz még tenni velem? Megtömsz, mint egy kacsát, ha nem eszem?

– Szerintem te még mindig nem fogtad fel, hogy kivel beszélsz. Ugye nem szeretnéd, hogy a családodnak Ferrarában baja essen?

Két ujjával a kezeibe fogta a lány állkapcsát, miközben az rémülten csak lefelé nézett, maga elé.

– Akkor fogadj szót és egyél rendesen!

Lorenzo felállt és elviharzott, becsapva az ajtót maga mögött. Anna már lassan egy hete volt nála, amikor egyszerre csak rosszul lett és elájult. A személyzet egy tagja vette észre, hogy a teraszon fekszik ájultan. Azonnal hívtak egy orvost, de a lány csak később tért észhez. Infúziót kötöttek be neki, hogy jobban legyen. Mivel napok óta nem evett, teljesen legyengült. Pár órával később magához tért. Ekkor belépett Lorenzo.

– Ilyet többet ne merj tenni, különben megetetnek kényszerrel!

– Neked mindenre van egy embered?

– Ne szemtelenkedj! Csak azért vagy itt, mert a gyermeket várod. Máskülönben végeztünk volna már egymással egy életre, de így most gondodat kell viselnem, hiszen a gyerek a szíved alatt az enyém is, ezt te is tudod pontosan nagyon jól. Hozzám tartozik, és velem is fog maradni.

Az orvos megvizsgálta, és mindent rendben talált. Pihenésre volt szüksége, és arra, hogy ne idegeskedjen. Lorenzo megértette, próbált kedvesebb lenni, és később kérte Annát, hogy egyen valamit. Egészen eddig az esetig nem engedte ki a házból még az udvarra sem, de ezek után megengedte, hogy naponta sétálhasson egyet a birtokom, de csak felügyelettel. Lorenzo édesanyja szinte mit sem tudott erről az egészről. Ő csak annyit látott, hogy van egy lány a házukban, aki terhes, és feltételezhetően Lorenzo gyermekét várja. Nem igazán szólt bele a fia dolgaiba, de persze volt pár alkalom, amikor érdeklődve kérdezte a fiát a lányról, aki a házukban tartózkodott. Erre egyébként nagyjából nem sok eredménnyel kapott választ. Sem arra, hogy mit tervez a lánnyal, feleségül veszi-e, vagy csak azért van velük a házban, mert így alakult.

Anna már több mint 5 hete volt Lorenzónál, mikor egy délutáni séta alkalmával éles fájdalmat érzett az alhasánál. A kísérője, Claudia, gyorsan beszaladt a házba, hogy orvost hívjon a lányhoz. Anna hasa mostanra már egész nagy volt, nagyjából 2,5-3 hónapja lehetett a szülésig, de ezt nem tudták pontosan megállapítani az orvosok sem. Anna egyre jobban félt, és ez okozta a rosszullétit is. Az orvos megvizsgálta és pihenést javasolt neki, valamint, hogy ne erőltesse magát és minél többet feküdjön, mert különben előbb fog szülni. Ezt Anna sem akarta, hiszen félt Lorenzótól, hogy mit tesz vele, ha már megszült. Anna rettegett attól a naptól, mikor beindul a szülés, ezért azon gondolkodott nap mint nap, hogyan tudna megszökni a férfi birtokáról. Anna a rosszullétét követően 2 hétig szinte csak pihent és alig állt lábra, de tudta, hogy ha el akar szökni, akkor lassan itt az ideje. Lorenzo napi egyszer meglátogatta és az állapotáról kérdezett, illetve napi egyszeri sétát engedélyezett neki az orvos, ami nem lehet negyedóránál több. Tudta, hogy csak ez alatt a séta alatt szökhet meg valahogyan, de mindig volt vele kísérő, ezért ki kellett találnia, hogyan szabadulhat meg tőle arra az időre, amíg elszökik. Anna gyakran a hátsó kiskapu környéke felé sétált a kísérőjével. Ez egyébként a személyzeti bejáró volt; ez a bejárat esett a legközelebb ugyanis a konyhához, és ez az út egy mellékútba csatlakozott be, ami csak körülbelül egy km után futott bele egy főútvonalba. Anna tudta, hogy kizárólag erre szökhet.

Egy februári reggelen kigondolta, hogyan fog megszökni. Claudiával, mint mindig, délután kettő körül sétálni indultak a kertben. Anna azon a napon a séta alkalmával egyszerre csak elájult a medence környékén. Legalábbis ezt szimulálta. Claudia berohant a házba, hogy orvost hívjon, de addig a lány egyedül maradt. Most jó alkalom kínálkozott, hogy megszökhessen a birtokról, azonban tudta, hogy annyi ideje van csak elmenni, amíg Claudia az orvosért megy. Amint a nő bement a házba, ő felállt és a hátsó kijárathoz igyekezett. Semmi nem volt nála, csak az iratai és egy kevés pénz, amit még az elrablása napján rejtett el magánál. Amikor kiért a főútra, ott leintett egy taxit, de amikor beszállt, akkor hirtelen nagy fájdalmat érzett. Ő azt akarta, hogy a taxis vigye el Taormináig. Nem gondolta át, de abban biztos volt, hogy Messinában nem maradhat, és nem mehet a rokonaihoz, mert egyből ott keresnék. Nem tudta még, mihez kezd vagy mit tesz, de tudta, hogy el kell mennie Lorenzótól minél messzebb.

A Taorminába vezető úton egyre gyakoribbak lettek a fájások, és egyre erősebbek. A taxis sejtette, hogy a lánynál megindult a szülés, ezért egy kórházhoz vitte Annát. Eközben Claudia már égre-földre keresni kezdte Annát, de sehol nem találta. Nem tudta, mitévő legyen, hát szólt Lorenzo egyik emberének, hogy azonnal értesítsék: eltűnt a lány.

Anna ekkor már vajúdott, de nem akart tágulni, és a baba sem fordult be fejjel a szülőcsatornába, így pár órával később császármetszést hajtottak végre rajta. A műtét alkalmával kiderült, hogy a fiatal nő ikrek édesanyja lett. Anna nagyon kimerült volt, és egy komplikáció is fellépett: vérömleny alakult ki nála, illetve még korábban felsérthették a méhfalát, mert a vérzés sehogy sem akart elállni... Őt már nem tudták megmenteni az orvosok, de még mielőtt ez bekövetkezett volna, a nővérek megkérdezték a félájult fiatal nőt, hogy ki a gyerek apja. Anna annyit felelt, hogy „nincs már apjuk, mert meghalt". Anna utolsó gondolata az volt, hogy valószínűleg a gyerekeinek egy árvaházban is jobb sorsuk lesz, mint egy ilyen szörnyeteggel.

Eközben Lorenzo mindenfelé kerestette Annát. Tudták, hogy nem lehet túlságosan messze, hiszen terhesen és pénz nélkül mégsem szökhetett a világ végére. Ennek ellenére nem találták a nőt. Eltelt pár nap, de se híre, se hamva. Anna haláláról értesítették a családját, de ők természetesen hallgattak erről. Lorenzo náluk is kereste Annát, még Ferrarában is. Nem lelte. Anna családja nem tudta, hogy a babák túlélték vagy vele haltak, így árvaházba kerültek a gyerekek, és mivel a lány azt mondta, nem volt apjuk és nincs más élő rokona, ezért nem nyomoztattak a rendőrséggel, hogy valójában van-e élő rokon, akinél elhelyeztethetik az apróságokat...

Egy fiú- és egy lánygyermeknek adott életet Anna. Lorenzo kerestette Annát továbbra is, mivel nem tudta, hogy mi van vele vagy a gyermekével, azonban azt nem tudta, hogy iker csecsemők lettek. A gyerekek árvaházba kerültek rövid időn belül. A lányt talán egy hónap után örökbe fogadta egy család. Mindeközben Lorenzo minden szicíliai kórházat felhívott, és a befolyásának köszönhetően próbálta kinyomozni, hogy melyik kórházban kik szültek éppen. Mire kiderítette, hogy Anna hol szülhetett, addigra már a gyerekek árvaházban voltak. Mire Lorenzo elhozhatta volna őket, addigra már csak a kisfiút tudta örökbe fogadni az árvaházból. A lányát nem lelte, és nem adták ki az információt, hogy kihez került, hiszen törvényesen fogadták örökbe a kislányt. A fiát magához vette, és féltve nevelte az édesanyjával. Tommaso Damiani lett a kisfiú neve. Lorenzo, bár igyekezett nem mutatni, tudva, hogy van egy lánya is, kétségbeesetten és összetörve igyekezett megtalálni másik gyermekét. Sokszor szinte nem is önmaga volt. Már nem érdekelték a kalandok és a hóbortos élet. Valami, amit soha nem gondolt volna, megtörte. Lorenzo a maga módján próbált jó apa lenni, de mindent ő egymaga nem adhatott meg a fiának. Az édesanyja, Maria, persze próbált segíteni Lorenzónak a nevelésben, de a gyermek édesanyját ő sem pótolhatta. Lorenzo tudta, hogy ha csak a fiát nevelheti fel, mert a lányát nem találja, akkor a fiának igyekszik mindent biztosítani. Lorenzo sosem a kedvességéről és gyengédségéről volt híres, de most változott valamelyest ő maga is. Egy biztos volt: soha senki nem mesélhetett Tommasónak az édesanyja haláláról.

2. fejezet

A kisfiú gyakran kívánta a születésnapján és karácsonykor, hogy legyen ott az édesanyja, de ezt a kívánságot még a nagy Lorenzo Damiani sem teljesíthette. A fiú, ahogy cseperedett, úgy kérdezett többet és többet az édesanyjáról, de még egy fotó sem volt róla, amit Lorenzo mutathatott volna neki. Persze Tommaso az igazat sosem tudta meg, mindig csak annyit hallott az édesapjától, hogy ez olyan dolog, amiről nem szívesen beszél, és hogy az édesanyja balesetben hunyt el a születését követően nem sokkal. Soha nem tudta meg azt sem, hogy van egy húga, egy ikertestvére. Ezt az információt egyedül Lorenzo édesanyja, Maria ismerte, senki más rajtuk kívül. Tommaso ezzel a válasszal persze igazán sosem érte be, de mivel látta az apja fájdalmát, ezért egy idő után már nem faggatta.

Az apja sokat dolgozott, és a családi üzletre koncentrált, aminek a hatása az volt, hogy a kisfiú a nagymama szeretete ellenére egyfajta elhagyatottságot érzett, kirekesztettséget. Tommaso kisgyermekkorától hozzászokott egy elit élethez, amiben a luxus és pompa, fényűzés megadatott – persze ő ezt kisgyermekként még nem is foghatta fel igazán. Lorenzo a befolyásossága miatt sok eseményen vett részt vagy szervezett a szállodában, ahol az úgynevezett elit jelen volt. Ilyenkor alkalmanként a fiút is magával vitte egy-egy este, éppen ezért elvárta a tökéletességet Tommasótól minden téren: a tanulmányaiban a viselkedésében. Ám ha kitűnő volt, sem érezhette, hogy apja elégedett vele. Míg boldogan újságolt édesapjának egy jeles dolgozatot, vizsgát, ő – semmibe véve ezt – csak ült a dolgozószobájában. Jobb esetben felvonta a szemöldökét és annyit kérdezett, hogy „valóban?" Tommaso szörnyen unta az estélyeket, amiken részt kellett vennie az apja miatt. Különösen akkor vált ez számára kellemetlenné, amikor alig 8 évesen a nagymama hirtelen elhunyt. Tommaso ekkor még inkább azt érezte, hogy magányos, hiszen a nagyi volt, aki segített neki a tanulásban, aki elvitte az iskolába, vagy hazahozta, még ha nem is szó szerint. Lorenzo semmit sem bízott a véletlenre, és mindig testőrök voltak az édesanyjával vagy a fiával. Tommaso nagyjából 8-9 éves lehetett, mikor az édesapja megismerkedett egy olasz, jól szituált nővel az egyik ilyen estélyen. A nő szemmel láthatóan elbűvölte Lorenzót, akit korábban hidegen hagyott volna egy szép szempár. A korábbi tragédiák miatt azonban már ő maga is átértékelte a helyzetét, s rájött, hogy fiatalabb ő maga sem lesz már. Nem élheti az életét állandó keserűségben. Soha nem tett le igazán a lánya megtalálásáról, de kénytelen volt eltemetni magában a gondolatot, hiszen hiába kutatott éveken át. Lorenzo az édesanyja halála óta pedig először egy kicsit kezdte derűsnek érezni magát. A csinos, olasz nő gyakran megfordult a házukban. Tommaso kezdetben nem is értette a helyzetet igazán, de egy nap bement édesapja dolgozószobájába, leült az édesapjával szemben. Sóhajtott egy nagyot, mire Lorenzo félbehagyta a dolgát, felegyenesedett a fotelban, a két kezét összekulcsolva az asztalra tette, és a fiára nézett.

– Mit tehetek érted, Tommaso?

– Apa... Ez a nő az új anya?

A kisfiún látszott, hogy ideges, feszült.

– Új anyu? Nem, de fontos nekem ez a nő, akit Flaviának hívnak egyébként.

– Fontos?

Tommaso a fotelben ülve lefele nézett maga elé, miközben a kis kezein az ujjait tördelte, szorongatta.

– Igen, szeretném hamarosan feleségül venni őt, akkor velünk fog élni. Mit szólsz ehhez, fiam?

– Apa... – nézett fel apjára a kisfiú. – Én szeretném, ha az új anyuval boldog lennél, és nem lennél többet szomorú a szülinapomon. De ő fog engem szeretni? Te fogsz velem focizni még?

Lorenzo felállt a fotelből és odament a fiúhoz. Leguggolt elé, és jobb kezével lassan felemelte a fiú állát.

– Nézz rám, Tommaso! Te mindig mindennél fontosabb leszel apának, mert te vagy az én jövőm. Nem tudom, érted-e, mire mondom...

– Hogy ha nagy leszek, akkor én leszek, aki a főnök lesz?

– Mondjuk, hogy igen. Flavia miatt meg nem kell aggódnod, biztosan szeretni fog téged. Tehát elvehetem őt, megengeded apának?

Tommaso hirtelen apja nyakába ugrott, aki még mindig vele szemben guggolt.

– Igen, de csak akkor, ha nem fogod jobban szeretni, mint engem.

Flaviát alig pár hónappal később feleségül vette Lorenzó, aki bár tett egy ígéretet a fiának, mégis egyre többet hanyagolta Tomassót, aki nem értette, miért nem érdeklődik már az apja iránta. A nő, Flavia, egy szép, magas határozott teremtés volt, aki tisztában volt Lorenzo helyzetével, tudta, hogy nincs olyan, amit ő ne tehetett volna meg. Igazság szerint nem sok olyan nő volt Messinában vagy Szicíliában, aki ne lett volna tisztában Lorenzo hatalmával, befolyásával, de annál kevesebb, aki után igazán érdeklődött is Lorenzo. A szóbeszéd egyre gyakoribbá vált arról, hogy Lorenzo már illegális dolgokban vesz részt. Azt rebesgették, a kaszinóiban kokaint árultak az emberei, illetve terjesztették a kapcsolatain keresztül Szicília-szerte. A legdurvább pletyka szerint még az embercsempészet is ezen a listán volt. Noha félelmetes ember hírében állt, az ikrek születése után mégis valamelyest minimalizálta e tevékenységeket. A gyermek- (lány-) kereskedelmet már egyenesen megszüntette még akkor. Maffiózónak nevezhetnénk-e? Igen, tulajdonképpen nem sok dolog volt, amit nem tehetett volna meg. Az édesapja halálát követően egyre jobban kiépült a saját üzlete, és egyre inkább illegális lett ez napról napra. Flavia talán direktben akarta felkelteni Lorenzo érdeklődését. Mindenesetre alig pár hónapnyi ismeretség után Lorenzo elvette, és alig pár hónappal később már Lorenzo azt próbálta elmagyarázni Tommasónak, hogy lesz egy kistestvére. Ezt a hírt persze nem tudta hova tenni a kisfiú; valójában nem is igazán örült neki, de nem egészen egy évvel később Flavia szült Lorenzónak egy gyermeket. Egy kislányt. Lorenzo, mikor először a kezébe fogta az apró kis teremtést, egészen meghatódott. Kevés dolog volt, ami az ő kőszívét meghatotta, de ennek a kislánynak nagyon örült, mivel benne, úgy érezte, megtalálta az elveszett lányát, akit hiába kerestetett azóta is. Ahogy viszont megszületett Catarina, mintegy varázsütésre elfelejtette szinte a másik lányát. Ritkán eszébe jutott, hogy vajon hol lehet, hogy nézhet ki, ki neveli, és egyáltalán milyen a sorsa, de az idő múlásával egyre inkább feledésbe merült az elveszett kislánya.

Lorenzo megpróbált igazán jó apa lenni, de valahogy Tomassót mégsem tudta igazán úgy szeretni, ahogy kellett volna. Ezt éreztette is a fiúval, hiszen ahogy Flavia belépett apja életébe és megszületett a húga, ő került háttérbe. Ő ekkor már 10 éves volt. A kisiskolás Tommaso beleszületett egy luxuséletbe, természetes volt, hogy hozzák-viszik az iskolába. A fiú osztálytársai mindig is félve néztek rá, és ő nem értette, miért. Bár elitnek mondható iskolába járt, szinte kiközösítették, és ahogy nőtt, úgy az osztálytársai is egyre többször néztek rá másképp. Egyszer Tommaso megkérdezte, miért bánnak így vele, miért nem játszanak vele a társai. Egy fiú szólt hozzá, rendkívül mogorván:

– Az édesapád bánt mindenkit. Az én apukámat is bántotta. Miért játszanék veled?

– Ez hazugság... Az én apám soha senkit sem bántana.

Tommaso értetlenül állt az iskola folyosóján. A sírás kerülgette. Hiába volt éltanuló, az iskolatársai megvetették, az édesapja alig foglalkozott vele. A nevelőanyja, Flavia pedig kezdetben nem igazán fogadta el őt. Tommaso próbált közeledni a mostohaanyukájához, de Flaviának is új volt a helyzet. A nő nem akart második lenni. Amikor Tommaso egy nap sírva ült a kocsiba és nem szólt semmit sem az úton a sofőrhöz, akkor az aggódott egy kicsit a fiú miatt és elmesélte Lorenzónak, mi történt a hazafelé vezető úton. Lorenzo este bement Tommaso szobájába, és megkérdezte tőle, hogy mi a baj. Tommaso azt felelte:

– Miattad engem nem szeretnek az iskolában, apa.

Lorenzo értetlenül kérdezte, miért mond ilyeneket, mire a fiú elmesélte, hogyan bánnak vele az iskolában. Lorenzo akkor döntötte el, hogy a fia magántanuló lesz. Két okból; egy: hogy ne érhesse fizikális bántódás, kettő:

féltette, hogy a lelki fejlődésének árt a többi gyerek hozzá-
állása. Persze hogyan máshogyan állhattak volna hozzá,
mikor az édesapja közismert gengszter volt Szicíliában?
Mindenki félt tőle, aki hallott már róla. Tomasso nem
szeretett volna magántanuló lenni még így sem, de nem
volt választása. A napjait ezt követően az édesapja bir-
tokán töltötte magántanárokkal. Tomasso viszont nap-
ról napra szomorúbb lett. Egyik nap, mikor a medence
szélénél ült és pityergett, Flavia észrevette és odament
a fiúhoz. Meghatotta, hogy így látta Tomassót – nem
utálta ő, de nem is tudta még szeretni.

– Mi a baj, Tommaso?

– Nincsenek barátaim, sem anyukám, és apa sem sze-
ret már engem, mióta te és a hugi vagytok…

– Ne butáskodj, Tomasso! Édesapád nagyon szeret
téged. Szeretnéd, ha én lennék az anyukád?

– Anyu nem haragudna meg érte?

– Biztos vagyok benne, hogy nem haragudna egy per-
cig sem, és én szívesen vigyáznék rád helyette, mint egy
második anyuka, ha szeretnéd.

Flavia sem értette, de az volt az első pont, amikor
igazán közel érezte magához a fiút. Onnantól kezdve
Tomasso is boldogabb volt. Bár az apja mindig nagy elvá-
rásokat állított elé és úgy érezte, sosem lesz elég jó neki,
ő mégis mindig igyekezett, és ha néha el is keseredett,
legalább már volt egy ember, aki igazi szeretet biztosí-
tott neki. Igaz, Flaviának, miután megszülte Catherinát,
kevesebb ideje volt Tommasóra, de mindig igyekezett
vele is foglalkozni.

Lorenzo hatalma nőtt és nőtt az évek múlásával, ám
számos alkalommal volt olyan személy, aki a nemtetszését
fejezte ki neki Szicília-szerte. Volt, aki nagyobb sikerrel,

volt, aki kevésbé. Természetesen ő tudta, hogy meddig terjeszkedhet, és amíg ő a virágzó üzletét építette Szicíliában, addig egy férfi, aki egy konkurens maffiacsalád feje volt, egyre inkább nehezményezte ezt. Több alkalommal jelezte Lorenzónak, hogy ha nem hagyja abba a terjeszkedést, akkor problémák lesznek. Természetesen nem hagyta abba.

Egy májusi reggelen, mikor Lorenzo intézte a szokásos ügyeit és kiszállt az autóból az egyik boltnál egy pillanatra, hogy beszéljen az üzlet tulajdonosával, akkor lövés dördült el. Rálőttek. Lorenzo hirtelen összeesett. Mire az emberei észbe kaptak és kipattantak a kocsiból, hogy próbálják fedezni, addigra már lelőtték. Az emberei fegyvert rántottak és fürkészték, hogy honnan jöhetett a lövés, de már csak egy ezüstszínű kocsit láttak elhajtani. Lorenzo vérzett: vállon lőtték. Az emberei azonnal beültették a kocsiba és próbálták nyomás alatt tartani a sebet, hogy ne veszítsen sok vért. A sofőr szinte száguldva ment a kórház felé, de szerencsére semmi komoly nem lett ebből az esetből. Vállon lőtték meg, így pár hét után teljesen felépült, azonban ez az eset elegendő volt ahhoz, hogy elgondolkodjon, megér-e ez az egész hatalom és terjeszkedés ennyit, hogy esetleg ne láthassa a gyerekeit felnőni. Mi van, ha legközelebb meghal? Egy ideig fontolgatta, hogy felkutatja és végez azzal, aki rálőtt – persze pontosan tudta, hogy ki az, aki ezt meg merhette tenni vele –, de addigra ott volt, hogy van egy felesége és két gyermeke. Így végül a drogcsempészést és -árusítást is visszafogta. Tudta, hogy ha vele valami történik, akkor nincs, aki vigyázzon a családjára, és egyértelműen tudta, hogy ez egy figyelmeztetés volt számára. Tommaso, mikor megtudta, hogy édesapja kórházban van, sírva rohant apja ágyához.

– Apa, ne hagyj el te is! Ígérem, még jobb tanuló leszek, és jó fiú, csak ne hagyj el engem!

Flavia, látván ezt az esetet, szintén meghatódott a gyermek szavain. Azt érezte belőle, hogy ennek a fiúnak óriási szeretethiánya van. Természetesen pár héttel később már szinte el is feledkeztek erről az esetről. Lorenzo attól a naptól fogva tényleg igyekezett apja lenni Tommasónak is. Amikor valamit nem értett az iskolai anyagból, mindig próbált neki segíteni, és mindig érdeklődött, hogy milyen a napja. Gyakran iskola után teniszeztek egyet a családi birtokon, vagy kihajóztak családostól. A változás látványos volt. Természetesen ennek az egész család örült. Végre olyan volt az életük, mint egy normális famíliának. Viszonylag nyugalomban és harmóniában teltek az évek.

Tommaso születésnapja február 2-án volt. Ezen a napon minden évben szinte meghasadt Lorenzo szíve. Minden évben – ha más napokon annyira nem is, de ezen a napon mindig – az elsőszülött lányára gondolt, akit soha nem látott. Évekkel később is próbálta kinyomozni, hogy hol van, de mindig sikertelenül. Lorenzo Tommaso 17. születésnapján megkérdezte a fiát, mit szeretne csinálni felnőttként.

– Szeretnék ügyvédként dolgozni.

– Miért pont ügyvédként?

– Mert akkor igazságot szolgáltathatok másoknak.

Azon a napon Tommaso kapott egy Ferrarit az édesapjától. Gyönyörű autó volt. Lorenzo azt mondta a fiának:

– Van egy meglepetésem, hogy minél gyorsabban elérd az álmaidat.

– Mi a meglepetés apa?

– Menj ki a ház elé, ott vár.

Tommaso meglátta a fekete Ferrarit, és csak ámult. Gyönyörű sportautó volt.

Természetesen minden születésnapjára valami drága holmit kapott az édesapjától, de ez most más volt. Tudta, hogy ez nagyon nagy dolog, és nagyon hálás volt az édesapjának az autóért. Megölelte őt, és megköszönte az ajándékot, majd elmentek kipróbálni Messinában. Mindenki őket nézte. Lorenzo megítélése az eset óta, hogy rálőttek, az évek alatt valamelyest javult Messinában. Lorenzo mindig féltette Tommasót, de azért próbált teret hagyni neki, és hagyni, hogy ő döntsön az élete alakulása felől

Tommaso egy nagyon jóképű, zöld szemű, sötét hajú, markáns arcú ifjúvá vált, aki apjához hasonlóan kapós legény volt. Tommaso végül ügyvédi iskolában tanult tovább, de ez esetben már szeretett volna valóban bejárni egy iskolában, ezért hosszas kérlelés után Milánóban tanult tovább. Lorenzo féltette az ellenségeitől, de tudta, hogy örökké nem zárhatja be sem őt, sem a családját. Tommaso, ahogy felcseperedett, egyre jobban kezdte megérteni, hogy miből is származik a családi a vagyon, bár ezt soha nem firtatta, és próbálta elhessegetni a gondolatot, hogy az ő szeretett édesapja egy bűnöző. Azonban korábban már előfordult, hogy különös helyzetben látta Lorenzót. Először 14 évesen, amikor egy családi ebéd során késve érkezett, és ő vért látott a mandzsettáján. A férfi ingerülten lépett az étkezőbe, és mikor Tommaso ránézett a karjára, még idegesebben felviharzott az emeletre egy szó nélkül. Később, mikor Tommaso látta, hogy édesapja a medence mellett ül egy pohár whisky mellett, és arról kérdezte volna, hogy miért volt véres a mandzsettája, Lorenzo reakciója elég heves volt.

– Ne érdekeljen téged! Jobb, ha nem tudsz mindent. S azzal a lendülettel felpattant a székből és felpofozta a fiút, aki nem értette, miért is volt ez a reakció. Azt gondolta, biztosan ő kérdezett rosszat, majd megpróbálta elfelejteni az esetet. Később, a 17. születésnapján, amikor kipróbálták a Lorenzo által vett autót, akkor Tommaso tüzetesebben meg szerette volna nézni a kocsi belsejét is, ám mikor megálltak a kikötőnél és be akarta tenni a kesztyűtartóba a napszemüvegét, akkor Lorenzo határozottan megragadta a kezét, majd ránézett és azt mondta:

– Hagyd ezt, és ne nyisd ki!

Addigra viszont már pont ráfogott a kilincsére, és a kesztyűtartó kinyílt. Egy pisztoly volt ott, és egy papírcsomag. Nagyon sokáig megpróbálta magát a gyerekei előtt tisztes üzletemberként feltüntetni, és még véltlenül sem akarta, hogy megtudják azokat a kétes ügyleteket, amikből a gazdagságának a nagy része származik. Lorenzo megfogta a csomagot, a pisztolyt pedig a derekához tette a zakó felsője alá, és csak annyit mondott a fiának:

– Várj meg itt, és ne kérdezz semmit!

Amikor Lorenzo elhagyta a birtokot, általában mindig legalább egy másik autóval kísérték őt az emberei. Természetesen Tommaso nem állhatta, hogy ne kérdezze meg, mégis mi ez az egész, de az apja szinte pillanatok alatt elviharzott. Egy közeli jachtra szállt fel Lorenzo. Tommaso mind ezt látta a kocsiból. Azt, hogy mi zajlott a jachton, természetesen csak sejthette, de nem tudta, merjen-e rákérdezni a dolgokra, vagy az előzőekből tanulva inkább jobb nem firtatni. Ő nem volt egy ijedős fiú, és ahogy az édesapja látta, hogy közeledik felé, azt gondolta: „Ki ez a férfi, akinek olyan határozott a járása és megjelenése, hogy szinte úgy tűnik, mintha minden az övé lenne itt?" Lorenzo egy sötétkék len ingben volt, és egy hasonló, lenvászon, élére vasalt, bézs színű nadrágban, a karján egy nagy óra. Olyan határozott megjelenése és járása volt, hogy a téren lévő emberek nagy többsége valószínűleg hasonlóan gondolta ezt. Mint egy alfahím. Persze Tommaso a gazdagságukon gyakran elgondolkodott, és tudta, hogy édesapjának vannak szállodái, de más egyebet nem mert és nem is gondolt. Viszont ezúttal már szinte egyértelművé vált számára, hogy az édesapja nem egy tisztességes szállodaigazgató és üzletember.

Ahogy Lorenzo közeledett az autóhoz, úgy Tommaso egyre inkább libabőrözött, ahogy ezen gondolkodott. Ő egy erős férfit látott maga előtt, aki hatalmasnak és legyőzhetetlennek tűnt. Persze Lorenzo nem volt az, és bár az évek alatt szinte visszavonult a kétes üzletektől az ellene elkövetett „merényletet" követően, igazán persze sosem adta ki a kezei közül a fegyverüzletet. Lorenzo a kocsihoz visszaérve csak annyit mondott a fiúnak, aki szinte dermedten bámulta, hogy: „Hajts!"

Tommaso ügyvédnek készült, és ezzel a tudattal akart továbbtanulni, miközben tudta, hogy az, amit ő képviselne, teljesen ellentétes azzal, aminek az édesapja a szimbóluma. Tommasónak ez a tudat még inkább erőt adott, hogy az apjától távol éljen és folytassa a tanulmányait.

3. fejezet

Tommaso szeretett Milanóban élni és tanulni, bár nem átlagos egyetemista volt, hiszen amíg más kollégiumban lakott, neki az édesapja erre a célra vett egy hatalmas lakást a belváros közepén. A lakás a legmodernebb dolgokkal volt felszerelve. Három szobával, két fürdőszobával, plusz nagy, amerikai konyhás nappalival rendelkezett az ízléses, közel 110 m²-es lakás, ami egyedül csak az övé volt. Egy egyetemistának kissé túlzás volt. Továbbra is jól tanult az egyetemi évei alatt is, de azért még kitűnt az átlag diákok közül. Gyakran feltűnt neki, hogy az évfolyamtársai bámulják a karját, vagy akár a holmiját. Természetesen feltűnő, drága órát hordott, amit szintén édesapjától kapott egy születésnapja alkalmából, ő viszont ezúttal megpróbálta teljesen kizárni ezeket az eseteket, és megpróbált barátkozni a többiekkel.

A lányok körében nagyon népszerű volt, hiszen, mint említettem, jóképű fiatalember volt. Sportos, magas, sötét hajú, zöld szemű, jó kiállású, és nem utolsósorban látszott a külsején is, hogy tehetős családból származik. Tommaso kezdetben élvezte a neki szánt figyelmet, és tudta, hogy könnyebben tud csajozni, mint más iskolatársa, hiszen nem mindenki mászkál több milliós Ferrarival, vagy hord több ezer eurós órát. Minden lány csak addig volt számára érdekes, amíg ágyba vitte. Ebben hasonlított az apjára, még ha nem is tudta. Az egyetemen sok embert megismert, és szerette, hogy végre emberek között van és kiszabadult a nagyvilágba. Hétvégente rendszeresen meglátogatta a családját, de igyekezett minél kevesebbet otthon tartózkodni. Nem azért, mert nem szerette a nevelőanyját vagy a kishúgát, esetleg az édesapját, hanem mert tudta, hogy az apja kétes hírű üzletember, így igyekezett egy bizonyos távolságot tartani tőle, már csak a tanulmányai miatt is. A kishúgát, Catherinát azonban nagyon szerette. Köztük úgy nagyjából 10 év korkülönbség lehetett. Természetesen sok mindenről nem igazán tudtak beszélni, de amikor csak tudott, akkor a hétvégén semmi pénzért nem hagyta volna ki, hogy a húgával zongorázhasson, vagy teniszezzenek akár. Tommaso gyakran elvitte ilyenkor fagyizni Catherinát, vagy kirándulni valamerre. Catherina is nagyon szerette Tommasót, és gyakran már a bejáratnál tárt karokkal várta haza a bátyját. Mindig rohant hozzá, és a nyakába ugrott. Flavia szintúgy – az évek alatt szinte teljesen saját fiaként szerette Tommasót, még ha nem is volt az. Flaviának gyakran vitt Milánóból apróságokat. Ezek persze drága holmik voltak, de számukra csak aprópénz. Flavia is igyekezett ilyenkor minél több időt eltölteni a nevelt fiával. Egyedül Lorenzo volt az, akivel a lehető legkevesebb időt töltötte, amit csak lehetett. Egy év elteltével, mikor nem volt már egyetem, Tommaso nem szeretett volna hazamenni apja messinai birtokára, amit az édesapja nehezményezett, és gyakran kérdezte telefonon Tommasótól, hogy miért nem akar hazatérni.

– Lány van a dologban?

– Igen, van egy lány, aki nagyon megtetszett, és ő Milánóban él.

Természetesen ez nem volt igaz, de ezt mondta az édesapjának, bízva abban, hogy akkor majd abbamarad ez a faggatás és nyaggatás a hazautazásával kapcsolatban. Lorenzo egy hónap elteltével úgy döntött, hogy meglátogatja Tomassót Milánóban a lányával és feleségével együtt – Tomassónak mit sem szólva erről. Tomassó meglepődött, mikor felcsengettek hozzá. Beengedte a családját és próbált úgy tenni, mintha minden rendben lenne. Apja a lányról faggatta, és kérte, hadd lássák, ki az, aki az ő egyszem fia szívét így elrabolta, hogy már haza sem akar menni. Tommaso igyekezett hárítani a kérdést, hiszen semmiféle barátnő nem volt. Flavia is csak kérdezte, ki ő, hogy hívják, és kérték, hogy hívja ide vagy találkozzanak valahol. Tommaso annyival hárította a dolgot, hogy ma Anita semmiképp sem ér rá, sajnos. Ezt a nevet találta ki hirtelen. Aznap együtt volt a családjával, de szemmel láthatóan kellemetlen meglepetés volt ez számára. Bár a húgának és a nevelőanyjának most is örült, egy cseppet sem számított egy ilyen váratlan látogatásra. Pláne nem ilyen indíttatásból. A nyár folyamán még párszor szóba került Anita, és alig egy hónapra rá Lorenzo felhívta Tomassót és elmondta neki, hogy tudja, hogy nincs semmiféle Anita, és hogy szeretné tudni, miért nem akar hazamenni. Tommaso annyit felelt:

– Nem telefontéma. Haza megyek, elmondom, ha már így nyomoztattál utánam!

Egy hosszabb szünet alakalmával úgy döntött, hogy kocsival vág neki a hazafelé vezető útnak Messinába, ami ritka volt, mivel az út Milánótól Messináig legjobb esetben is 13 óra volt autóval. Ezt persze sosem egy ütemben vezette le; ha így tett, általában félúton valahol megaludt egy éjszakára. Amikor megérkezett a birtok határára, már gondolkodott azon, vajon milyen fogadtatásban lesz része. A húga és az édesanyja részéről a szokásos fogadtatásban volt része, azonban az édesapja már türelmetlenül várta

Tommasót a dolgozószobájában. Épp, hogy csak megérkezett, és már hívatta is az az apja. Belépve a dolgozószobába, a fal egy részét tölgyfaborítás fedte, sötétzöld bársony fotelok voltak bent, és egy faragott, aranyozott antik asztal, mögötte a falon végig könyvritkaságok.

– Mesélj, édes fiam! Miért hazudtál nekünk? Mi az, amiért nem kívánsz hazajönni a családodhoz?

– Apám, tudom, ki vagy, és hogy milyen ügyleteid vannak.

– Mégis milyenek, Tommaso?

– Apa! Ne! Már nem vagyok 14 éves, akinek beadhatsz egy történetet egy elütött állatról, mikor véres mandzsettával jössz haza!

– Miket beszélsz, fiam?!

– Fejezd be a hazudozást, és mondd el őszintén mindent egyszer végre! Felnőtt férfi vagyok. Jogom van tudni a dolgaidról. Pláne, ha azok illegálisak.

Lorenzo vonakodva elmondott pár dolgot a fiának. Tomassót igazán már nem lepte meg, hiszen sejtette már 17 éves korában, hogy mi van a háttérben.

– Sejtettem ezeket az ügyleteket, és ezért akartam Milánóban tanulni. Én ügyvéd leszek, apa, a jogi pályát választottam, tudod mit jelent ez egyáltalán?!

– Mit jelentene? Talán akkor már nem vagy a fiam?

– De igen, az vagyok, de ez ellentmondásos, ezt gondolom, te is értheted. Már az, hogy tudomásom van ezekről, amiket mondtál, és eltitkolom a hatóságok elől, is törvénytelen.

– Ellentmondásos, törvénytelen? Akkor már haza sem jössz, és úgy teszel, mintha nem is léteznék, vagy nem lennék az apád? Mégis mit gondolsz te, honnan van a lakásod Milánóban, miből van az autód, amit vezetsz?

– Fejezd be! Tudom, persze, hogy miből van! Mit vársz, adjam vissza?

– Nem! Azt várom, hogy ne tagadd meg az apádat és a családodat!

– Apa, hallod, amit mondasz? Te egy maffiózó vagy... – mondta elhalkulva, ingerülten az ifjú.

Tommaso felpattant a székből és gyors tempóban kiment a házból, majd egy szó nélkül beült az autóba és hatalmas gázzal elviharzott. Messina kikötőjében állt meg, ami csupán pár percre volt a családi birtoktól. Egy darabig az autóban ült, és csak gondolkodott az elhangzottakon. Nem messze tőle ott volt egy bisztró, a Mare. Meglátta, és úgy gondolta, leül a teraszán egy kávé mellett, hogy megeméssze a korábban történteket. Csak bámulta a tengert és azon tűnődött, vajon édesapjának lehet-e köze az édesanyja halálához vagy igazat mondott. Ezt ugye sosem tudta, mivel igazán sosem kapott választ. Lorenzón kívül ennek a történetét az ő édesanyja tudta csak, az emberei, és talán Anna családja sejtette. Kissé ironikus, hogy pont ebbe a bisztróba ült be, de hát ki ismerte volna fel. Anna családja soha nem látta a gyermekét. Egyrészről nem hibáztatta az apját, mivel tény, hogy ő nevelte fel, ő adott meg neki mindent, de másrészről nem értette, miért nem lehetett elég az apjának a szálloda és a borászat, amit megörökölt. Akkor most valamivel kevesebb lenne a vagyon, de tisztességes emberként gondolhatna az édesapjára. A pincér jelen esetben Alberto volt, aki látta a teraszon ülő komor ifjút. Egy darabig gondolkodott, hogy vajon odamenjen-e hozzá, de végül odament és megkérdezte tőle, hogy miért olyan mélabús. Tomasso nem igen érezte, hogy erről beszélhetne bárkinek is, de persze udvariasan annyit mondott, hogy családi dolgokról van szó. Alberto annyit mondott neki:

– Ha megengedi, egy dolgot mondanék önnek, fiatalúr.

Tomasso a székre mutatva tenyerével jelezte az idősebb férfinak, hogy foglaljon helyet. Alberto leült, és egy nagy sóhajt követően belekezdett a mondatába. Tekintetéből és a sóhajból úgy tűnt, mintha egy pillanatig maga is elrévedt volna egy gondolaton.

– A család a legfontosabb, bármi történjen is. Nem tölthetünk elég időt a szeretteinkkel ezen a földön. Nem tudhatjuk, mennyi ideig lehetnek velünk, és ezért nem érdemes a családtagokra haragudni tartósan. Higgye el, fiatalember, én már csak tudom. Ne váljon el haragban a szeretteitől, ha megteheti. Nem válogathatjuk meg a rokonainkat, de a végén mégis csak ők maradnak azok, akik a legsötétebb órákban is mellettünk maradnak.

Ahogy befejezte a mondatot, Alberto felállt, és kezet fogott a fiatalúrral.

– Örültem. Mellesleg Alberto Guerra.

– Köszönöm a tanácsot, bátyám! Engem Tommaso Damiannek hívnak.

Tommaso mosollyal állt fel az asztaltól, és távozott. Albertónak lefagyott a mosoly az arcáról: hiszen ez a fiú annak az embernek a fia, aki az unokahúga haláláról tehet. Ők soha nem tudták mi történt, pontosan csak annyit tudtak, hogy Anna meghalt, ők pedig mindmáig Lorenzót okolták. Alberto ezután elgondolkodott, hogy vajon Tommaso Anna fia lehet-e. Volt egy erős intuíciója, de nem volt benne biztos, és természetesen nem is lehetett volna, illetve elő sem hozakodhatott ilyennel egy idegennek.

Tommaso még hazament a szülői házhoz, beszaladt pár holmiért, amit összepakolt, és már elindult volna

vissza Milánóba, amikor Flavia észrevette a fiút az elő-
csarnokban és kérte, hogy maradjon legalább erre az
estére, mivel már későre jár. Unszolás árán, de ott töl-
tötte az estét Tommaso. Másnap délután indult csak el
Milánóba, de minél inkább kerülni akarta az édesapja
társaságát az előző napi beszélgetést követően.

A nyár folyamán szinte egyszer sem ment már haza
a családjához, és szüntelenül az a beszélgetés járt a fe-
jében. A nyár hátralevő részét a barátaival töltötte bu-
lizással, kirándulással. A tanév lassan elkezdődött és
ennek örült, hiszen kizárhatta a nyomasztó gondolato-
kat, amelyek azóta gyötörték. Ekkor volt másodéves jog-
hallgató. Sokat tanult, viszont ezek mellett most valósan
kezdett alakulni egy kapcsolata egy lánnyal. Ez a lány
már ügyvédbojtárként dolgozott egy milánói irodánál.
Tommasót nagyon elvarázsolta a lány talpraesettsége,
határozottsága, szépsége. Most először szinte azt érezte,
hogy szerelmes. Gyakran találkoztak a lánnyal, szinte
minden kedden és csütörtökön, amikor előbb végzett az
egyetemen. Liliana talán nem egész 3 hónap után odaköl-
tözött Tommasóhoz. Gyakran főztek együtt esténként,
kirándultak. Ami furcsa volt Lilianának, hogy a három
hónap alatt Tommaso szinte alig mesélt a családjáról. A
lány ezért gyakran kérdezgette, hogy mi a foglalkozása
a szüleinek, honnan származik, de alig pár információt
osztott meg vele Tommaso. Ő úgy gondolta, nem tudná
megmagyarázni sehogy sem, hogy az apja egy gengsz-
ter maffiózó, ezért jobbnak látta, ha ezt a témát mindig
inkább más útra tereli. Fontos volt neki a lány, de nem
gondolta, hogy erről érdemes beszélni vele. Egyébként
is csak pár hónapja ismerte, és persze ő is joggal foglal-
kozott. Nagyjából 14 hónapja lehetettek együtt, amikor

a lány, Liana azt mondta Tommasónak, hogy menjenek el a szüleihez Bolognába egy ebédre. Nem volt ellenére, de azért legbelül voltak kétségei az ebédet illetően, noha nem azért, mert ő lenézte volna a lány családját az egzisztenciális helyzetük miatt, hanem mert nem tudta azt, hogy ők vajon hogy fogadnak egy olyan embert, aki állítólag ösztöndíjjal tanul Milánóban, mégis saját lakása van, és egy Ferrarival jár iskolába. Milánótól nincs olyan messze Bologna, így azon gondolkodott Tommaso, hogy felveti az ötletet, hogy inkább vonattal menjenek. Természetesen Liliána nem értette, hogy miért is mennének vonattal, ha ott az autó. Végül belement, s egy májusi szombat reggel elindultak Milano vasútállomására, és felszálltak a Bolognába tartó vonatra. Gyakorlatilag Tommaso egész úton szinte csak az ujjait tördelte, mire Liliána megfogta a kezét szorosan. Nem tudta, mitől ilyen ideges, de próbálta megnyugtatni.

– Miért vagy ilyen ideges, szerelmem?

– Izgulok, mit szól majd a családod hozzám. Ennyi.

Természetesen nem erről volt szó, hanem nem tudta, mit is mondjon majd a lány szüleinek, hogy ne is hazudjon, de ne is áruljon el túl sokat magáról. Míg ezen gondolkodott, egyszerre csak azt vette észre, hogy megáll a vonat. Megérkeztek. Az állomáson várta őket Liliana családja. Nem messze laktak az állomástól, így gyalog voltak, és persze egyébként sem volt autójuk. Nem is volt annyira szokványos ez még akkoriban. Liliana édesapja és édesanyja persze csupa olyan kérdést tett fel Tommasónak, amit egyébként minden szülő megkérdezne egy jól szituált idegentől. Megérkeztek a házhoz, majd Liliana bevezette Tommasót az étkezőbe, és leültek. Az egész ottlétük alatt persze nagyon kellemetlenül érezte

39

magát, hiszen csomó kérdésre nem, vagy csak félig-meddig adott választ, és ez nem igazán tetszett Lilianának. Amíg ott voltak, ugyan megpróbált úgy tenni, mintha minden rendben lenne, de ahogy eljöttek a szüleitől, szinte számon kérte Tommasót, hogy miért nem volt tisztelettudó és miért csak ilyen félválaszokat adott a szüleinek. Tommaso nem értette, miért ilyen ingerült Liliana, de szinte egész úton hazafelé rossz hangulata volt, amit sehogy sem tudott levetkőzni. Ekkor Tommaso kicsit elkezdett azon gondolkodni, végül hogyan hidalja át ezt a különbséget-gondokat, amiket nem mondhat el még neki sem. Frusztrált volt ő is. Másnap persze Tommaso Liliana indulása előtt készített reggelit és megpróbálta elmagyarázni a lánynak, hogy ez egyáltalán nem szándékos volt a részéről, és hogy megpróbálja ezt legközelebb máshogy kezelni. Alig pár hétre rá Liliana azt szerette volna, ha újra elmennek a szüleihez ebédre, hátha az jobban sül el, mint a múltkori alkalom. Tommasónak viszont szemmel láthatóan nem volt ínyére, így valójában próbálta hárítani ezt a kérdést azzal, hogy vizsgái lesznek és tanulnia kell. Liliana ezt nem értette meg cseppet sem. Parázs vita kerekedett köztük, és ezen veszekedésből ismét előjött, hogy ő, hiába van vele hónapok óta, semmit nem tud a családjáról, és nem is látta őket, és a fiú az övére sem kíváncsi. Tommaso kifakadt.

– Nem érted meg, hogy azért nem beszélek a családomról, mert nem szeretnék?! Nem értem, miért kell állandóan ezzel nyaggatnod! Lehet, hogy neked tökéletes, szerető családod és gyerekkorod volt, de nekem nem!

Azzal a lendülettel magához ragadta a székről a kabátját, becsapta az ajtót, és majd csak órákkal később érkezett haza. Liliána várta, hogy jöjjön, de nem jött. Egész hajnalig várta, mígnem belealudt a várakozásba. Reggel korán, mikor felébredt, még mindig nem volt sehol, neki viszont munkába kellett indulnia. Egész nap a párja miatt izgult, hogy vajon hol lehet, kivel, és miért nem jött haza aznap. Délután találkoztak; Tommaso addigra otthon volt a lakásán és annyit mondott Liliánának:

– Bocsáss meg, kérek, nem gondoltam át, mit mondok. A család-kérdés nálam nehéz ügy. Tudom, hogy nem te tehetsz róla, de értsd meg, hogy vannak dolgok, amikről nem szívesen beszélek még neked sem.

– Hogy kérheted tőlem, hogy értsem meg ezt, mikor mi egy pár vagyunk és együtt élünk?

– Liliana. Kérlek. Vannak dolgok, amiket nem mondhatok el neked. Szeretlek, de ezt mindenképp meg kell értened.

– Nem, Tommaso. Ide hallgass! Nem jöttél haza egy napig, halálra aggódtam magamat, hogy vajon hol lehetsz, és erre itthon vársz, és ezt mered mondani nekem egy ilyen alapvető dologgal kapcsolatban?! Elmondasz most mindent, vagy mi befejeztük egymással!

– Ne mondj nekem ilyet, Liliána, mert akkor el kell menned.

– Akkor elmegyek! Nem fogok olyan emberrel együtt élni, aki titkolózik előttem a családjáról.

Erre az egészre Tommaso jobbnak látta, ha már semmit sem mond inkább. Liliana így akarta kiprovokálni az igazságot, de nem sikerült neki, és tulajdonképpen rajtavesztett. Ez volt Tommaso első igazi kapcsolata, de nem bánta, hogy így alakult, mert semmiképp sem szerette volna bemutatni a családjának és így tudta, hogy csak idő kérdése volt az elkerülhetetlen. A lány zokogva pakolta a holmiját, de egy percig sem gondolta meg magát ebben a kérdésben. Tommaso akkor első este furcsán érezte magát a lakásban, hiszen viszonylag hosszabb ideje más is volt ott rajta kívül, s most megint üres volt a lakás. Hiányzott neki a lány, de leginkább csak a jelenléte, nem ő maga. Reggel odanyúlt a párnára, de persze nem volt mellette Liliana. Nehéz volt a másnapja, de mint minden, ez a hullám is egy pár nap után elsimult, és azzal nyugtatta magát, hogy jobb ez így mindenkinek, hiszen nem biztos, hogy beleillett volna a családi képbe. Eltelt pár hónap, és most, hogy lezárult a második éve az egyetemen, először érezte azt, hogy hazavágyik. Ezen érzésből kifolyólag felült az első repülőre és hazautazott Messinába. Mivel nem tudtak Tommaso érkezéséről, ezért nem is tudtak kimenni elé a reptérre, de ő nem bánta – gondolta, ez kedves meglepetés lesz. Hívott egy taxit, és elvitette magát az édesapja házához. Csengetett, mire egy bejárónő nyitott ajtót nagy meglepődéssel. Flavia kérdezte is, hogy ki jött hozzájuk, de Tommaso az ajtóban a bejárónőnek mutatta, hogy legyen csöndben: szeretné meglepni a nevelőanyját és a húgát. Belopakodott, egész halkan. Flavia a medence mellett ült, és olvasgatott. Tommaso lassan mögé lopózott, majd megölelte hátulról a nevelőanyját. Majd megpuszilta arcát, széles mosollyal üdvözölte őt. A húga, hallva, hogy talán a bátyja tért haza, rögvest leszaladt, és mikor látta, hogy valóban ő az, akkor odaszaladt hozzá, felkiáltva:

– Bátyus, bátyus! Végre hazajöttél. Hiányoztál már nekünk.

– Catherina, húgocskám! Jaj, gyere ide, hadd nézzelek!

Letérdelt a lányhoz és megölelte, egészen szorosan.

– Jaj, bátyus, óvatosan, megfojtasz!

– Miket beszélsz, húgom? Eszemben sincs.

Tommaso egyébként *anyá*nak hívta Fabiánát szinte mindig, kivéve, ha nagy ritkán összeszólalkoztak, akkor mindig a nevén nevezte őt. Flavia is nagyon örült Tommaso hazajövetelének. Szerette nagyon, épp úgy, mint a saját gyermekét.

– Anya, apa merre van? Szeretnék vele is beszélni pár szót.

– A borászatnál van, amennyire tudom.

– Rendben, köszönöm, akkor benézek hozzá.

– Repülővel jöttél?

– Igen. Így most gyorsabb és kényelmesebb volt.

– Akkor vidd az én autómat.

A garázsban, általánosságban elmondható, hogy legalább három autó állt. Fabianának volt egy tűzpiros Porsche kabriója, amit 1999-ben kapott Lorenzótól az 5. házassági évfordulójuk alkalmából. A borászat egészen közel volt a birtokhoz, autóval talán 10 percre. Szépséges domboldalon feküdt a szőlészet egy része. Messziről is gyönyörű látvány volt. Hatalmas, szinte végtelenségbe nyúló szőlősorok, és egy hatalmas présház a domb tetején, azonban ennek az említett „présháznak" a fele is egy kész palota lenne egy hétköznapi ember számára. Lorenzo szeretett a szőlősben lenni, sőt sokszor kikapcsolódásképpen még maga is dolgozgatott a tőkéken – ez megnyugtatta őt valamiért.

Tommaso az oda vezető kanyargós, macskaköves úton haladt felfelé a dombon egész a présházig, ahol látta, hogy ott áll az édesapja autója. Lassított, és kicsit messzebb parkolt le, nehogy észrevegye. Akkor valamiért úgy gondolta, őt is szeretné meglepni, biztosan örülne neki az édesapja. Gyalog indult tovább, és a présháztól alig pár száz méterre állt meg. Kinyitotta a hatalmas, díszes faajtót az alsó szinten, bement a borospincébe, ahol az óriási, diófaolajjal pácolt, piros abroncsú fa boroshordók álltak, de ott nem volt az édesapja. Gondolta, akkor felmegy az emeletre. Bekopogott az ajtón, mire az édesapja kinyitotta az ajtót. Lorenzo hirtelen nem is tudta, mire gondoljon, mivel nem szokott odamenni senki a munkások közül, azok meg, úgy tudta, kint dolgoznak a sorok között. Elképedt, mikor meglátta a fiát, hiszen már régen nem járt otthon, pláne nem a présháznál. Lorenzo nagyon megörült neki, és hirtelen fakadt mosollyal magához ragadta és szorosan megölelte, megveregette a fia vállát.

– Drága fiam! Hazajöttél végre hozzánk?

– Én is örülök, apám! Hiányoztatok már, az az igazság, gondoltam, megleplek titeket.

– Milyen jól tetted! Nem vagy éhes? Gyere, kiülünk az erkélyre. Most fejtettek friss fehérbort, és van itt egy kis kenyér, meg prosciutto, menjünk együnk.

– Nem bánom, apám menjünk, úgyis megéheztem már az úton. Segítek kivinni a dolgokat.

Kiültek az erkélyre, és ott falatozták ezt az egyszerű, de finom ételt, közben a bor mellett most először hoszszasan elbeszélgettek egymással, mint apa és fia, mint két felnőtt férfi. Szinte baráti hangulatban. Ez ritka volt mindkettőjük számára, sőt talán még sosem volt hasonló. Ha valaki látta volna őket abban a helyzetben, azt mondta volna, hogy öröm nézni őket ebben az idilli pillanatban. Tommasóban akkor valami megfordult... nem tudta, mi történt az édesanyjával, de gondolta, kár is lenne emiatt távolságot tartani édesapjával, hiszen már csak ő van számára. Ezt a gondolatot nem akarta elengedni. Végre szeretni akarta az apját, és nem megvetni. Aznap délután annyira belefeledkeztek a beszélgetésbe, hogy végül ott is töltötték az este további részét. Tommaso nem felejtette el a dolgokat természetesen, de kezdett másképp gondolkodni. A gondolkodása egyre inkább azt tükrözte, hogy kezd felnőni. Már nem az a hebrencs gyerek, aki lázadni akar az apja akarata ellen. Ez a nyár kivételes volt: sok időt töltöttek együtt négyen. Gyakran hajókáztak ki vagy mentek valamerre kirándulni, pihenni. Soha nem volt azelőtt hasonlóra példa. Egyik alkalommal Flavia előállt egy olyan ötlettel, hogy töltsenek együtt egy hetet Jesolóban, mint egy család. Az ötlet persze mindenkinek tetszett, így pár napon belül Flavia megszervezett mindent, majd a Lorenzo által nemrég vásárolt magángéppel utaztak el. Pár óra alatt már le is szálltak egy közeli magánreptéren.

Tommaso egy alkalommal, mikor Lido di Jesolóban pihentek, meglátott egy csinos, barna göndör hajú lányt a bárnál, aki egyedül volt. A lány szinte tökéletes gazellatestű, magas szépség volt, csodás, nap-barnította puha bőrén a türkiz színű, csillámos bikini fantasztikusan mutatott. Gondolta, miért ne menne oda beszélgetni vele, hiszen nagyon tetszett neki. Miközben egyre közelebb haladt a lányhoz, az alatt jól szemügyre vette. Megszólította, és pár ital mellett szinte az egész délutánt átbeszélték. Mint kiderült, Monica is a családjával pihent éppen ott, ahol Tommasoék is. Monica egy tehetősebb családból származott, de neki semmi sem volt elég. Modellként dolgozott egy híres milánói cégnek, hiszen, mint tudjuk, a világ divatotthona Milánó. Aznap megbeszélték Tommasóval, hogy együtt vacsoráznak. Monica egy púderszínű, térd fölött érő, ízléses ruhát viselt, Tommaso pedig egy laza fehér inget és egy hosszabb, de sikkes sortot. Nagyon tetszettek egymásnak. Tomassót elvarázsolta a lány bájossága. Az ott tartózkodásuk alatt szinte minden percet együtt töltöttek, és mint kiderült, Mónica is Milánóban él, így Tommaso már nem akart hazautazni a családjával a nyár hátralevő részére. Körülbelül 1 hónapot töltött otthon és a családjával, ez már szokatlan is volt. Azonban Jesolóbol ő már Milánóba utazott vissza, a lakására, ahol akkor már ugye nem várta régóta senki sem. Mindennap igyekeztek találkozni a fiatalok, és Tommaso nagyon bele is habarodott egy-két hét után a lányba. Monica persze ezzel nem egészen így volt, neki inkább Tommaso anyagi helyzete imponált, de persze ebből Tomasso semmit sem sejtett, hiszen a lány nagyon bájosan viselkedett vele. Gyakran kirándultak Olaszország-szerte vagy akár külföldön is, s ha nem pihenési céllal, akkor Monica munkájából kifolyólag tartózkodtak külföldön. Ezek mellett persze minden drága holmit megvetetett magának, sőt különböző drágaköves ékszereket is. Tommaso szinte kész vagyonokat költött a lányra, ami neki még lehet, belefért volna, azonban mivel még nem rendelkezett saját keresettel, így a bankkártya, amit használt, és a rajta levő pénz tulajdonképpen az apjáé volt. Lorenzo hamarosan ezt szóvá tette Tommasónak, na nem azért, mert ha tovább költekezik, akkor földönfutókká válnak, hanem mert értelmetlennek látta, hogy a fia egy még szinte ismeretlen valakire ilyen sokat költ. Monica, mivel a divatszakmában dolgozott, természetesen sok olyan méregdrága ruhát megkapott, amit egy-egy divatbemutatón viselt. Ezek általában mind neves tervezők ruhái voltak. Ettől függetlenül Tommaso megvett mindent a barátnőjének, hiszen ő boldognak látta Monicát ezektől a tárgyaktól, amiket kapott tőle, és szerette annak látni a nőt. Nagyon tetszett neki, hogy ahogy a lány a kifutón megjelent, de persze akkor is nagyon tetszett neki, amikor egy szabadidőnadrágban látta hétvégén, copfba kötött hajjal.

Monica idővel valamelyest megszerette Tommasót, de igazán szerelmes nem is akart lenni, és talán nem is volt. Őt a pénz érdekelte, és bár modellként jól keresett, neves divatházaknak dolgozott – és ugye ne feledjük, a családja sem volt szegény –, azt akarta, hogy legyen valaki, aki eltartja. Ő egyébként nem szedett fogamzásgátlót, és bár viszonylag régóta együtt voltak, amikor ez a kérdés felmerült részéről, akkor Tommaso nem igazán örült ennek a hírnek. Azonban Monica azt szerette volna, ha valahogy meg tudja fogni a pasit. Tommaso, amikor nem voltak vizsgái, szinte minden idejét Monicával töltötte. Egy hétvégén kitalálták, hogy találkozzanak Tommaso családjával. Szokatlan gondolat volt a fiatal srác részéről, hiszen korábban emiatt ment tönkre a kapcsolata. Természetesen azóta változott a véleménye valamelyest az édesapja megítéléséről. Odatelefonált az apjának, hogy várhatóan a hétvégét ott töltik, ezért moderálja a furcsa dolgait. Lorenzo ezt egyáltalán nem vette zokon: örült, hogy fia végre felvállalja valamelyest a családját. Kora reggel repülőre ültek, és pár órával később leszálltak Rómában. Ott várta őket a reptéren egy sofőr, aki már a birtokra vitte volna őket, de gondolták, akkor kirándulnak is egyet, és csak ebédre vagy vacsorára érkeznek haza. A római kirándulás során a Trevi-kútnál tettek egy kis pihenőt, ahol fényképezkedtek is. Itt persze mindig sokan vannak, de azért sikerült egy-két egész jó képet készíteniük emléknek otthonra. Még egyébként sem volt közös képük. Monica már egy ideje kevesebbet dolgozott

Tommaso mellett, és nem is tanult, tehát tulajdonképpen az idejének a nagyját otthon töltötte, Tommaso lakásában.

Amikor megérkeztek a birtokra, egy éles vékony hang törte meg a csendet:

– Bátyuuus! – kiáltotta Catherina, és rögtön odaszaladt a bátyjához, akinek a nyakába ugrott. Utoljára körülbelül fél éve láthatta a közös nyaraláson, és már hiányzott neki a testvére. Szinte egészen bepárásodott a zöldesbarna szeme. Catherina mostanra már az általános iskola végét járta, nem volt már olyan kislány, mégis, bátyja hazajövetelekor mindig így viselkedett.

– Hugi, csak nem sírsz? Baj van?

– Dehogy is, csak már nagyon-nagyon vártalak. Ki ez a szép nő, bátyó?

– Ő Monica, a barátnőm, szívecském.

Monica egy mosollyal viszonozta a kedves megjegyzést, de ridegen és távolságtartón viselkedett a kislánnyal. Látva, milyen fényűző életet élnek, csak tátott szájjal, kézen fogva sétált be Tommasóval az oldalán.

– Hű... ez egy kész palota. Csak ámulok, milyen szép otthonod van.

A hallba beérve Lorenzo és Flavia is üdvözölték a lányt, majd a teraszra indultak, hogy elköltsék a vacsorájukat. Mindenféle ínycsiklandó étel volt az asztalon, akár egy szálloda svédasztalán. Monica hozzá volt szokva a pompához, de ez már szinte pazar volt. Rákkoktél, galambpástétom, tintahal, sült húsok. Gyakorlatilag egy legalább 4 méter hosszú asztalhoz ültek le enni, ahol az asztal közepe tele volt különböző tálakkal, amelyeken ezek az ételek és még számos más finomság volt.

– Mindig ilyen nálatok egy családi ebéd? – kérdezte ledöbbenve Monica Tommasóhoz hajolva.

– Nem igazán, ez most számomra is új – mondta halkan, majd kissé hangosabban szólt:

– Szóval, mondjátok, mire ez a felhajtás?

– Egyrészt házassági évfordulónk van, másfelől pedig nem tudtuk, mit eszik a barátnőd, így próbáltunk mindent elkészíttetni a szakáccsal.

– Mesélj, Monica, kedvesem, mivel foglalkozol? – kérdezte érdeklődőn, bár kissé kényszerűen Flavia.

– Modellként dolgozom több divatháznál.

– Akkor biztosan sokat utazol.

– Igen, bár mostanság egyre kevesebb munkát vállalok, mióta együtt vagyunk.

– Nocsak. Betegeskedsz talán?

– Anyám, kérlek, ezt ne!

– Most mi az? Csak kíváncsiskodom. Nem sűrűn fordult elő, hogy hazahoztál valakit.

– Nem betegeskedem, szerencsére jó az egészségem, de megbeszéltük Tommasóval, hogy kevesebbet dolgozom mostantól.

– Anya, említetted, hogy évfordulótok van. Ha már ünneplünk, szeretnék én is egy bejelentést tenni. Szeretném megkérni Monica kezét.

Azzal a lendülettel letérdelt, elővett egy kerek kis bársonydobozt, amiben egy gyönyörű gyűrű volt. A szélén hullámos ívben apró zafírokkal berakott rész ölelt körül egy közepes méretű, víztiszta gyémántot. A lány hirtelen nem is jutott szóhoz, csak pár másodperccel később mondott igent. Flavia elhűlt. Neki nem volt saját fia, de Tommasót annak tekintette, és mivel egyetlen fia volt, féltette a nőktől, akik be akarnak kerülni a családba a gazdagsága miatt. Ennek ellenére jó képet vágva, illedelmesen gratulált, majd fiához fordult és csak annyit mondott neki, hogy mindenképp szeretne vele később beszélni pár szót. Lorenzo nem nagy ujjongással, de gratulált. Ő nem emiatt nem fogadta szívesen az eseményt, hanem mert nem ismerték még a lányt, és nem akarták, hogy bizonyos dolgok kiszivárogjanak a családból. Ugyan Messina-szerte Lorenzo zsebében voltak a rendőrök, mégis tartott tőle, nehogy olyan emberek tudjanak meg dolgokat, akik valóban fenyegetést jelenthetnek rájuk nézve.

A dolgozószoba ajtaját becsukva hárman álltak egymás előtt, amíg Monica Catherinával maradt a teraszon. Mindkét esetben kellemetlen beszélgetések zajlottak le.

– Fiam, engem nem érdekel, hogy eljegyzed, hiszen mondtam, nincs ellenvetésem, hogy ide hozod, de mégis mit tud rólunk a lány?

– Semmi olyat nem mondtam, ami árthatna, mivel én magam sem tudom, miről beszélsz. Annyit tud, hogy szállodáid vannak, és egy borászatod.

– Helyes, ne is tudjon többet! – szakította meg Flavia Lorenzo gondolatmenetét. – Drága fiam, nem gondolod, hogy ez korai? Mi van, ha csak a pénz miatt… Sokat költesz mostanság.

– Elég, kérlek, ne folytasd, anya! Szeretem őt, azért is hoztam el. Fontos nekem, és komolyan gondolom vele a dolgokat.

Tommaso ezzel véget vetve a beszélgetésnek magára hagyta szüleit, és csak azt látta, ahogy Catherina lehajtott fejjel megy fel az emeletre. Utánaszólt:

– Hé, Cat!

De testvére csak ment tovább, lassan cammogva a lépcsőn. Tommaso kiment a teraszra és kérdezte Monicától, hogy mi történt. Természetesen a nő egy semleges válasszal lerendezte a dolgot. Később, a délután folyamán

Flavia felment Catherinához, s megkérdezte, miért van a szobájában, mikor teniszezhetne a bátyjával is. Catherina annyit felelt:

– Nem szeretem Monicát, ő egy gonosz nő.

– Miért mondod ezt, szívem?

– Amikor kint voltunk, kérdeztem, hogy felpróbálhatom-e a cipőjét. Azt mondta, soha nem tehetek ilyet, aztán meg, hogy hagyjam békén Tommasót, mert így nem vele foglalkozik.

– Miért nem fordulsz felém, Cat?

Flavia akkor maga felé fordította a lány vállát, s látta, hogy egy hatalmas vörös folt, valószínűleg ütés nyoma látszódott Cat arcán. Éktelen haraggal indult le a kertbe, ahol még a késő délutáni, lenyugvó nap sugarait élvezték a fiatalok a medence partjánál.

– Monica! – szólt határozottan.

– Kérlek, gyere egy szóra, kedvesem.

A lány elindult a ház bejáratához, ahol Flavia állt.

Ahogy odaért, a nő karon ragadta Monicát, és beljebb húzta, közelebb magához.

– Idehallgass! Nem tudom, hogy kinek képzeled magad, de azt javaslom, még egyszer ne tegyél hasonlót se, ha még szeretnéd használni a karjaidat valamire is.

A lány szinte rémült arccal, ártatlan tekintettel nézett rá.

– Nem tudom, miről beszélsz, Flavia. Engedj el, mert ez fáj.

– Helyes, fájjon csak. Ha még egyszer megtudom, hogy Catherinához érsz, vagy nem szólsz hozzá kedvesen, hidd el nekem, hogy én magam darabokra töröm a karodat és a lábadat, és akkor nem hogy modellkedni nem fogsz, hanem a kutyának sem fogsz majd kelleni. Vésd jól az eszedbe, hogy te itt egy senki vagy, aki esetleg

Tommaso miatt egy megtűrt személy. Ajánlom, hogy viselkedj ekképp!

Azzal a lendülettel kicsit odébb lökve az ajtóból kiment a teraszra Tommasóhoz. Leült mellé a napozóágyra, megölelte, és közben a fülébe súgta, hogy nem kedveli ezt a lányt, gondolja meg ezt az eljegyzést. Tommaso erre csak legyintett, megölelte az anyját, adott egy puszit az arcára és annyit mondott csak neki, hogy ne aggódjon. A vacsoránál feltűnt Tommasónak is, hogy Catherina most más, mint szokott lenni. Az általában cserfes, vidám kislány most csak ült lehajtott fejjel, és alig evett valamit.

– Cat, édes húgocskám, miért nem eszel?

A kislány rázta a fejét, és vállat vonva továbbra is csak lefelé nézett. Monica ideges kezdett lenni, de gondolta, biztosan nem derül ki semmi. Tommaso odament a húgához és mellé ült.

– Miért nem eszel, cicám? Mi a baj?

A kérdéssel együtt megsimította húga arcát, aki felszisszent:

– Au, ez fáj!

Már nem volt ugyan piros az arca a kislánynak, ő mégis úgy érezte, hogy fáj az arca.

– Mi történt, húgom, mesélj!

– Nincs mit mesélni, bátyus.

Elkezdett sírni és Tommaso nyakához bújt, egészen szorosan ölelte át testvére széles vállát. Halkan kérdezte csupán, hogy miért nem szereti Monica.

– Ő nem egy kedves nő? – kérdezte hüppögve bátyjától. Mindeközben mindenki őket figyelte.

– Mi történt délután, amíg mi a dolgozószobában beszélgettünk? – kérdezte Tommaso, Monica felé fordítva a fejét.

– Semmi – mondta teljes, nyugodt közönnyel Monica.

Flavia, mielőtt még bármit is mondhatott volna, elmesélte, hogy mi történt, és mi volt a reakciója a kedves kis barátnőjének. Tommasso elhűlt, Lorenzo pedig éktelen haragra gerjedt. Már nyúlt volna hátra a derekához, ahol általában a pisztoly volt, de akkor éppen szerencsére nem volt a helyén. Kis gondolkodás után, higgadtabban átgondolva megállapította, hogy jól tette, hogy aznap nem hordott fegyvert magánál, hisz' nem akart lelepleződni, azonban felpattanva a székéből az asztalra csapott.

– Tommaso, vidd be a húgodat, kérlek.

– Apa! – próbálta csitítani.

– Vidd be, azt mondtam!

Ekkor Monica már nem tudta, mit gondoljon, hiszen mindenki olyan hevesen reagált, miközben ő nem csinált semmi komolyat. Úgy tettek, mintha embert ölt volna... Tördelte a kezeit, miközben ezen gondolkodott. Tommaso bevitte a húgát és szólt az egyik nevelőnőnőnek, hogy kísérje a szobájába, adott neki egy puszit, majd visszament az asztalhoz.

– Mit kell hallanom első nap? Ide jössz a házamba a fiammal, és kezet emelsz a lányomra?! Mit képzelsz te magadról? Nem tudom, mit tudsz a családunkról, de fogd vissza magadat, és még egyszer meg se próbálj ilyesmit csinálni!

Tommaso vágott közbe a lány mellett állva:

– Apa! Fejezd be. Ez már sok lesz! Elmegyünk inkább, és a hotelben alszunk.

A garázshoz indultak, ahol éppen akkor öt autó állt bent. Monicán látszott, hogy meglepődött az autók számán.

– Melyik a tied?

– Itt egyik sem, az enyém Milánóban maradt, de a Jeeppel megyünk el. Gyere, szállj be.

Nem sokkal később megérkeztek az apja egyik szállodájához, a Giornóhoz. Az épület előtt parkolt le Tommaso; itt már rendszámról tudták, hogy az Lorenzo kocsija, ezért amikor megállt, már jött is egy fiatal srác, hogy beálljon az autóval a VIP parkolóba. Ahogy beléptek a hallba, a személyzet már üdvözölte is látványosan. A recepciós odaadott egy kulcsot Tommasónak, majd a lifthez indultak.

– Ez az apád hotelje?

– Igen, az. Elárulnád nekem, mi történt délután?

Egy Pazar, ötcsillagos szállodába érkeztek meg, ahol a kornak megfelelően minden luxusbútor, -berendezés megvolt. A hall bejáratánál óriási pálmafák, márvány padló, aranyozott stukkódíszek, LED fények. A legkiválóbb bútorok, mégsem volt hivalkodó, inkább ízlésesen elegáns. A szobájukban jakuzzi volt a teraszon, egy hatalmas bárpult, kisebb pálmák – mint egy oázis.

– Semmi. A húgod kérte, hadd próbálja fel a méregdrága szandálomat, én pedig nemet mondtam. Ő erőltette, és kapott egy pofont, amikor hisztizett.

– Mi? Te felpofoztad Catie-t? Jézusom, nem tudom, mi szükség volt erre, csak egy gyerek. Szeretlek, Monica, de légy szíves, ilyet többet ne tegyél. Fontos vagy nekem, de nem hiszem, hogy ezek után a szüleim nagyon kedvelnének…

– Azt észrevettem, amikor a nevelőanyád karon ragadott és megfenyegetett. Vicc. Egy elkényeztetett kislány, és mert nem kaphatott meg valamit és fegyelmezni próbáltam, én vagyok a rossz! Egyáltalán, mi ez a heves reakció erre?

– Kedvesem, figyelj ide! A családom más, mint a legtöbb olasz család… értsd meg, hogy mi egymást mindig,

54

minden körülmények között védjük. Az igazi anyámat már elveszítettem, és ki tudja, mi történt, de nem heverte ki azt hiszem, még mind a mai napig apám sem, ezért mi jobban vigyázunk egymásra.

– Akkor is túlzás volt ez a reakció, de majd legközelebb megpróbálom kiengesztelni őket. Jó?

– Köszönöm. Most lezuhanyozom, és feküdjünk le.

Tommaso, habár nem folytatta a vitát, attól még mérges volt a barátnőjére azért, amit tett. Lezuhanyozott külön, majd befeküdt az ágyba. Monica érezte, hogy jobb, ha nem forszírozza tovább a párja viselkedését vagy az este történéseit. Aznap csöndben, szinte teljesen elfordulva aludtak el. Reggel, ahogy felkeltek, mintha mi sem történt volna előző nap: hazautaztak Milánóba, és folytatták a mindennapi életüket, ahogy azelőtt.

4. fejezet

Milánóban szinte minden folytatódott ott, ahol abbahagyták: Tommaso tanult a vizsgáira, Monica pedig helylyel-közzel még dolgozott ugyanannál a divatháznál, ahol eddig is. Tommasóban az eset után egy kis negatív érzet azért még megmaradt, de pár nap után túllendültek a dolgon. Teltek a napok, hetek, ők jól megvoltak összességében. Tommasót egy nap felhívta az apja nem sokkal az eseményt követen, hogy mi is történt akkor, és hogy beszéljenek erről, mivel nem akarta, hogy fia ismét eltávolodjon tőle. Ők akkor tisztázták a dolgokat, és nagyjából másfél hónappal később, mikor hazautaztak Tommaso születésnapjára, Monica megpróbált bocsánatot kérni mindenkitől, és bár eléggé unott, mogorva arccal fogadták, de végül is elfogadták a bocsánatkérést.

Ezen a napon általában mindig nagy partit szoktak szervezni a szülei. Az egyik szállodájukban tartották meg a születésnapot. Nagyon sok embert hívtak meg, mint máskor is. Mindenki kiöltözve estélyibe, koktélruhába, mintha valami uralkodó lenne, vagy valamilyen rangos ember. Valahol azok is, bár inkább csak szemérmetlenül gazdagok. A legtöbb ember persze alig ismerte Tommasót, inkább Lorenzo miatt voltak ott, hiszen a legtöbbje valamilyen úton-módon az üzlettársa volt. Így talán inkább kijelenthetjük, hogy a családi összejövetelek többsége egy tiszteletbeli gesztus volt a többi tehetős család részéről Lorenzo felé. Persze illendően mindenki vitt ajándékot Tommasónak. Egyébként őt kedvelték, bár sosem értették igazán a többiek, hogy Lorenzo miért hagyta, hogy ügyvéd legyen a fia. Talán azért, hogy akkor még inkább bevédhesse magát, ha van egy saját ügyvédje, aki segít elsimítani a piszkos ügyleteket, amiket esetleg egyedül ő maga már nem tudna? Biztosan nem tudni, ő lehet erre gondolt, de ez soha nem került kimondásra. Mindenesetre az összes jelenlévővel igyekezett pár szót váltani udvariasan, hiszen eljöttek a születésnapjára. A medence mellett egy hatalmas, hosszú asztalon halomban álltak az ajándéktasakok és -dobozok. Az ünnepelt egy elegáns, sötétkék Armani-öltönyben és egy konyakbarna Bugatti fűzős cipőben jelent meg. Minden fiatal kishölgy odavolt érte, mint egy dzsigoló, úgy nézett ki, vagy mint egy dubai herceg. Izmos testén szépen simult a jó szabású öltöny. A szálloda mellett végig pálmák sorakoztak, a medence körben kivilágítva, gyönyörű virágoskert, ideális egy ilyen összejövetelre. Éjfélkor tűzijátékoztak, és egy hatalmas, szinte esküvői jellegű tortát tolt ki a személyzet a kertbe. Ekkor Tommaso mondott egy rövid beszédet, melyben megköszönte, hogy ennyi ember eljött és vele ünnepel az ő születésnapján, illetve zongorán játszott röviden egy saját szerzeményt. Mindenki tapsolt a végén, és a legtöbb ember meglepetten nézett, hogy az ifjú ilyet is tud. Az este tovább folytatódott zavartalanul, de ő és Monica hajnali egy körül visszavonultak a szobába.

Még egy két napig Messinában tartózkodtak. Jegyesek voltak már egy ideje, ám különösebben nem volt semmi híre annak, hogy terveznék az esküvőt. Azon a hétvégén azonban újra szóba került, és most már valóban el is kezdték szervezni a rendezvényt, amit nagyjából nyár elején szerettek volna megtartani, miután Tommaso levizsgázott az egyetemen. Mivel neki a vizsgaidőszak és a szigorlat miatt sokat kellett tanulnia, ezért szinte csak a párja szervezte az esküvőt. Monica mindenből a lehető legdrágábbat választotta ki, legyen szó dekorációról, helyszínről, a ruhájáról, a gyűrűről. Néha Tommaso édesanyja próbálta valamelyest befolyásolni ezt a szervezést, no nem azért, mert a fiától sajnálta volna a tökéletes esküvő gondolatát, hanem, mert a lányt abszolút nem kedvelték, és tartottak tőle, hogy ez inkább csak egy érdekkapcsolat a lány részéről, mint szerelem. Ez egyébként nem volt alaptalan. Tommaso szinte minden vizsgáját négyesre és ötösre teljesítette, és június közepére végzett az egyetemen. Ez egy hosszú és fárasztó időszak volt számára, ezért felvetette az ötletet, hogy egy pár napra utazzanak el Kappadókiába kikapcsolódni, még az esküvő előtt. Csodás volt minden, a szállásuk, a programok. Alig két napja lehettek ott, amikor egyik nap Tommaso korábban lefeküdt – nagyon elfáradt aznap, túráztak egy hatalmasat a hegyekben és napszúrást kapott, nem érezte túl jól magát. Aznap este Monica még lent maradt. Nem különösebben érezte álmosnak vagy fáradtnak magát, de ahelyett, hogy a párjával lett volna, aki lázasan feküdt, ő ott iszogatott a szálloda medencéjénél. Egyszer csak egy magas, szőke, jól szituált, 40 év körüli férfi odaült mellé, és angolul szólt hozzá.

– Meghívhatlak egy italra? – kérdezte.

– Nem hiszem, hogy jó ötlet lenne – és alig észrevehető módon megemelte a bal kezén a gyűrűsujját, ami a pohár talpánál volt.

– Értem, de nem a kezedet kértem meg, hanem azt kérdeztem, kérsz-e egy italt.

– Na, jó legyen, de csak egy ital, semmi több. Ha már így ide ültél mellém, akkor mesélj magadról valamit, amit érdemes tudnom egy magas, szőke idegenről. Hova valósi vagy, mit csinálsz Kappadókiában?

– Üzleti ügyben látogattam ide egy pár napra, aztán még teszek egy kisebb kitérőt Monacóban. Egyébként Svédországban élek.

– Mit fogsz Monacóban csinálni, ha nem titok?

– Forma-1-es futamra megyek, aztán pedig egy pár napig a hajómon leszek.

A beszélgetés még hosszasan eltartott, és nem egy pohár erejéig. Monicának annyira szimpatikus volt a svéd pasi, hogy már csak azt vette észre, hogy minden bár bezárt, és ők még mindig ott ülnek és beszélgetnek. Mire észbe kapott, hogy mennyi az idő, már talán olyan hajnal 4 és fél 5 között járhatott az idő, amikor felment a szobába. Gyorsan levetkőzött, és megpróbált olyan csöndben levetkőzni, ahogy csak tudott, de Tommaso így is felébredt.

– Mennyi az idő? – kérdezte álmosan

– Még nagyon korán van, aludj, szívem.

Tommaso nyolc körül felébredt, és fel akarta ébreszteni Monicát, de azt kérte, hadd aludjon, mert nincs jól. Tulajdonképpen nem került szóba, hogy mikor is ment fel a szobába. Aznap egy hőlégballonos kirándulásuk lett volna, de Monica nem akart menni, mondván, hogy nincs jól és nagyon émelyeg. Tommaso arra gondolt, terhes lehet a lány, de Monica egyből rávágta, hogy *nem*, és felvetette, hogy menjen egyedül a kirándulásra, de ez kizárt volt. Lement reggelizni, majd elment futni. Ezt az alkalmat megragadva Monica újra felkereste a svéd férfit, hiszen megbeszélték előző este, hogy ha úgy alakul és lesz egy kis idő, akkor találkoznak még. Monica nem gondolta, hogy egy férfi bármikor is igazán felkeltheti a figyelmét, de most úgy látszott, hogy komolyabban érdeklődött egy férfi iránt, aki nem a vőlegénye volt. Felöltözött és lement az étterembe, ahol együtt reggeliztek. Azonban Tommaso előbb ért vissza a futásból, és mivel az étteremre ráláthat az ember, miközben felmegy a szobába, így látta, hogy a párja egy idegen férfival reggelizik. Ezt egészen nem is értette; hosszú percekig gondolkodott, hogy odamenjen és megkérdezze, vagy hagyja ennyiben, és később kérdezzen rá. Nem akart jelenetet rendezni, ezért felment a szobába zuhanyozni, ahol várta, hogy felérjen a menyasszonya, de másfél, két óra múlva ment fel a szobába.

– Oh, szia, szívem, hát te már vissza is értél?

– Persze, már legalább másfél órája. Egyébként te mit csináltál?

– Semmi különöset, csak reggelizni voltam. Miért?

– Akkor jobban vagy ezek szerint. Örülök neki. Na és kivel reggeliztél? – kérdezte higgadtan és teljesen közönyösen, miközben felállt és oda ment a lány háta mögé, aki éppen leült a fésülködőasztalhoz.

– Nem értem, mire gondolsz...

Zavarban volt, és ez határozottan érződött a hangján. Egyúttal igyekezett volna elterelni Tommaso figyelmét azzal, hogy megpróbált rámászni. Felállt és megfordult, majd a kezével megfogta Tommaso tarkóját és meg akarta csókolni, de Tommaso elfordította a fejét.

– Állj le! Tudod, hogy nem egész két hét múlva lesz az esküvőnk?!

– Persze, hogy tudom.

– Akkor mégis ki a fenével reggeliztél te lent, miközben állítólag rosszul érezted magadat?

– Ja, hogy ő... ő senki. Egy régi ismerőse az apámnak, és véletlenül itt szállt meg. Ezer éve nem láttam már, és odajött, megkérdezte, hogy vagyok. Ennyi.

– Akkor miért nem mondtad egyből, hogy egy ismerős az?

– Nem tartottam fontosnak.

Sikerült valamelyest elaltatnia Tommaso gyanúját, de persze azért rágódott még ezen az eseményen. Alig két héttel később, az esküvőn szinte már feledésbe merült ez az egész. Az esküvő reggelén Tommaso is idegesen készülődött. A ceremóniát végül a saját családi birtokon tartották meg. A házat tökéletesen feldíszítették halvány púderszínű selyemszatén szalagokkal, hatalmas fehér vázákban a sok rózsa, liliom, a kertben egy hatszögletű pavilont építettek, ahol kimondhatták az igent. Szép fehér, korinthoszi jellegű oszlopokkal, amelyeket fűzérszerűen díszítettek virágokkal, és gyönyörűen csillogó fehér márványpadlója volt a pavilonnak. Tommasón egy fekete, halvány csíkos Armani-öltöny, egy csontfehér ing és csokornyakkendő volt. Monica szintén idegesen készülődött, de igazán ő sem volt biztos abban, hogy szeretné-e az esküvőt – vagy Tommasót férjének. Szinte émelygett az idegeskedéstől. Göndör barna haját feltűzték egy tökéletesen könnyed kontyba, egy-két tincs lógott ki elöl, és egy gyönyörű, virágos hajtűvel tűzték fel a fátylát. A ruha, amit viselt, Lazaro egyik sellő ruhakölteménye volt, ami egy szív alakú kivágással rendelkező, selyemszatén anyagból készült felsőrésszel rendelkezett. Szinte combtőig teljesen szűk, alul pedig a tüll fodrozódott; elegáns, nem hivalkodó ruha. Mindenkin extravagáns és méregdrága kreációk voltak, akárcsak egy filmfesztiválon vagy egy divatbemutatón. Aznap nem csak ők voltak feszültek. Tommaso szülei is idegesek voltak; az esküvő napján találkoztak a két fél szülei. Kissé kínos volt, de hát ezen túl kellett esnie mindenkinek. Monicát az édesapja kísérte a pavilonhoz, ahol Tommaso már várt rá. Az odavezető úton Monica egy pillanatra megállt. Mindenki őt nézte. Persze egyébként is, hiszen káprázatosan nézett ki, de nem csak emiatt, hanem mert mindenki furcsállotta, hogy megállt – már-már azt hitte volna az ember, hogy elfut, de aztán egyszer csak továbbindult, viszont egészen odáig azon gondolkodott, vajon jó döntés-e hozzámenni valakihez, akibe nem szerelmes, és mindeközben nem tudja kiverni a fejéből a svéd pasit, akivel olyan jól érezte magát. Pedig csak pár alkalommal látta, mégis ezen gondolkodott. Mikor odaértek az apjával karöltve az emelvényre, akkor már nem sok opció maradt a menekvésre számára, hogy nem templomban van az esküvő, Monica valamiért így akarta. Abban a pillanatban, ahogy a pap az *igen* részhez ért volna, ismét habozott kimondani. Teltek a másodpercek, már sugdolóztak az emberek a hátuk mögött, de nem történt semmi. Feszült pillanat volt... de egyszerre csak végre kinyögte azt, hogy akarja a férjének Tommasót. Mindenki fellélegezhetett, és gyakorlatilag elkezdődhetett a lagzi. Természetesen, mint minden esküvőn, az ifjú házasok nyitották meg a táncot nem sokkal később, de valami nem volt az igazi.

– Mi a baj, kedvesem, minden rendben van? Ma nem igazán vagy önmagad.

– Persze, csak kicsit szédülök és émelygek.

– Nem lehet, hogy terhes vagy? Már két hete is roszszul voltál, amikor Kappadókiában voltunk.

– Nem tudom, lehet, de végül is nem csináltam még tesztet. Az is lehet, hogy csak az esküvő miatti idegesség.

Döbbenten gondolkodott Monica: hiszen valóban rosszul volt az esküvőt megelőző napokban, de csak az idegességnek tudta be. Most viszont komolyabban elgondolkodott, hogy mi van, ha tényleg terhes... Egyelőre elhessegette ezt a gondolatot, és nem is akart tesztet csinálni. Érthetően nem ez volt az első gondolata az esküvőjén. Annál is inkább, mivel már az esküvő reggelén azon gondolkodott, hogy ez vajon jó döntés-e, és mivel bizonytalan volt egész nap, ezért nem akart azon gondolkodni, hogy terhes lehet-e. Nem igazán volt szerelmes sosem, talán még csak nem is szerette Tommasót, de a pénzt és az életet, amit biztosíthatott neki, annál inkább. A nyitótáncukat követően elfoglalták a helyüket, és nagyjából ők az este folyamán már nem is táncoltak többet. Egy kis idő elteltével egyszer csak arra lett mindenki figyelmes, hogy a lány édesapja behúzott egy nagyot az egyik vendégnek valami miatt, az pedig beleesett a medencébe. A zene elhalkult, mindenki meghökkent. Tommaso szaladt oda, hogy segítsen kimászni a medencéből az ázott férfinak. Ez az illető egy elég fontos üzlettársa volt az apjának, ezért nagyon gyorsan megpróbálta elsimítani a helyzetet, már amennyire lehetett.

Nincs esküvő veszekedés nélkül, szokták mondani. Nagyjából hajnal négyig tartott a lagzi, szerencsére mindenki túlélte az este hátralevő részét. A nászéjszaka tulajdonképpen elmaradt, hiszen már mindenki fáradt volt. Az esküvő utáni második napon elkezdtek készülődni a friss házasok: hamarosan indultak Mallorcára. Leszálltak, fogtak egy taxit a reptéren, és az egyik ötcsillagos Hilton szállodába vitették magukat. Amikor megérkeztek, és letették a szobában a bőröndöket, akkor Monica még az ágyra pakolt ezt-azt, miközben Tommaso a háta mögé állt és csókolgatta a nyakát, a derekánál fogva közelebb húzta az ágyékához, erre azonban a reakció nem volt a legjobb. Monica megfordult, a jobb kezével a férfi arcához nyúlt, és csak annyit mondott neki, hogy most ne, mert túl fáradt a hosszú repülőút után.

Lementek a strandra. Fürödtek, vacsoráztak a hotel éttermében, miközben kértek egy pohár pezsgőt, és ezt követően lefeküdtek aludni. Tommaso nem éppen így képzelte el a közös nászútjukat, de próbált empatikus lenni, így estére már csak az alvás maradt. Reggel, ahogy kinyitotta a szemét Tommaso, akkor a neki háttal fekvő feleségéhez közelebb bújva a vállát csókolgatta egészen finoman, és közben simogatta a mellét és a derekát, mire a nő megfordult, megcsókolta Tommasót, és oldalvást fekve vonaglott félig a férjén. A majdnem kéthetes úton ez volt az egyik – és majdnem az utolsó – alkalom, hogy ők ágyba bújtak egymással. Az ott töltött idejük inkább pihenéssel telt. A nászúton már furcsállotta Tommaso újdonsült felesége viselkedését, mivel Monica nem igazán akart vele szeretkezni. Szinte mindig volt egy kifogása, és ez nem volt jellemző a kapcsoltuk során. Így az ott eltöltött napjaik jobbára napozással és temérdek mennyiségű alkohol elfogyasztásával teltek – utóbbi egyébként nem is volt nagyon ínyére, mivel ő csak ritkán ivott. Ez idő alatt Monica csak arra tudott gondolni, hogy remélhetőleg nem terhes, és bár korábban ezt akarta, ez most megváltozott. Nem volt szerelmes a svéd fickóba, de abban sem volt biztos, hogy nem lett volna-e jobb döntés, ha nem megy férjhez. Bár két találkozó után felrúgni mindent igen nagy meggondolatlanság lett volna a részéről. Mindenesetre a telefonszáma megvolt, így várta az alkalmat, hogy felhívja a férfit. A hét lassan eltelt és elindultak haza, amitől egészen elkedvetlenedett, de mint mindennek, így a „nászútjuknak" is eljött a vége, és hazautaztak. Igen ám, de hova haza? Monica úgy tudta, hogy Milánóba mennek vissza – neki ott volt a munkája, a családja, a barátai. Viszont a reptéren derült, ki, hogy még nem Milánóba mennek, hanem vissza Szicíliába.

– Minek megyünk vissza Szicíliába, szívem?

– El kell még intéznem valamit, de csak egy rövid idő, és azután megyünk tovább. Jó lesz úgy, életem?

Két kezével megfogta az arcát, amikor a becsekkolásnál álltak sorban, és adott egy puszit a szájára.

5. fejezet

Amikor azonban leszálltak és beültek a kocsiba, a sofőr nem Lorenzóék birtokára vitte őket, hanem egy teljesen idegen helyre. Út közben már furcsállotta ezt az egészet a párja, de végül is nem tudta, mit kell elintézni. Megálltak egy háznál. Azt gondolta, biztosan egy ismerősével kell beszélnie férjének valamiről, de nem.

– Megérkeztünk – mondta Tommaso széles mosollyal az arcán.

– Megvárlak a kocsiban, most nincs kedvem kiszállni.

– De most mindenképp jönnöd kell, ígérem nem bánod meg. Kiszállt, átment a kocsi túloldalára, kinyitotta feleségének az ajtót, majd elindultak a ház bejáratához.

– Kihez jöttünk most?

Ahogy kinyitotta az ajtót, az előtérben egy „Üdv' itthon!" feliratú molinó volt kitéve.

– Mi? Ez most komoly? – kérdezte boldogan a nő.

– Úgy fest, ez az új otthonunk. Mit szólsz, drágám?

– Őszintén? Tetszik nagyon, de nem számítottam rá, hogy itt fogunk élni. Mi lesz a munkámmal?

Odafordult a feleségéhez, megfogta a kezeit, és csak annyit mondott:

– Figyelj, nincs szükséged rá, hogy dolgozz. Én pedig szeretnék közelebb lenni végre a családomhoz. Úgy néz ki, hogy hamarosan átveszem a borászatot és azzal sok teendőm lenne, amit nem tudok kizárólag Milánóból intézni.

– Ne butáskodj! Mi az, hogy nincs rá szükségem? Mit gondolnának a szüleid rólam, ha te tartanál el?

– Szerencsére nem hiszem, hogy emiatt mennénk csődbe, és az én dolgom, hogy mit kezdek a pénzemmel, emiatt ne izgasd magadat. A feleségem vagy, ne érdekeljen, mit gondolnak, majd ha kell, akkor én kezelem a dolgokat velük.

– Nem is tudom... nyilván tetszik, amit látok, de csak akkor maradjunk, ha dolgozhatok.

– Ha dolgozni akarsz, én nem foglak visszatartani, de ha nem akarsz, azzal sincs gond.

Esze ágában sem volt persze tovább dolgozni, hiszen ezt akarta elérni. Mostantól az otthonuk már nem Milánóban volt, hanem Messinában, a házat Lorenzo vette, így nem messze volt egymástól a két birtok. Lorenzo egy tetemes összeget fizetett a tulajdonosnak az ingatlanért, de nem érdekelte. A pénz nem számít, ha a fia végre a közelében lesz. Lorenzo feltett szándéka volt, hogy a fiát idővel bevonja a maffiahálózatba. Tommaso már korábban végzett a tanulmányaival, és most, hogy hazaköltöztek, először egy messinai ügyvédi irodánál kezdett el dolgozni, mint ügyvédbojtár. A bevett szokás szerint legalább két-három évig kellett így dolgoznia, mielőtt megkaphatta a doktori címet. Amellett, hogy ebben a formában tevékenykedett, mellette igyekezett a borászattal is foglalkozni.

Sokat dolgozott, elég gyakran viszonylag későn ért haza. Ami furcsa volt, hogy rendszerint a felesége mármár szinte unottan várta, ha lehet ezt így mondani. Leginkább nem is nagyon várta haza, sokszor csak ült a kanapén és tévézett, még akkor is, amikor már hazaért a férje. A szex sem igazán ment mostanság köztük olyan jól. Alig pár hete jöttek haza a nászútról, de az idő alatt sem voltak együtt túl sűrűn. Monica egyre többet gondolt a svéd férfira. Szinte minduntalan. Párszor beszéltek is telefonon, amikor a férje nem volt otthon, így persze le sem bukhatott. Gyakran beszéltek telefonon találkozóról, de bizonytalan volt, hogy mit is feleljen rá, hiszen volt egy férje, és elérte, amit szeretett volna.

Azonban mivel Facebookon ismerősök lettek ezzel a férfival, az nem volt kétséges számára, hogy kőgazdag lehet, akár még gazdagabb is, mint a férje. Ki tudja, lehet, hogy mellette még jobb élete lehetne. A svéd férfi egy csomó luxusautó mellett fényképezkedett, jachton, magángépen... Hívogató volt a nő számára. Gyakran cseteltek is. Egyik este, amikor leültek, hogy közösen megnézzenek egy filmet, Monica kiment a mosdóba, és akkor a telefonjára érkezett egy üzenet a svédtől. Tommasso nem nézte meg az üzenetet, csak egy nevet látott, ami egy kicsit elindította benne ismét a kétkedést. Nem szólt semmit, úgy tett, mintha minden rendben lenne, de egyszerre csak felállt és elment aludni. Monica ezt a reakciót furcsállotta, de még nézte a filmet tovább. A telefonjára pillantott, és látott egy üzenetet. Amikor megnézte, látta, hogy a férfi írt neki. Elgondolkodott, hogy vajon ezért volt-e a férje ilyen furcsa, hogy szó nélkül lefeküdt. Utánament, de addigra már aludt. Másnap délután vacsorával várta haza a párját, ami szokatlan volt tőle. A nő próbált puhatolózni a vacsora alatt, hogy vajon tudhat-e valamit a tegnapi üzenetről.

Tommaso egyébként nem mondott ezzel kapcsolatban semmit sem a feleségének, de hát mit is mondhatott volna. Abban biztos volt, hogy már jó ideje furcsán viselkedik. Egy alkalommal Monica előhozakodott egy munkával, ami csak pár nap lenne, de Párizsba kellene utaznia. Tommaso kétkedve fogadta, hiszen már régóta

nem dolgozott újdonsült felesége, de Monica mindenkép-
pen szerette volna elvállalni a munkát, arra hivatkozva,
hogy ez nagyon sokat fizető fellépés, és már régóta nem
utazott. Amikor azonban Tommaso felvetette az ötletet,
hogy vele tart, Monica határozott *nem*mel felelt. Nem
értette, miért, hiszen korábban gyakran utazott vele.

Tommaso ráhagyta. Monicának így viszont lehetősége
nyílt találkozni Björnnel. Nem egészen egy nap múlva
már a gépen ült, útban Párizs felé. Ebben legalább nem
hazudott a férjének. A hétvége gyorsan elröppent, Mo-
nica nem akart visszatérni Szicíliába, de eldönteni sem
tudta, hogy maradjon-e együtt Tommasóval, vagy váljon
el tőle, és próbálkozzon a svéd multimilliárdossal. Egész
úton hazafelé ezen töprengett, de egyelőre csak azt tud-
ta, hogy elhamarkodottan nem dönthet. Björn gyakran
kereste Monicát továbbra is a találkozók miatt, sőt egy-
re gyakrabban járt Szicíliában is. Ezeken az alkalmakon
általában szállodákban találkoztak, vagy kávézókban,
mikor mennyi lopott időt sikerült eltölteniük. Egy szer-
dai délutánon Lorenzo egyik embere, Mario látta meg
Monicát karöltve egy ismeretlen, magas, szőke pasassal,
amit jelentett Lorenzónak, amint alkalma nyílt rá. Lo-
renzo a tudomására jutott információval egyelőre még
nem kezdett semmit, de kiadta Mariónak, hogy figyelje
Monicát, mikor hova megy. Monica az egészből mit sem
sejtve találkozott Björnnel két nappal később is, amikor
Mario lefényképezte őket, amint csókolóznak egy kávé-
zó teraszán. Mario nem sokkal később átadta a képeket
Lorenzónak, aki mindenképpen ismertetni akarta a fi-
ával a tudomására jutott információt, még ha az fájó is
lesz a számára. Lorenzo felhívta a fiát, kérlelte, hogy
fontos az ügy, ami miatt hívta, és a munka végeztével

mindenképpen menjen haza, de Tommaso hárította azzal, hogy vacsorázni viszi a feleségét, így nem alkalmas az időpont.

Tommaso gyakran későn végzett, szinte majdnem mindig este nyolc után ért haza, azonban egy este a kelleténél előbb futott be. Mivel váratlanul elmaradt egy tárgyalás, gondolta, meglepi Monicát és elmennek vacsorázni valahova, hátha kicsit javíthatnak a kapcsolatukon. Már maga a gondolat is furcsa volt, hiszen talán csak másfél hónapja lehettek házasok. Ezen azonban még nem is gondolkodott annyira, csak a korábbi eseményekből kiindulva szerette volna a feleségét jókedvűnek és boldognak látni, mikor együtt vannak. Délután fél öt lehetett, amikor belépett a házba, és meglepetésére hiába szólította Monicát, nem felelt. Kereste házban, aztán halk hangokat hallott. Akkor benyitott a szobába, s meglátta a feleségét, ahogy éppen hátulról dugja egy szőke izomkolosszus.

Sokkot kapott, állt meredten az ajtóban, majd egy kevés idő után Monica a nyögéseit egy puffanó hang törte meg: meghallotta, hogy Tommaso leejtette a laptoptáskáját. Hátrafordult, és akkor látta meg férjét az ajtóban állni. Ki tudja, már mióta figyelte, amint ő épp mással szexel... Hirtelen mindenki ledermedt.

Amint Tommaso észrevette, hogy már tudják, hogy ott van, nem tudott semmit sem mondani, csak azt érezte, hogy muszáj elmennie otthonról. Beült a fekete Ferrarijába, és padlógázzal hajtott az apja birtokára. Amikor belépett a házba, Cathie köszöntötte mosollyal, de ő, mint aki meg sem hallotta, viharzott az édesapja dolgozószobájába. Tudta, hogy ott biztosan talál fegyvert. Hirtelen mérgében azt gondolta, kinyírja a pasit, és kész.

A könyvek között matatott – tudta, hogy ott van egy rejtett széf, amiben biztosan talál fegyvert. Rá is bukkant egy Smith and Wessonra, ami már töltve volt. Már éppen ellenőrizte, hogy töltve van-e és indult volna, akkor abban a pillanatban Lorenzo került vele szembe a dolgozószoba ajtajában. Látta, hogy fia remegő kezében ott van a fegyvere. Meglepettnek tűnt, azonban ő nem engedte ki. Megfogta a két vállát, ránézett, és azt mondta:

– Menjünk be, meséld el, mi történt.

– Apa, engedj, semmi kedvem ehhez!

Próbált volna szabadulni a szobából és apjától, de persze fel nem lökhette...

– Elég ebből! Az én fegyverem van nálad, tiszta ideg vagy, szóval fejezd be az ellenkezést és mondd meg, mi a faszt akarsz kezdeni?

Bement a szobába, és leült az egyik fotelba. A lármára megjelent az édesanyja is, de egyszerűen becsukták előtte az ajtót. Lorenzo egy határozott mozdulattal kivette fia kezéből a fegyvert, az asztal túloldalán leült, és letette maga elé a pisztolyt. Ránézett az idegtől remegő Tommasóra.

– Na, halljam, mi ez az egész!

– Monicát rajtakaptam, ahogy otthon kefélt egy szőke pasival.

Lorenzo felállt és az asztalra csapott.

– Tessék?! Utolsó ribanc... Most, alig pár hete volt az esküvőtök.

Lorenzo persze ekkor már tudta az igazat, de mivel a fia is rájött, nem látta értelmét, hogy a képekről beszéljen neki, ezért úgy tett, mintha értetlenkedve mérgelődött volna, és közben fel-alá járkált a szobában.

– Na, most már érted, miért futott el a méreg?

– Értem, de higgadj le. Te hamarosan ügyvéd leszel,
nem nyírhatsz ki valakit... már ha ez volt a feltett szán-
dékod. Hogy gondolhatta ez a kurva, hogy az esküvő után
a saját házatokban kúr félre valami idiótával? Legalább
esze lenne, de persze ő csak egy szép, agyatlan liba –
mormogta halkabban Lorenzo.

– Elég már! Attól még a feleségem...

– Nem sokáig, gondolom – vágta oda az apja. – Mihez
kezdjünk, mit akarsz? Odaküldjem Lucát vagy Davidét,
hogy elintézze a pasast? Egyáltalán ki a tököm ez, tudod?

Közben töltött két whiskyt.

– Honnan tudnám már?! Ne bosszants, apa... Pont
nem volt alkalmam, hogy bemutatkozzak neki, miköz-
ben a nejemet dugja!

Lorenzo odament a fiához, megfogta a két vállát,
miközben azt mondta neki:

– Higgadj le! Majd én elintézem ezt. Te ma maradj itt,
a többi az én dolgom. Rendben van ez így?

– Jaj, ne játszd a maffiást! Nem tudom, hogy ki aka-
rom-e nyírni, csak egy hirtelen reakció volt ez az egész.
Nem az a megoldás, ha lelövök valakit.

– Na, figyelj, fiam! Először is, tudod, hogy ki vagyok.
Kettő: hidd el nekem, hogy jobban éreznéd magad, ha sa-
ját kezűleg eresztenél golyót a rohadék fejébe, de... – és
ez fontos, mint mondtam – te ezt nem teheted meg! Ne-
ked makulátlannak kell maradnod, én viszont pontosan
tudom, hogy mit és hogyan lehet megtenni úgy, hogy te
ne keveredj bajba. Te a munkából ma haza sem mentél.
Hozzánk jöttél át, mivel fontos megbeszélnivalónk volt.
Anyád is látta, hogy itthon vagy, ez már elég. Te tiszta
maradsz. Telefonon beszélhetsz röviden a feleségeddel,
de ne legyen több fél percnél, mintha azt mondanád,

hogy ma nem mész haza hozzá, mert van egy kis dolgod itthon. Erre viszont figyelj nagyon, hogy ennél több idő ne legyen: így ha még fel is akarna jelenteni a ribanc, semmi bizonyítéka nem lesz.

– Képtelen vagyok beszélni vele...

– Ne nyafogj, mint egy kiscsaj, hívd fel, legyél érzéketlen, mondd el neki, amit mondtam, mintha mi sem történt volna! Csináld!

Felhívta Monicát, és bár nehezen, de sikerült elmondani neki ezt a mondatot, és teljesen úgy viselkedett, mintha mi sem történt volna. Persze a nő próbált volna magyarázkodni, de nagyjából 10- 15 másodperc elteltével rányomta a telefont, még mielőtt belekezdhetett volna a mondókájába. Ezt követően teljes erőből a falhoz vágta a mobilt, ami darabokra tört.

– Apa, nem akarok tudni semmiről...

– Nem is fog történni semmi, amiről tudnod kellene. Most menj a szobádba vagy a húgodhoz.

Tommaso becsapta maga mögött a dolgozószoba ajtaját, és a húgához ment az emeletre. Gondolta, hátha eltereli valamelyest a figyelmét, ha vele foglalkozik. Ugyan már nem volt kisgyerek, de mindig szeretett vele lenni. Abban a pillanatban Lorenzo utasította Davidét, hogy figyelje Tommasóék házát, és ha lát egy szőke pasast elmenni, akkor kövesse, és amint tudja, ölje meg. Davide a háznál várt. A férfi már rég sehol sem volt, így pár órával később jelentette Lorenzónak, hogy valószínűleg meglépett már, mire odaért. Lorenzo azonban ezek ellenére is azt mondta neki, hogy derítse ki, ki az, és ha tudja, intézze el.

Facebookon ismerőse volt Monicának, így azt nem volt nehéz kideríteni, hogy ki az. Björn Andersnek hívták a svéd multimilliárdost, azt viszont már nehezebb volt kitalálni, hogy hol lehet.

Az idő nem telt Tommaso számára; úgy érezte, hogy majd' szétveti a méreg, az idegesség, hogy ez vele történt. A húgával játszottak egy szettet, de nem igazán kötötte le. Folyamatosan arra gondolt, hogy ki lehet a pasi és mi a franc történt, hogy a felesége, Monica, pár héttel az esküvőt követően megcsalja...

Gondolkodott, s egyszerre beugrott neki, hogy lehetséges, miszerint már Kappadókiában is ez a pasi volt az, akivel reggelizni látta a hotel éttermében. Akkor összeállt neki a kép: valóban lehetséges, hogy már akkor viszonya volt vele. Ez megmagyarázná, hogy miért viselkedett furcsán az esküvőn, és miért nem akart mostanában lefeküdni vele a felesége. Éveket töltöttek együtt, ezért nem értette, hogy lehet, hogy az a nő, akit megismert Jesolóban, képes volt ezt tenni vele.

Monica aznap és másnap délelőtt is próbálta többször hívni Tommasót, de hiába, a telefon ugyanis korábban összetört. Persze Tommaso megtehette volna, hogy vegyen egy másikat, de esze ágában sem volt, mert tudta, akkor hívogatni fogja a felesége.

A nappaliban feküdt az egyik antik rekamién, és gondolatait forgatta, amikor Lorenzo leült az egyik mellette lévő fotelba, a dohányzóasztalra letett egy méregdrága Hardy Perfection konyakot. Egy kerek, különleges kristálypalack volt, ami nem túl nagy, de egy üveg ebből közel 13 000 dollárba került, és alig 300 darabot palackoztak belőle. Igazi különlegesség volt. Természetesen még sok más italkuriózum is megtalálható volt a nappali vitrinjében, abból adódóan, hogy ez volt Lorenzo egyik drága hobbija: ilyen ritka, limitált kiadású alkoholokat gyűjtött.

Az árukból kiindulva csak két kulcs volt a vitrinhez, ame-
lyek közül egy nála volt, egy pedig a dolgozószoba széf-
jébe zárva, így személyzet nem fért hozzá. Az egyik leg-
drágább, ami a készletében volt, egy Armand de Brignac
Midas pezsgő, ami 162 000 dollárt kóstált, a másik pedig
a Tequila Ley, 3,5 millió dollárért. Ezek többségének az
elérése ritkaság az alapanyagok vagy akár a palackozá-
suk miatt. Utóbbi fehérarany-platina, gyémántokkal
díszített különleges palack.

– Igyunk, mit szólsz?

Lorenzo csengetett, és jött egy inas.

– Hozzon két poharat és jeget.

Tommaso felült, az asztal felé nyúlt, a kezébe vette
az italt és nézegette a palackot. Tudta, hogy pokolian
drága az a konyak.

– Apa, biztosan meg akarod bontani ezt?

– Hogyne. Most van itt az alkalom, hogy megtegyük.

– Miért is?

– Egy: azért, mert az a kurva megcsalt, és hidd el, hogy
soha nem is szeretett igazán. Egy ribanc volt, aki a pénzt
nézte. Kettő: azért, mert hidd el, a bánatra jó gyógyír az
alkohol, pláne ha ilyen nemes ital. Szóval most iszunk
egyet, mint apa és fia...

– Na jó, tölts, de ne beszéljünk Monicáról. Nem va-
gyok most kíváncsi rá...

– Jó, hát mesélj akkor, mi van a borászatban?

– Az idei termés eddig úgy ígérkezik, hogy nagyon
jó lesz, szinte már talán prémium minősítést is kaphat-
nánk, de majd meglátjuk. Az új szőlész ügyesen dolgo-
zik. Szerintem az idei évben a profit akár másfélszerese
lehet a tavalyi évnek.

– Szuper... ügyes vagy, Tommaso.

Lorenzo a fia vállára helyezte közben a kezét, majd így szólt:

– Nem bántam meg, hogy átadtam a borászatot, így már háromgenerációs lett a vállalkozás.

Két órával később Lorenzo ismét a vitrinhez ment, és kivett egy Dalmore 62-t, egy whiskykülönlegességet. Nagyon ritkán nyúlt a vitrinhez, de most úgy érezte, hogy számára megéri felbontani ezeket, hiszen ő ünnepelt. Sose szívelték a nőt, de megtűrték, mert Tommaso szerette. Visszaült a fotelba, és szivarozva iszogattak, beszélgettek egész hajnal három-fél négyig, amíg a temérdek mennyiségű alkoholtól el nem aludtak a nappaliban.

Mikor Tommaso kinyitotta a szemét másnap reggel, a takarítónőre ébredt fel, aki a poharakat és üres üvegeket szedte össze. Nagyon fájt a feje, de nem volt kedve felkelni. Tulajdonképpen nem akart a házba menni, dolgozni sem, és mivel az ügyvédi iroda, ahol ő bojtárkodott, az apja egy jó barátjáé volt, tudta, hogy nem lesz következménye, ha nem megy be aznap. De tudta, hogy örökké nem heverészhet, és előbb-utóbb szembe kell néznie a csúf valósággal. Délután Monica megjelent Lorenzóék házánál. A személyzetnek ki lett adva, hogy ne engedjék be, de szabályosan szinte arrébb lökte az ajtóban álló komornyikot. Felrohant Tommaso szobájába, ahol látta, hogy a férje teljesen kiütve alszik. Odafeküdt mellé és nézte, simogatta – várta, hogy felkeljen. Tommasónak, mikor kinyitotta a szemét, szinte azonnal kiment az álom a szeméből. Felpattant, és ingerülten kérdezte:

– Hát te meg mi a francokat keresel itt?

– Én... én megmagya...

– Fejezd be! Nem érdekel, mit akarsz mondani, nincs mit megmagyarázni. Menj a fenébe, és ne is lássalak...

és csak, hogy tudd: elválok tőled – szakította félbe Tommaso igencsak ingerülten.

– De Tommaso! Ne beszélj így, kérlek! Én nem akartam.

– Oh, fogd már be! Te hallod magadat? Akkor véletlenül került a hálószobánkba, és véletlenül dugott meg?! Nem vagy normális. Takarodj el innen, de nagyon gyorsan, mielőtt olyat teszek, amit magam is megbánnék!

A nő lassan felállt, és vonakodva, többször visszanézve lassan kiment a szobából. Tommaso nem sokkal később, ingerülten becsapva maga mögött az ajtót kirohant a szobából, és ahogy szinte robogott le az emeletről, üvöltve kérdezte:

– Ki engedte be ezt a nőt?!

Flavia a teraszról lépett be, amikor hallotta, hogy valaki kiabál.

– Mi történt, fiam?

Flavia addigra már mindent tudott. Nem kívánt beleszólni ebbe, ezért nem firtatta az előző nap délután történteket, sem az esti iszogatást.

– Valaki beengedte Monicát!

– Majd én elintézem, hogy ne legyen több ilyen, nyugodj meg, fiam.

Odament, és megölelte Tommasót. Tudta, mit érezhet, de nem akarta firtatni. Később, mikor Lorenzo hazaért ebédelni, Tommaso próbált volna puhatolózni, hogy mi történ a férfival, van-e valami fejlemény, de nem tudott meg sok mindent. Davide próbálta kinyomozni, hogy hol lehet a férfi, de még nem akadt a nyomára. Tommaso tudta, hogy ideje hazatérnie, hiszen örökké nem kerülheti a feleségét, előbb-utóbb beszélniük kell. Vonakodva, kedvetlenül, de pár órával később hazavezetett.

Amikor belépett az ajtón, Monica a konyhapultnál ülve sírt egymagában. Az igazat megvallva nem azért sírt, ami kiderült, az szinte nem is érdekelte, majdnem örült neki legbelül. Tommaso odament, leült vele szemben a konyhasziget túloldalára. Nem akart beszélgetni, de meglátta, hogy az asztalon ott hevert egy terhességi teszt. Abban a pillanatban sok minden kavargott a fejében, de csak annyit tudott hirtelen kinyögni:

– Te terhes vagy?!

Monica csak még inkább sírt, ahogy e szavak elhagyták Tommaso száját.

– Válaszolj, baszd meg! Hozzád beszélek.

– Igen. Az vagyok...

Megkönnyebbülten ejtette ki a száján ezt a rövid választ.

– Gratulálok! Az én feleségem már terhes egy másik pasitól... Csodálatos. Tudod, azt gondolom, hogy ideje lenne összeszedned a holmidat és hazautaznod Milánóba. Nem bírlak látni sem. A válási papírokat meg majd elpostázom.

– A gyerek a tied...

Tommaso akkor teljesen elsápadt. Ezek után egyértelműen nem akart már a feleségével lenni, pláne nem gyereket tőle.

– Miből gondolod, hogy az enyém?

– Mert már közel 1,5 hónapja volt a nászutunk, és azóta nem jött meg...

– Ebből most akkor egyértelmű, hogy az enyém?

– Igen, mert Björnnel csak azután feküdtem le, hogy hazajöttünk a nászútról.

– Oh, csodás, legalább már tudjuk, hogy hívják az új pasidat.

– Ne mondd ezt... te is tudod, hogy szeretlek – mondta hüppögve. Tommaso viszont egyre ingerültebb lett.

– Fejezd ezt be! Hogy van képed ezt mondani nekem azok után, amit láttam? Te csak a pénzt szereted. Azt akarom, hogy holnap utazz el, és nem szeretném, ha megtartanád a gyereket. Tehát ahogy hazaérsz Milánóba, menj el orvoshoz és hozd ezt rendbe. Egyáltalán nem akarom, hogy bármi is hozzád kössön egy életre. Megértetted?

– Ezt hogy gondolod? Az én gyermekem is, és jogom van megtartani, ha akarom.

– Vicces, hogy éppen te beszélsz nekem jogokról. Értesíts, ha már elhagytad a házat!

Sarkon fordult, és nem sokkal később elviharzott a házból.

6. fejezet

Pár héttel később úgy tűnt, hogy elül a por, mivel Monica elköltözött, azonban még egy ideig gyakran hívogatta Tommasót, de a fiatal férfi mit sem törődött vele. Nemsokára érkezett Monicától egy válaszlevél, amiben az aláírt válási papírokat küldte vissza férjének. Lorenzo, mivel tudta, hogy a szőke férfi meg fogja látogatni Monicát, kiadta az embereinek, hogy nyomozzák ki a személyazonosságát, és kövessék őt Milánóba is, mivel biztos, hogy fel fog tűnni. Nem tudták, ki az és hogyan néz ki, de azt igen, hogy a nő ismerőse, és Björnnek hívják. Ebből már könnyedén megtudták a teljes nevét, és gyakorlatilag minden más információt is a kilétéről. Ezt jelentették Lorenzónak, aki ismételten felhívta az emberei figyelmét arra, hogy ezt a problémát a célpont befolyásosságából kiindulva mindenképpen nagy körültekintéssel kezeljék. Davide és Luca alig pár nap múlva Milánóba utazott, és szinte éjjel-nappal figyelték Monica lakását, hátha felbukkan a fickó. Teltek a napok, de a tag nem jelent meg még mindig. Már közel egy hete voltak Milánóban, mire végre bekövetkezett a várva várt esemény: megállt egy autó a lakás előtt. Davide és Luca látta, hogy egy szőke, magas alak száll ki a kocsiból. A férfi felment a lakásra, és nagyjából másfél órával később kijött az épületből. Davide és Luca ekkor már várták a kapualjban egy hangtompítós pisztollyal.

– Szállj be a kocsiba! Most – mondta Luca határozottan, miközben fegyvert nyomott Björn fejéhez.

– Oké, oké, megyek, de mégis mi fene ez az egész? –
kérdezte a pasas angolul.

– Ne pofázz, hanem szállj be a kocsiba! – szólt Davide.

Beszállt a kocsiba, mert nem volt választása.

A férfi még kérdezősködött, mentegetőzött, hado-
vált mindenfélét idegességében, de már nem angolul,
ezért nem értettek egy árva szót sem Lucáék, de még
ha értették volna, sem számított volna, hiszen Lorenzo
parancsba adta, hogy öljék meg.

– Te, Luca! Érted, hogy mit vartyog ez a hapsi?

– Nem, de már nagyon idegesít. Hajts délnek, majd
a tengernél elintézzük. Ám ezt nem várta meg Davide,
mivel a pasas kétszer is megpróbálta lefegyverezni. Egy
alkalommal váratlanul lefejelte, így próbálta elvenni a
fegyvert, azonban Davide még így is gyorsan kapcsolt.
Az orrához nyúlt a bal kezével, a jobbal viszont, ami-
ben a fegyvert tartotta, visszakézből állon vágta Björnt.
Davide ezután angolul figyelmeztette: ha élni szeretne
még, akkor álljon le. Nem mintha lett volna jelentősége
a szavainak...

Ezt követően, amikor Davide óvatlanabb volt, akkor
behúzott neki, de ekkor Luca azonnal félrehúzódott, és
hátrafordulva kétszer rálőtt Björnre. Már nem volt esé-
lye, hogy túlélje. A svéd a lőtt sebhez nyúlt, de dőlt a vér
belőle. Ezután alig fél percig élt.

– Bassza meg! Miért nem figyeltél jobban? – kérdezte
Luca Davidét, aki szintén az orrát fogta, ami már vér-
zett. – Most a te hibádból összevérezi az utót ez a kretén.

– Jól van már! Majd kitisztíttatjuk. Inkább hajts! Le-
gyen már pont ennek a végén, szabaduljunk meg tőle.

Alig másfél órával később, olyan este fél kilenc körül
Lorenzo telefonja megcsörrent. Davide hívta.

– Igen?

– Elintéztük a problémát.

Lorenzo kinyomta a telefont és elégedett mosolyra húzta a száját, miközben a kandalló előtt kortyolgatta a whiskyt.

Az emberei a kocsiban lelőtték Björnt, majd a hullájával Camogliba autóztak, a kikötőbe, ahol egy baltával feldarabolták öt darabra. Luca és Davide is csurom vér volt. A hulla maradványaira nehezéket kötve behajították először a végtagjait a Tirrén-tengerbe, majd a fejét benzinnel öntötték le, amire a véres ruháikat is rádobták. Ezt követően Luca meggyújtott egy öngyújtót, majd rádobta a ruhákkal elfedett fejre. A végtag nélküli törzsre szintén pár téglát kötöttek, és azt is behajították a tengerbe, így a tetem teljesen felismerhetetlen lett. A perzselődő hús és ruha szaga elviselhetetlen volt. A megégett fejet végül az egyikük zakójába tekerték, arra is kötöttek nehezéket, majd behajították a vízbe, ami így is felismerhetetlenné tette volna rövid időn belül a hullát, de nem bízták a véletlenre. Ezzel az ügyet elrendezettnek tekinthették. Tommaso aznap este beugrott a családi házhoz. Nem emiatt, erről tudomása sem volt, azonban amikor Lorenzo meghallotta, hogy a fia jött haza, abban a pillanatban ismét a vitrinhez indult. Tommaso pont ekkor látta meg apját.

– Ünneplünk valamit, apa? Mert ha megint olyan görbe estét csapnál, mint a múltkor, akkor azt kihagynám...

– Persze, hogy ünneplünk! – csattant fel Lorenzo. – A feleséged hamarosan az ex-feleséged lesz, és a problémát sikerült elintéznünk – mondta önelégülten a fiára nézve, miközben a szekrényben válogatta az alkoholokat. Nehezen tudott dönteni, hogy mit bontson meg ezúttal, de sikerült választania.

– Ez jó is lesz, alkalomhoz illő...

– Nem értelek. Ez most mit jelent?

– Ugyan, röviden mondom: volt gond, nincs gond.

– Tessék? Megöltétek a fickót?!

– Dehogy, mi sosem tennénk ilyet senkivel sem – kuncogott ironikusan, aztán leült az egyik fotelbe, közben Tommaso teljesen elhűlt az információ hallatán. Szinte beleesett a kanapéra, mintha éppen csak nem ájulna el.

– Na, mi van? Nem ezt akartad talán? Én...

– Mit „te"? Tudod, hogy terhes a nő? Még az sem biztos, hogy nem tőle. Bassza meg! Te meg kinyírtad a gyereklehetséges apját.

– Először is nem én, de ez részletkérdés. Én megkíméltelek attól, hogy bepiszkold a kezedet! Kit érdekel, hogy terhes-e...

– Engem! Mert ha az enyém és megtartja, akkor örökre magához köt ezzel, ha meg nem az enyém, hogyan hagyjam, hogy apa nélkül nőjön fel a gyerek? A fenébe! Nincs mit ünnepelni egyáltalán...

– Ó, dehogynem. Te ne idegesítsd magad ezen, a saját életedre koncentrálj. Élvezd az életet! Én megoldok mindent.

– Miről beszélsz?! Nem fogod őt is megöletni, azt nem hagyom. Nem szeretem, de mégis, nem ölhetsz meg mindenkit, akit nem kedvelek.

– Jó. Akkor tégy, ahogy akarod, de ha már kivettem a vitrinből ezt a drágaságot, akkor legalább igyunk egyet, ha másra nem, az egészségedre.

– Nem szívesen a történteket hallva, de jó, legyen. Csak egy, és aztán megyek.

Másfél hónappal később a tárgyaláson találkoztak először. Amikor Monica meglátta Tommasót, odasietett hozzá, megpróbált vele kommunikálni, de mintha a falnak beszélt volna. Azután a férfi egyszerre csak annyit hallott meg:

– Nem vetettem el a gyereket…

Ez a mondat visszhangzott a fejében, arca teljesen elsápadt. Továbbra sem tudhatta, hogy biztosan az ő gyerekét várja a nő, vagy sem. Mintha fejbe vágták volna abban a pillanatban.

– Mit vársz tőlem? – fordult hátra Tommaso.

– Ne válj el tőlem, és neveld fel a gyermekedet.

– Lehetetlent kérsz. Tudod, volt idő, amikor bármit megadtam volna, hogy az előző mondatot halljam a szádból, amikor még örülhettünk a hírnek, hogy terhes vagy. De nem ebben a helyzetben! Ezt te sem gondolhatod komolyan. Egyébként is, miért nem vetetted el?

– Nem volt szívem hozzá.

– Ugyan már, nincs is szíved! – mondta cinikusan. – Ez csak arról szól, hogy be legyen biztosítva az életed, de attól még biztos lehetsz benne, hogy elválok tőled!

– Nem is érdekel a gyermeked? – siránkozott, ám arcán inkább megjátszott érzelem látszódott.

– Ugyan már, ne színészkedj, szerinted elhiszem még a sírást? A gyerek… *Ha* valóban az enyém, amit nem tudunk meg még egy jó darabig, akkor a gondját fogom viselni. De nem neked, és ne számíts arra, hogy én leszek a pénztárcád, aki mindent megvesz egy szóra, ha a gyerekre hivatkozol. Amire szüksége lesz, megkapja, de te semmit…

– Hogy mondhatsz ilyet? Én fogom egyedül nevelni a babát?

– Te bizony! Edd meg, amit főztél, belőlem többet nem csinálsz bolondot!

– Hogy lehetsz ilyen kegyetlen?

– Még hogy én? Na, ezt most fejezzük be, kezdődik a tárgyalás, elválunk, aztán csak és kizárólag annyit fogunk beszélni, amennyit feltétlen szükséges. Sem többet, sem kevesebbet.

– Jó de, hol fogok élni?

– Egy ideig használhatod a milánói lakásomat, de nem ajánlom, hogy elfeledd, kié. És csak hogy tudd, nem lesz soha kizárólagos felügyeleti jogod, mert azt nem fogom hagyni, hogy elrontsd a gyereket. Ahogy lehet, elmész egy génvizsgálatra, és ha valóban az enyém, majd akkor beszélgetünk komolyabban a gyerek jövőjét illetően. Nincs több mondandóm neked.

Monica meghökkenve leült a helyére és hallgatta a bírót. A tárgyalás nem volt hosszú, de mindketten szinte teljesen máshol jártak fejben. Egyikőjüknek sem volt kellemes a találkozás és a válás.

Ahogy a bíró kimondta a válást, Tommaso abban a pillanatban felpattant a helyéről, szinte elviharzott a tárgyalóteremből. Önmagához képest nyúzottabb volt, és talán fogyott is, szétszórt volt. Hogy is ne lett volna az, amikor az élete, ami szinte teljesen jól alakult, most hirtelen fenekestül felfordult. Épphogy megnősült, nem sokkal később kiderült, hogy a felesége megcsalja és terhes, de ki tudja, kitől...

Próbált a munkájára koncentrálni. A borászat és az ügyvédbojtárkodás teljesen kitöltötte a mindennapjait, sőt talán kétszer annyit dolgozott, mint előtte. Teljesen a munkába temetkezett. Néha felhívta Monicát, hogy a gyerek rendben növekszik-e, és nincs-e szükség valamire, de nem különösebben szeretett volna túl sokszor sok mindent beszélni a volt feleségével. Még a gondolat is elborzasztotta, hogy nemrég, pár hónapja még boldogan készült az esküvőre, most meg már azt kell mondania, hogy elvált, és van egy ex-felesége. A génvizsgálatból kiderült, hogy a gyerek Tommasoé, aminek részben örült, de ez az érzés persze nem volt felhőtlen: Monica gyakrabban hívta fel azzal, hogy valamire szüksége van. Persze mivel már bizonyított volt, hogy valóban az ő gyermekét várja, így hiába jelentette ki korábban, hogy nem fog neki pénzt adni és megvenni mindent, amit kiejt a száján, mégis ez történt. Nagyon sok esetben nem mondta meg mire kell a pénz vagy ha mondta is nyilván nem tudhatta, hogy valóban az adott holmit veszi meg, vagy másra költi a pénzt, amit küld neki.

Telt az idő, és Tommaso igyekezett felejteni. Eleinte nőkkel múlatta az időt, de egy-két hónap elteltével ráunt, hogy mindig más mellett ébred, majd a családjával igyekezett minél több időt tölteni, akár kirándulásokat szervezni, hétvégi kiruccanásokat, hajókázást stb. Mellette abszolút a munkába temetkezett, nem mintha szüksége lett volna a pénzre, de lényeges volt, hogy lefoglalja magát. Sokat futott és edzett. A borászattal is annyi időt foglalkozott, amennyit csak tudott, és végül is kifizetődő volt, hiszen megkapták a prémium minősítést a Catarratto szőlőből készült fehérborra. Azt viszont valószínűleg ő maga sem gondolta volna, hogy egyszer ő maga belekóstol is a maffiózók életébe. Apja Szicíliában elég ismert volt, persze, hogy ismerte mindenki a fiát is, aki csak számított. Tommaso kezdetben kisebb helyi ügyleteket tartott kézben, mint pl. a kaszinók felügyelete: a bevételt ő vette át záráskor, ő vezette a biztonságiakat. Ez mindaddig ment neki, ameddig egy szép augusztusi este gond nem adódott az egyik kaszinóban. Egy kövér, kopaszodó pasas sorra kérte ki magának az italokat, ami persze még nem gond önmagában, de az alkohol csak fogyott és fogyott. Mellette igen sok pénzt nyert el. Tommasót értesítette Mario az esetről, és nem sokkal később Tommaso meszszebbről figyelte a pasit, ahogy játszik. Úgy tűnt, hogy talán még csal is, amellett inzultált mindenkit, aki leült játszani az asztalhoz. A férfi, úgy tűnt, befolyásos fickó lehet. Már csak az öltözékéből ítélve is, közelebb lépve pedig egy méregdrága Rolex órát pillantott meg a férfi karján, ami önmagában érhetett kb. 40 000 eurót. Tommaso ritkán ült le játszani, de kíváncsi volt a pasasra. Leült az asztalhoz és kérte az osztót, hogy neki is osszon. Pókereztek éppen az asztalnál. Az ismeretlent és Tommasót leszámítva még két másik férfi ült az asztalnál, és egy idősebb hölgy. Tommaso az osztóra nézett, aki ismerte őt, és kacsintással jelezte neki, hogy abszolút kezelje úgy, ahogy bárki mást.

Szándékosan olyan dolgokat kérdezett, mintha sosem járt volna még a kaszinóban korábban. Elkezdtek játszani, majd egy-két kör után az idős hölgy felállt az asztaltól és távozott. Újabb pár kör után, amikor úgy tűnt, hogy a kövér pasi egyszerűen nem tud veszíteni, a másik két férfi is felállt az asztaltól. Tommaso zsetonjai is fogytán voltak. A kövér dölyfösen odavetette neki, hogy már lassan nincs mit elnyernie tőle. Tommaso csettintett, mire ott termett a személyzet egy tagja.

– Zsetont kérek.

– Mennyit hozzak önnek?

– 10 000 eurót.

– Tudja, hogy veszíteni fog ismét?

Miközben kimondta ezt, kajánul elmosolyodott.

– Ugyan, játsszunk! Mivel foglalkozik, ha nem titok? –
mosolyodott el a sármos ifjú.

– Ez meg miért érdekli magát?

– Kíváncsi természetem van és szeretnék még játsza-
ni, gondoltam, beszélgethetünk is közben.

– Üzletelek ezzel-azzal...

Tommaso még egy darabig, hagyta nyerni a pasast.

– Nos, én is üzletember volnék. Amennyiben úgy adó-
dik, talán tudunk közösen is pénzt keresni.

– Maga vesztes... Már nagyon sok pénzt elnyertem
öntől, minek akarnék én ilyen valakivel üzletelni? – kér-
dezte nevetve a főszer.

Tommaso csak elmosolyodott. Alig 2 000 eurónak
megfelelő zsetonja maradt. Szintén nagyon jó kártyás
hírében állt, akárcsak az apja, de persze ezt nem tudhat-
ta az idegen, aki ezelőtt még sohasem járt a kaszinóban.
Tommaso onnantól kezdve, hogy ez a mondat elhagyta a
túlsúlyos férfi száját, már nem veszített egyetlen partit
sem. A pasas egyre feszültebb lett, ahogy Tommaso újból
és újból nyert, ő pedig egyre többet és többet veszített. A
férfi még több whiskyt kért. Már szinte teljesen részeg
volt. Fűtötte a düh, hogy folyton veszít.

– Maga egész biztos csal... Új paklit kérek – nézett az
osztóra, aki Tommasóra nézett, aki alig észrevehetően
bólintott. A pasinál összeessen körülbelül 100 000 euró
volt, amikor elkezdtek játszani. Azonban idegességében
egyre nagyobb és nagyobb tételeket tett fel. Az új paklival
is csak veszített. Tommaso néha egy kisebb tétnél hagyta
nyerni. Ekkor a fickó mindig elbízta magát. Az ifjú ma-
gabiztosan játszotta a macska-egér játékot. Az idegen-
ről csak úgy csorgott veríték a feszültségtől. Persze az is
rendkívül dühítette, hogy az ellenfele teljes higgadtsággal

ült vele szemben. Ez mindaddig ment, amíg a fickó el nem veszítette az összes zsetonját, és már az autóját kínálta fel tétként.

– Végeztünk, azt hiszem – szólt Tommaso higgadtan, hetyke mosolyt engedve meg magának.

– Várj, még nem végeztünk! – szólalt meg kétségbeesetten kártyapartnere, majd egy Bugattit ajánlott fel tétként.

Tommaso egy pillanatig elgondolkodott az ajánlaton.

– Láthatnám az autót, mielőtt igent mondanék?

– Persze, jöjjön, nézze meg.

A pasi már tántorgott, egyáltalán nem voltak biztosak a léptei, de a parkolóig kibotorkált, és rámutatott egy fekete autóra. – Ez lenne az. Sokat ér az autóm.

Tommaso hümmögött egyet, kajánul elmosolyodott, és azt mondta teljesen ridegen:

– Legyen. A kocsi viszont nem ér, csak ötvenezret, mivel megkarcolta a küszöbnél.

A pasi bosszankodva mormogott valamit alig érthetően.

– Jó, akkor 50 000 legyen a tét…

Tommaso kezében egy kőr bubi és egy káró 10-es volt. A pasi feszülten figyelte a lapokat, amik sorra jöttek. Kőr 8-as volt az első lap, következő a treff 9-es, majd legvégül a káró 7-es jött le. A pasi boldogan fordította meg a lapjait, mondván, hogy a sorral ő nyert. Ám sajnálatos módon ezt is elveszítette, mivel Tommasónak is sora volt, de magasabb lappal. A szikár ifjú porig alázta őt alig pár óra leforgása alatt. Ezt a gondolatot egyszerűen nem tudta megemészteni a pasi. Teljesen elöntötte a düh és a harag, felpattant és az asztalra csapott.

– Te szarházi kis taknyos, mit játszod itt az eszedet nekem?

Az osztóra nézett, és hangosan azt mondta:

– Ez a taknyos kölyök csal.

Az osztó figyelmen kívül hagyta, amit mondott a férfi.

– Ugyan, játszottunk, és ön vesztett, de hát van ilyen. Úgy érzem, már egy cseppet sem szeretnék önnel üzletelni.

Ez a mondat volt a kegyelemdöfés ellenfele számára, az egóját ez már végletekig sértette. A zakója mögül előrántott egy pisztolyt, és Tommasóra fogta...

Ahogy ráfogta a fegyvert, a kaszinó testőrei és az ő testőre is mind ott termettek egy szempillantás alatt.

– Válogassa meg a szavait, uram, különben nem állok jót magamért – nyögte ki a teljes higgadtsággal, kicsit flegmán Tommaso.

– Nekem te ne magyarázz meg semmit, öcskös, csak meghúzom a ravaszt, és neked annyi. Még csak következménye sem lenne, ha egy ilyen pondró eltűnik a Föld felszínéről.

– Uram, tegye le a fegyvert és hagyja el az épületet, különben nekünk kell eltávolítani – szólalt meg határozottan ez egyik biztonsági ember.

Tommaso halvány mosolyra húzta a száját.

– Azt gondolom, jelenleg semmi esélye sem lenne erre. Nézzen körbe!

A pasas szétnézett, és akkor látta, hogy legalább hat ember veszi körbe. Ez azonban a méregtől szinte fel sem tűnt neki. A mondat végén sarkon fordult Tommaso, és elindult a terem túlfelére. Egy pár lépés után odahajolt az osztóhoz.

– A pénzt vigyék a... – Még be sem fejezte a mondatot, amikor hirtelen lövés dördült, majd még egy. Az összes vendég sikongatva, pánikolva indult a bejárat felé. A pasas lelőtte Tommasót, aki térdre rogyott, majd összeesett, és lassacskán lecsukódtak a szemei.

Tommaso szeme előtt elsötétült a világ. A lövöldöző döbbenten nézett, majd megpróbált elsietni a helyszínről, miközben az utánainduló testőrökre szegezte a fegyvert. Közben két biztonsági ember Tommasóhoz sietett, míg a másik kettő megpróbálta feltartóztatni az őrült férfit, aki nem sokkal később rálőtt Márióra is. Máriót vállon találta el, de Luca abban a pillanatban, ahogy a fickó elsütötte a fegyvert, annak a kezét lőtte meg, amitől a fickó kizökkent. Egy másik testőr odasietett, és hátraszorította a férfi karját, a másik kezével pedig a tarkóját kapta el, miközben Luca a térdhajlatánál megrúgta. A férfi összecsuklott, és már a földön is volt. Teljes erőből szorították lefelé, majd kicsavarták a kezéből a fegyverét. Tommasóval Davide volt aznap, aki a lövés pillanatában az ifjú férfitől alig pár lépésre állt. Amikor az idegen fickó rálőtt Tommasóra, a vér Davide arcára és a ruhájára fröccsent. Akkor azonban nem ez volt a fontos. Próbálták megfordítani és a lövés helyét valamivel elszorítani, de semmi nem volt kéznél, így a kezét tette a vérző sebre.

– Hívjatok már mentőt! Istenem ne bámészkodjatok már! Ürítsétek ki a kibaszott kaszinót! Valaki pedig hívja fel Lorenzót! – üvöltötte Davide.

Szinte csak úgy ömlött a vér Tommasóból. Ahogy Davide az ölébe vette az ifjút, szinte csupa vér volt már a nadrágja, az inge. Persze ez cseppet sem érdekelte abban a helyzetben, mivel éppen haldoklott a főnök egyszem fia. Mindamellett Davide és Luca már régóta barátként tekintettek az ifjú Tommasóra, akinél csak alig pár évvel voltak idősebbek. Az idegen mindeközben rimánkodott, káromkodott, hogy engedjék el, de ez abszolút lehetetlen lett volna ebben a helyzetben. Az idő szinte ólomlábakon járt Davide számára. Már mindenki várta, hogy érkezzen a mentő, és végre történjen valami. A sziréna hangja még alig hallhatóan, de hallatszott. Nagy fékcsikorgást hallottak, amikor Lorenzo a terepjáróval megérkezett a kaszinóhoz. Szinte ugyan abban a percben, amikor a mentősök is. Kipattant a fekete Jeepből és sietve rohant fiához, aki magatehetetlenül, mint egy darab hús feküdt az ölében, szinte beterítette szeretett fiának a vére. Lorenzo odatérdelt a fiúhoz. Majdnem kitépte a fiát Davide karjai közül, amikor a mentősök berohantak.

– Mindenki menjen hátrébb, különben nem tudjuk ellátni.

Lorenzo felállt, vele együtt Davide is. Lorenzo megragadta a zakóját, és egészen halkan, de nagyon ingerülten próbálta megtudni, mi történt.

– Davide, mi a franc történt, amiről én nem tudok? Kurva gyorsan áruljátok el, hogy fordulhatott elő ilyen helyzet, amikor több tucatnyian vagytok a kaszinóban? Mellesleg, baszd meg, nem te vagy a fiam személyes testőre?

– Mit mondjak főnök?

– Azt, hogy mi történt, te szerencsétlen fajankó, az elejétől a végéig és minél előbb, ha még élni akarsz!

– Főnök, Tommaso leült kártyázni egy fószerrel. Először hagyta nyerni, amíg több játékos is ült az asztalnál, majd ahogy kiszálltak, még mindig csak vesztett és próbálta kideríteni, ki lehet ez a pojáca, mert túl sokat nyert és inzultálta a többi játékost. A faszi egy nagyképű seggfej volt, így Tommaso már nem hagyta nyerni, gyakorlatilag 100 000 eurót és egy Bugattit nyert el tőle. Ezután a pasi teljesen kiakadt, és fegyvert rántott. A fiad kérte, hogy menjen el, de amikor hátat fordított neki, akkor rálőtt...

– Ki a tököm ez a fazon, és hol a pokolban van?

– Főnök, ott fekszik. Marco és Paulo lefogta.

– Azonnal vigyétek a birtok pincéjébe és kössétek ki. Később elbeszélgetek vele. Te meg szedd össze magad, aztán hozz holmikat a rezidenciáról.

Lorenzo már indult volna a mentősökhöz, de visszafordult, és jobb mutatóúját Davide felé szegezte. – Ja, és még egy dolog! Egy szót se merj mondani a feleségemnek és a lányomnak. Megértetted?

– Igen, főnök, sietek – hangzott el a mondat Davide szájából, aki csurom vér volt.

A mentősök percekig próbálták ellátni az ifjút, mire sikerült hordágyra tenniük és elindulniuk a kórházhoz. Lorenzo a Jeeppel követte a mentőt a kórházhoz vezető úton, miközben a kocsiban káromkodott és a kormányt csapkodta idegességében. Lorenzo kocsiját még két másik követte. Hogy miért, azt még Lorenzo sem tudta, de kiadta, hogy mindenképp őrizniük kell a kórházat. A mentőben egyszer csak az EKG egy folytonos sípoló hangot bocsátott ki. Eltelt pár másodperc, majd a mentősök azonnal elkezdték már a kocsiban az újraélesztést. Abban a pillanatban, hogy a kórházba beértek, szinte rohanva tolták be a fiatal férfit a bejáraton. Lorenzo, hallva, hogy a sürgősségire akarják vinni, szinte az eszét vesztette. Rohant a mentősök után, amíg szinte kicsukták a kórteremből. Várnia kellett, mást nem tehetett, de szinte szétvetette a gondolat, hogy meghalhat a fia.

Körülbelül negyedóra elteltével kijött az egyik mentős, akit Lorenzo karon ragadott és próbált faggatni, de az csak annyit mondott neki, hogy élet-halál között van jelenleg, és már a mentőben is újra kellett éleszteni. Elengedte a férfi karját, szinte ledermedt, üvegesen nézett maga elé a folyosón, és könnybe lábadtak a szemei. Egy pillanatra meginogtak lábai, majd amikor feleszmélt, a tehetetlenségtől mérgében teljes erővel a falba ütött ököllel. A nővérek és a betegek meghökkentek, mindenki őt figyelte. Az egyik nővér odament hozzá, megérintette a karját.

– Minden rendben van, uram? – szólt tapintatosan a csinos kis nővérke.

– Oh, hagyjon már engem békén! – válaszolt ingerülten Lorenzo, majd elviharzott és bepattant a kocsiba. Gyakorlatilag szinte száguldozott Messina központjában, mit sem törődve a sebességkorláttal vagy a többi emberrel. Minek is törődött volna, mikor a legtöbb ember így vagy úgy, de a markában volt? Úgy döntött, hazamegy a birtokra, mivel fiáért úgysem tehet semmit. Egy telefont ugyan megejtett egy orvos barátjának, arra kérve, hogy a kollégáinak mindenképp jelezze, hogy viseljék gondját a fiának. Persze ennek semmi haszna, teszik a dolgukat, és kész. Semmilyen szó nem változtat azon, hogy a fia élni fog-e, vagy sem. Lorenzo keze vérzett, de nem érdekelte, azonban mikor a ház előtt letette az autót és bement a házba, hogy töltsön magának egy pohár whiskyt a helyzetre való tekintettel, a nappaliban belebotlott Flaviába, aki, bár későre járt, még olvasgatott, és egyből feltűnt neki férje kezén a sérülés.

– Lorenzo, kedvesem, mi történt a kezeddel? Tudnom kell valamiről?

– Tommaso kórházban van – vetette oda hanyagul, miután lehúzott egy pohár whiskyt. Töltött még egy pohárral.

– Tessék? Nem értem... Ő miért van kórházban, és a te kezed miért sebes? Verekedtetek talán?

– Jézusom, dehogyis! A kaszinóban rálőtt valami tetű...

– Édes istenem, de mikor és hogyan? Nem voltak vele testőrök? – kérdezte aggódóan, miközben odament férjéhez, hogy megölelje.

– Ne faggass, Flavia, majd elmondok mindent, de jelenleg a fiam élet-halál között van. Szétcsesz az ideg. A pincében van egy kis elintéznivalóm.

– De Lorenzo... – szólt utána Flavia aggódóan, de Lorenzo cseppet sem foglalkozott akkor feleségével.

Kigombolta ingének legfelső gombját, majd a pincébe indult. Lorenzo emberei, ahogy kérte, hozzákötözték a férfit egy székhez. Amikor Lorenzo leért a pincébe, a pasas teljesen kába volt – korábban kiütötték. Lorenzo ingerülten és sietősen odament a székhez, amin a lövöldöző ült, és egy hatalmasat behúzott neki, remélve, hogy észhez tér. Ez nem használt.

– Borítsátok képen egy vödör vízzel a patkányt!

Nem kellett kétszer mondania. A férfi kezdett magához térni erre az eseményre. Lassacskán teljesen kinyitotta szemeit, Lorenzo az állánál ragadta meg. Még mondania sem kellet semmit, a részeg félkábán is tudta, hogy ki áll vele szemben.

– Tudod te, hogy ki vagyok? – kérdezte bőszen Lorenzo. A pasi a korábban megivott alkoholtól szinte megszólalni sem bírt, annyira kába volt.

– Válaszolj, te nyomorult, ha érted, amit mondok!

– Igen. – Ennyit tudott kinyögni mindössze.

– Nagyon jó! Mondd meg, ki a tököm vagy te!

– Antonio d' Como...

Lorenzo a névből már tudta, hogy egy másik olasz maffiacsalád örököséről van szó. Cseppet sem érdekelte abban a pillanatban.

– Tudod, hogy mi fog történni veled?

– Igen – mondta nevetve a fogoly –, de ezt úgysem teheted meg, hiszen tudod, hogy akkor háború lesz két család között.

– Te ostoba félnótás – mosolyodott el Lorenzo. – Te szegted meg a szabályt azzal, hogy az én területemen rátámadtál a családomra. Semmilyen háború nem lesz, mivel a vénséges apád pontosan tudná, hogy te vagy a ludas. Így esetlegesen becsületből támadhatna meg minket, de mi értelme lenne, ha a fia halott. Amennyire jól tudom, csak te vagy neki.

A férfi ledöbbent, és mintha kijózanodott volna az elhangzottaktól. Rájött, hogy már semmilyen adu ásza nincs, amit kijátszhatna.

– Mennyi pénz kell, hogy elengedj?

– Te komolyan azt gondolod, hogy a fiam élete megvásárolható?

Miközben kimondta ezeket a szavakat, a fegyver markolatával állon vágta a széken ülőt.

– Mit is mondtál a fiamnak a kaszinómban? Csak meg kell húznom, és már vége is? Valami ilyesmi volt, ha jól tudom...

A fejéhez tartotta a pisztoly csövét. Egy pillanatra megállt a homlokának tartva a pisztolyt, elfordította oldalra, ránézett. –Kérek egy hangtompítós fegyvert!

Luca pár másodperccel később Lorenzo hátranyújtott kezébe adta a kért fegyvert. A férfi, ahogy meghallotta, már tudta, hogy nem lesz menekvés. Lorenzo ismét a fazon fejéhez szegezte a fegyvert.

– Akarsz még valamit mondani?

– Remélem, megdöglik a pökhendi fiad!

Abban a pillanatban Lorenzo mit sem habozva legalább háromszor lőtt a fejére. A vér szinte mindent beterített.

– Takarítsátok el innen ezt a szemetet! – mondta Lorenzo elégedetten.

7. fejezet

Tommaso családja a kórházban ült már szinte egy nap-
ja, amikor végre-valahára kijöttek az intenzív osztályról
az orvosok. Az egyik Lorenzóhoz indult. Felpattantak a
székről.

– Doktor úr, mit lehet tudni a fiamról? – kérdezte
Flavia kisírt szemekkel.

– Nézzék, továbbra is az intenzíven kell tartanunk,
mivel nagyon sok vért vesztett, ezért az állapota tovább-
ra is kritikus. Az egyik golyó alig pár centire a szívétől
találta el, a másik pedig a bordáin keresztül átment a
testén, de így az alsó bordáit gyakorlatilag szilánkokra
zúzta. Nem tudjuk egyelőre, hogy a csontszilánkok nem
okoznak-e további belső vérzést. A fiúnak mindenképp
vér kell, és mivel ritka, nullás vércsoportja van, így nem
tudunk neki többet adni, ha elfogy a tasak és továbbra
sem jön helyre.

– Én adok vért a fiamnak, ha szükséges még... – vá-
gott közbe Lorenzo. – Amennyi csak kell, de mentsék
meg a fiamat!

– Mindent megteszünk, de akkor ön jöjjön velem,
kérem.

Lorenzótól vettek vért a biztonság kedvéért, de mást
ő sem tehetett ezen kívül. Múltak a napok, már talán
egy hét is eltelt, de Tommaso még mindig nem tért ma-
gához. Kérdéses volt még mindig az állapot,a és nagyon
legyengült a szervezete. Egyik reggel, amikor Tommaso
mellett rostokolt az apja, a kezét fogva, szinte a székben
alva, akkor egyszer csak a kezei között érezte, mintha fia

megmozdította volna az ujjait. Rögtön meg is nyomott egy gombot, ami a nővéreknek jelzett.

– Kisasszony, megmozdította a kezét.

Olyan nagy örömmel mondta, mintha ez lenne a legnagyobb csoda a világon. Természetesen ő nagyon örült ennek. Végre valami kézzelfogható bizonyítéka volt, hogy talán a fia jobban van. Nem sokkal később a szép zöld szemeit is próbálta kinyitni. Úgy tűnt, talán tényleg kezd jobban lenni. Magához tért, bár nemigen tudott még beszélni. Apjára nézett, száját próbálta beszédre nyitni, de még nem ment neki.

– Ne beszélj, fiam, itt vagyok, pihenj nyugodtan.

Szinte el sem engedte a fia kezét, amíg az magatehetetlenül feküdt már több mint egy hete, csak annyi időre hagyta magára, amíg hazament rendbe szedni magát. Két nappal később, egészen késő délután kinyitotta a szemét, és már bizonytalanul, de annyit kérdezett apja felé fordulva, hogy hol van ő most.

– Kórházban vagy fiam, élet-halál között voltál napokig, mivel a kaszinóban rád lőttek kétszer is. Később megbeszélünk mindent, amikor már otthon leszel.

Két nappal később már egészen jól volt, és várta, hogy hazaengedjék. Mivel Lorenzónak rengeteg pénze volt, nem volt akadálya, hogy a fiát otthonukban ápolják tovább a saját orvosai. Most már szállítható állapotban volt. Hazavitték végre, bár még gyenge volt, így nem tudott járni, ezért egy földszinti szobát alakítottak át neki addig is, míg teljesen jól lesz. Nagyon unta a folyamatos fekvést, de mivel az egyik bordáját keresztüllőtték, így nem mozoghatott túl sokat. Nem is igazán tudott, mert ha csak megmozdult, már fájt mindene. A napjai nagyon lassan teltek, viszont annál több gondolkodással. Rájött, hogy teljesen lecsúszott az elmúlt időszakban. Már nem akar csajozni tovább, túlhajszolta magát, és mindeközben, ahogy próbálta feldolgozni az eseményeket, olyan vonásai lettek, amelyeket sosem szeretett volna. A családtagjai gyakran látogatták a hálójában, hogy ne unatkozzon annyira, de természetesen ebben a helyzetben semmi nem volt jó számára. Az sem, ha egyedül volt a gondolataival, az sem, ha vele voltak. Pár perc után minden érdektelenné vált. Gyötrődött.

Délután négy körül lehetetett, amikor apja végre leült vele beszélgetni a történésekről, amikor hirtelen egy ismerős női hangot hallottak meg. A hang egyre erősebb volt, de nem értették tisztán, mit beszél az a valaki, de bizonyosan nő lehetett. Egyszerre csak megjelent Monica.

– Édesem! – nyitott be a hatalmas szobába. Aggódó tekintetettel nézte Tommasót, és odament az ágy azon felére, ami még szabad volt. Próbálta megfogni a kezét, de Tommaso határozottan elhúzta.

– Apa, kérlek, magunkra hagynál?

– Kint leszek az ajtónál, szólj, ha kell valami.

– Köszönöm. Te meg mi a francot keresel itt?

– Nem reagáltál a hívásaimra napokig, aggódtam, ezért kérdezősködtem az ismerőseinknél, hogy mi lehet veled, akkor tudtam meg, hogy lelőttek.

– Jaj, kérlek, ne fárasszuk egymást, ehhez semmi kedvem sincsen. A legjobb az lenne, ha most rögtön vissza is mennél Milánóba.

– Miért vagy velem ilyen hideg?

– Még van bőr a képeden ezt kérdezni? Ha nem lennél terhes a gyerekemmel, soha többé nem is beszéltünk volna. Gondolod, hogy valaha is meg fogom neked bocsájtani,

hogy az esküvőnket követő pár hétre már megcsaltál?!
Bolond vagy, ha ebben bízol. Undorodom tőled...

– Egyébként lányunk lesz... – motyogta sírásra görbítve száját a nő.

Tommaso ledermedt. Nem tudta, miként reagáljon, hiszen azóta, hogy kiderült, hogy terhes az ex-felesége, nem is találkoztak. Így számára ez nem is tűnt annyira valóságosnak, de most már látszott a kerekedő hasa, ráadásul közölte vele, hogy lánya lesz. Teljesen össze volt zavarodva.

– Tégy egy szívességet, menj vissza Milánóba! – Ennyit tudott összesen kinyögni, majd a szobaajtó fele mutatva jelezte, hogy nemkívánatos személy.

– Nevetséges, hogy egy életen keresztül büntetsz egy ballépésért és nem veszel tudomást a lányunkról, aki alig fél éven belül megszületik.

– Igen. Ott az ajtó – ismételten arra mutatott. – Ne akard, hogy apám dobasson ki.

– Megyek már...

Sértődött arccal vonult ki a szobából, miközben szemei szikrát hánytak.

Lorenzo ismét belépett a szobába, és ahogy Monica becsukta az ajtót maga mögött, már nem állhatta, hogy ne kérdezze meg a fiát.

– Mit akart ez a ribanc?

– Valakitől megtudta, hogy rám lőttek, de beszéljünk inkább végre arról, hogy mi történt. Én arra emlékszem, hogy kártyáztam egy nagyképű pasival, és a játék végén az irodába akartam menni.

– Igen, Davide elmondása alapján, amint te felálltál az asztaltól és hátat fordítottál, a pasas rád lőtt kétszer...

– Mi van vele? Ki ő, és hol van?

– Mit tippelsz? – kérdezte nevetve apja. – Ne válaszolj. Gondolod, hogy életben hagytam azok után, hogy majdnem meghaltál?! Nem hagyhattam. Egyébként egy másik családfő örököse volt.

– Davide lőtte le a kaszinóban? – kérdezte teljesen közönyösen.

– Nem. Én lőttem fejbe a pincében, miután téged kórházba vittünk. Részben Davidén múlt, hogy nem véreztél el. Ő szorította el valamennyire a sebet, amíg nem értek ki a mentők. Viszont legközelebb nem csak Davide lesz veled, és mindenképp hordanod kell magadnál fegyvert, és meg kell tanulnod lőni.

– Apa, erre semmi szükség. Nem fogok megölni senkit sem.

– Nem kell lelőnöd senkit, de ha rád fogják a fegyvert és le akarnak lőni legközelebb, akkor mit teszel?

– Nem ezért vannak az embereid, hogy megvédjenek?

– Ne viccelj! Tudod, mi vagyok, ki vagyok. Te fogsz megörökölni mindent, nem eshet bajod. Látod, hogy most is hiába voltak veled. Elég egy óvatlan pillanat, és az életed már semmivé válik. Szóval fogd be, és ahogy rendbe jössz, úgy elmész Davidéval a lőtérre gyakorolni! Erről még csak ne is vitatkozz!

– Miből gondolod, hogy én szeretnék maffiást játszani?

– Ugyan már, te provokáltad a pasast... Nem rezzent a szemed, amikor közöltem, hogy a svéd fószert elintéztük, sem most, amikor elmondtam, hogy kinyírtam ezt a gyökér Antoniót. A véredben van, hiába próbálsz jó lenni... Az apád fia vagy.

– Tévedsz. A te apád talán maffiafőnök volt? – nézett Tommaso kérdőn az apjára. – Lehet, hogy az utóbbi időben besegítettem a kaszinóban, de ettől még nem vagyok hajlandó mással foglalkozni. Egyébként, ha egy másik családfő fia volt, ez most akkor vendetta?

– Nem lehet az, mivel ő támadott rád a mi területünkön. Erről vannak felvételek is, tehát akárki akármit is szeretne, nem lesz az. Ettől függetlenül el kell utaznom és beszélnem kell don Valerio d' Comóval. Tisztázni kell a helyzetet, és annak a nyamvadtnak a testét visszaadni, hogy eltemethessék. Ha másról lett volna szó, már haleledelként végezte volna, de így a tiszteletet meg kell adni.

– Veled tartsak?

– Teljesen felesleges lenne. Maradj, és gyógyulj meg mihamarabb.

Pár nappal később Lorenzo elment az öreg donhoz, aki már várta Lorenzo érkezését. Előzetesen egyeztettek telefonon, így nem volt váratlan az érkezése, noha ennek ellenére nem várták önfeledten. Az öreg don igencsak ingerült volt.

– Üdvözöllek don Valerio! – szólt Lorenzo.

– Lorenzo... Kérdeznem sem kell, miért jöttél. Mégis, elárulnád, mi a francért halott a fiam, amíg a tied él és virul?

– Bátyám! – szólt Lorenzo erélyesebben, az előző gúnyos hangnemre válaszolva. – A fiad, Antonio, rálőtt a fiamra a saját kaszinómban, a területünkön.

– Elég legyen ebből! Mégis, azt gondolod, elhiszem ezt a badarságot? A fiam a birtokodon halt meg az információim szerint.

– Így történt, nem tagadom. Azonban látnod kell, hogy mi és hogy történt pontosan, akkor érteni fogod.

Szó szót követett, de Lorenzo tudta, hogy ha megmutatja a felvételt, akkor az öregnek nem lehet egy szava sem. Lorenzo megkérte Lucát, hogy a laptopon keresse elő a felvételt, és játssza le az öregnek azt az ominózus 10 percet. Az idős don feszülten, szó nélkül nézte a felvételt egészen addig, amíg az első lövés nem dördült el. A felvételt látva egy pillanatra látszott szemén a meglepetés, de tudta, hogy nem tehet semmit, hiszen az adott helyzetben valóban Antonio volt az, aki hibázott. Pár mondat után don Valerio úgy beszélt mintha mi sem történt volna: a fegyverbizniszre terelte a szót és nem győzte hangsúlyozni, hogy mennyire fontos lenne számára, ha a béke megmaradna a két család között. Őszintén szólva a legkevésbé sem volt az ínyére a beszélgetés, de az üzlet az üzlet, és mivel a fia érdekében már úgysem tehetett semmit – felesleges lenne magát is megöletnie emiatt –, így teljesen nyugodtan beszélt az üzletről – az előrébb való volt. Lorenzo pár órával később vissza indult Szicíliába. Úgy tűnt, a béke fenntartható marad. Lorenzo végül is látszólag jól jött ki az esetből.

Teltek a hetek, Tommaso még mindig lábadozott. Ugyan napról napra jobban volt, most már – ha kevés időre is – felkelhetett. Nem sokkal később az orvos jóváhagyta, hogy ha vigyáz magára és óvatos lesz, akkor akár már dolgozhat is. A lábadozása alatt kitalálta, hogy nyitni fog egy saját ügyvédi irodát és ott fog dolgozni. Ezt a szándékát Lorenzo felé is jelezte, és még a lábadozása alatt, mindössze két hét leforgása alatt egy impozáns irodát hoztak létre Tommasónak a belváros közepén. Egy héttel később, ahogy elkészült az irodája, az orvos jóváhagyta számára a munkát. Egy keddi napon az egyik ügy miatt be kellett mennie a messinai ügyvédi kamarához, ahol meglátott egy csinos, barna hajú, magas nőt. Fehér ceruzaszoknyában volt és egy fehér, magas sarkú körömcipőben, aminek az orra fekete volt, s egy halvány bézs színű inget viselt hozzá. Meglehetősen elegánsnak tűnt ebben a ruházatban az ifjú hölgy, aki szintén valami hasonló ügyet próbált elintézni, de még előttük is várt két másik ember, ezért türelmesnek kellett lenniük. Tommaso szinte elámult a nőtől, bár még csak hátulról látta. Erős késztetést érzett, hogy megszólítsa, de végül csak rászánta magát.

– Elnézést. Szia.

A nő lassan hátranézett, majd megfordult.

– Szia – mondta közönyösen a fiatal nő.

– A nevem Tommaso Damiani.

– Isabbella Ettore.

– Isabella, ne haragudj, hogy csak így rád rontok, de ha van egy kis időd, szívesen meginnék veled egy kávét, amikor itt végeztünk.

A nő először meglepődött, hogy ügyintézés közben valaki leszólítja és kávézni hívja.

– Mégis miért kávéznék egy idegennel? Csak egy okot mondj.

– Mert tudom, hol kapni a legjobb kávét, és szerintem rád férne.

Isabella hezitált, mielőtt válaszolt volna, de mivel nagyon vonzónak találta a férfit, aki vele szemben állt, végül beadta a derekát és rábólintott az ajánlatra.

– De süti is legyen! – tette hozzá viccesen.

Akkor még nem beszélgettek sokkal többet, elintézték mindketten, a dolgot, amiért mentek, majd pár órával később a kávézóban Tommasót szinte teljesen megigézte a nő szépsége. Azon kapta magát, hogy valami furcsa, érthetetlen vonzalmat érez az ismeretlen nő iránt. Legbelül azt érezte, mintha már ismerné, és pontosan tudná, hogy ki ő. Ez persze lehetetlen lett volna, mégis ilyen gondolatai támadtak a beszélgetésük közepette.

– Mióta vagy ügyvéd, Isabella?

– Valójában nem vagyok ügyvéd – mondta kuncogva a jóképű férfinak. – Én tulajdonképpen ügyvéd-asszisztens vagyok. Egy közeli irodában dolgozom... De csak pár hónapja kezdtem.

– Kicsi a világ. Elhiszed, ha azt mondom, hogy én most nyitottam egy irodát, és szükségem van egy asszisztensre?

– Vicces és furcsa véletlen – mondta kissé kétkedve a nő. – Ha így szeretnél felszedni, akkor az nem fog menni – nekem van munkám, mint említettem.

– Tudom, de ha mégis érdekelne, nagyon szívesen adok neked egy névjegykártyát, és bátran keress... Tegyük félre a munkát most. Inkább mesélj! Itt élsz Messinában?

– Nem, Taorminában élek az édesapámmal.

– Értelek. Elváltak talán a szüleid, ha nem túl indiszkrét a kérdés?

– Nem-nem, sajnos az édesanyám meghalt pár éve rákban. Azt hiszem, talán 23 éves lehetettem, amikor történt. Most már csak apa van nekem, és hát azért sem költözöm Messinába, mivel neki néha segítenem kell az üzletben. Van egy kis zöldség-gyümölcs kereskedése.

– Sajnálom, a történteket. Nem lehetett egyszerű. Az én anyukám is meghalt a születésem után nem sokkal. Én egyáltalán nem ismertem őt. Az apám pedig újraházasodott, amikor 9-10 éves lehettem, és aztán lett egy testvérem.

– Miben halt meg anyukád?

– Nem tudom én sem igazából, apám sosem beszélt erről.

– Szomorú. Na és, édesapád mivel foglalkozik?

– Ő... mondjuk azt, hogy üzletember.

– Uh... Ez nem volt túl konkrét.

Isabella ránézett az órájára és hirtelen ráeszmélt, hogy késésben van. Nagyon eltelt az idő, amíg beszélgettek, pedig már öt perce egy megbeszélésen kellene lennie. – Figyelj, nekem lassan mennem kell egy megbeszélésre, de hívlak majd. Jó?

– Persze, menj csak nyugodtan a dolgodra.

Felállt, és két puszival köszönt el a fiatal hölgytől.

Tommasót teljesen elvarázsolta Isabella. Az ő szeme is pont olyan gyönyörű mélyzöld volt, mint Tommasóé. Ahogy elköszöntek, szinte már tűkön ülve várta, hogy felhívja őt végre Isabella. Eltelt pár nap. Lassacskán letett a gondolatról, hogy a nő érdeklődik iránta, de mivel ő nem tudta a telefonszámát így keresni sem tudta. Alighogy ezen gondolkodott, megcsörrent a telefonja. Egy ismeretlen számról hívta valaki. A telefonba egy nő szólt, aki szabadkozni kezdett, hogy miért is csak most hívta fel Tommasót. Nem mintha kellett volna neki, de mégis így történt. Telefonon egyeztettek egy találkozót.

– Van egy ötletem a randit illetően, ha nyitott vagy rá. Holnap este 7 körül gyere a messinai kikötőhöz. A vonatállomás úgyis közel van hozzá.

– Persze, de azért remélem, hogy nem kell úszni, mert azt nem tudok.

Hangján hallható volt, hogy jókedvű és mosolygós volt a rövid beszélgetés alatt.

Másnap Tommaso az autójának támaszkodva várta a kikötőben Isabellát. Az órájára nézett és azt gondolta, mindjárt negyed nyolc van, lehet, hogy Isabella nem fog eljönni mégsem. Ám kicsit késve ugyan, de megérkezett. Szinte tátott szájjal bámulta a nőt, ahogy a fehér, egyszerű maxiruhájában közeledik felé. Lenge nyári ruháját fújta a könnyed nyári szellő, akárcsak a copfba kötött haját.

Odahajolt a lezser öltözetű, jóképű férfihoz, miközben arcára puszit adott.

– Elnézést a késésért. Így tudtam csak ideérni, remélem nem maradunk le sehonnan sem.

– Nem fogunk, nyugi. Viszont most gyere, menjünk. Már ideje indulni.

– Na de hova megyünk?

– Kikötőben vagyunk, Isabella...

Sokat sejtető mosollyal és fejbiccentéssel jelezte, hogy egy csomó hajó, jacht van a kikötőben. – Természetesen kihajózunk a tengerre.

– Hűha, nem is tudom, mit mondjak. Lehet, hogy nem az alkalomhoz öltöztem – nézett le a lábára, amin egy bézs színű, magas sarkú szandál volt.

– Semmi gond, majd leveszed. Nem hegyet mászunk, csak megnézzük a naplementét a vízről.

Elindultak a hajók felé. Ahogy a móló vége felé közeledtek, úgy egyre nagyobb és nagyobb jachtok álltak a vízen. Az utolsó előtti jachtnál megálltak. A neve Bussola volt, ami annyit jelent, hogy „iránytű". A jachton két ember volt, a személyzet tagjai, tehát nem teljesen egyedül romantikáztak. Az egyik férfi nyújtotta a kezét Isabellának, aki még mielőtt a fedélzetre lépett volna, kicsatolta szandálját, és a kezében fogva próbált fellépni a fedélzetre. Szerencsére sikeresen felszálltak a hajóra. Tommaso a lépcső felé mutatott, jelezve, hogy menjenek az emeletre, mert onnan szebb a kilátás. A hajó lassan kifutott, miközben ők fent leültek egy kényelmes, kör alakú fotelra. A fedélzet gyönyörű mélybarna színű tölgyfából készült hajópadlóval volt borítva. Előttük alig egy méterre egy jakuzzi volt a fedélzet tetején. A nap lassacskán egyre jobban lement, miközben egy pincér pezsgőt hozott nekik.

– Csodás ez a látvány. Nem gondoltam, hogy ez lesz a program, hogy egy ilyen szép hajóról nézzük meg a naplementét – mondta fülig érő mosollyal.

– Reméltem, hogy tetszeni fog – mondta kaján vigyorral az arcán Tommaso, miközben karját átvetette a nő vállai felett.

– Na és, Mr. Jóképű, mi lesz most, hogy ha lemegy a nap?

– Arra gondoltam, megvacsorázunk a hajón. Szólj, amikor már éhes vagy, és hozatom az ételt.

Hosszasan, jókedvűen beszélgettek sok mindenről az este folyamán. Fél tizenegy körül lehetett, amikor Isabella jelezte, hogy lassan vissza kellene menni a partra, különben nem éri el az utolsó vonatot.

– Két dolgot mondanék ezzel kapcsolatban. Ha szeretnéd, a hajóval kikötünk Taorminában és akkor nem kell vonat miatt sietned. Persze, ha jól érzed magad velem. A másik opció, hogy visszamegyünk Messina kikötőjébe, és akkor én viszlek haza kocsival. Ahogy szeretnéd úgy lesz.

– Nem is tudom. Ha nem probléma, akkor hajóval menjünk inkább Taormináig. Jó itt lenni a csillagos ég alatt, a vízen.

– Ahogy szeretnéd, mondtam.

Odahajolt hozzá, az egyik kezét a combjára helyezte, majd az arcára adott egy puszit a fiatal férfi.

– Zavarba hozol...

– Nem úgy tűnik, hogy zavarba lehetne hozni téged.

– Oh pedig nagyon is... Kicsit fázom. Nincs esetleg egy pléd a hajón, amit a vállamra teríthetnék?

– Dehogynem, máris hozatok, de gyere, bújj ide, és felmelegítelek gyorsan.

– Tudod, kicsit úgy érzem, mintha már ismernélek téged… Pedig ez lehetetlen, mégis.

– Különös, de én magam is hasonlóan érzem.

Persze közelebb bújt a férfihoz, mivel abszolút vonzónak találta, és fázott is. Mindketten azt érezték a beszélgetésből, hogy olyan, mintha már ezer éve ismernék egymást. Annyira belefeledkeztek a beszélgetésbe, hogy már rég Taormina partjainál volt a hajó, de Isabella nem akart leszállni. A beszélgetés egyszer csak abbamaradt. Isabella elszenderedett Tommaso karjaiban. A plédet óvatosan úgy húzta, hogy szinte teljesen betakarja, és még véletlenül se ébressze fel a nőt, majd ő maga is álomra szenderült.

Reggel, amikor Isabella kinyitotta a szemét, már sütött a nap, pedig alig volt több fél hétnél. Hirtelen nem is tudta, hol van. Körbenézett, látta, hogy a hajón van, és eszébe jutott a tegnap este. Ahogy felidézte, elmosolyodott. A férfit viszont nem látta. Felült, és mikor keresni kezdte volna, akkor megjelent a fedélzeten egy nagy tálcával, rajta hosszúkás tányérral, amely tele volt croissant-nal, gyümölcsökkel, sajtokkal, olívabogyóval. Amikor Tommaso letette az asztalra a hatalmas tálat, ő maga is visszaült a nő mellé, adott egy puszit az arcára, miközben a napszaknak megfelelően mosolyogva köszöntötte.

– Szia. Észre sem vettem, hogy elaludtam és itt töltöttem az estét. Kilenctől dolgoznom kell sajnos, szóval hamarosan ki kellene mennünk a partra.

– Rendben, de még van idő. Nem tudtam, mit szeretsz, ezért mindenből kértem, hogy rakjon a pincér a tányérra. Egyél, és aztán kiviszlek a partra. Kávét vagy narancslevet hozzon a pincér?

– Rendben, akkor reggelizzünk meg, és kávét szeretnék kérni, köszönöm.

Megreggeliztek és nagyjából fél-, háromnegyed órával később egy motorcsónakba szálltak és a part felé vették az irányt. Amikor odaértek a mólóhoz, Tommaso odarögzítette a csónakot az egyik cölöphöz, és segített kiszállni Isának. Amikor a lány a mólóra lépett, visszanézett a vonzó férfira, elmosolyodott, és azt mondta:

– Köszönöm a tegnap estét, és a reggelt, jól éreztem magamat nagyon.

Azzal a lendülettel még visszahajolt és adott egy puszit Tommaso szájára, majd elindult a stégen és mosolyogva integetett neki. Tommaso a motorcsónakkal visszament a jachthoz, majd épphogy hazaért, félóra elteltével írt egy SMS-t Isának.

„Nagyon várom, hogy találkozzunk, ha ráérsz a héten valamikor."

Szinte egész nap a fiatal, csinos, kecses nőre gondolt. Isa pár órával később reagált a férfinak.

„Szerdán, úgy néz ki, hogy ráérek 4 órától."

Mivel hétfő volt, így sajnos addig még volt két nap, de addig is, gondolta, küldet neki egy hatalmas csokor liliomot a munkahelyére. Isabella, amikor meglátta a futárt és meghallotta, hogy kit keres, teljesen ledöbbent a meglepetéstől. Fülig érő szájjal mosolygott az irodában. Egy kolléganő rögtön kérdezősködni is kezdett, hogy mégis kitől kapott ilyen gyönyörű csokrot, mire ő mesélni kezdett arról, hogy hol találkoztak, és az előző csodálatos, hajókázós estéről, ahol megnézték a naplementét és végigbeszélgették szinte az egész estét. Elmesélte, milyen jóképű a fiatal férfi, és hogy nagyon gazdag, de ügyvédként dolgozik. Ekkor kicsit értetlenkedve nézett rá a kolléganője, mert nem értette, hogy ügyvédként hogy lehet ennyire nagyon gazdag. Mire Isa mesélni kezdte, hogy borászatot is vezet, ami most már az övé, és az apjának több hotelja van Messinában.

Amikor a nevéről kérdezte Isát a kolléganő, elsápadva óva intette a férfitól, mert ő az apjáról nem sok jót hallott eddig. Ez a mondat kicsit elgondolkodtatta, és nem is igazán értette, hogy mire gondolhat a kolléganője. Nem is fejtette ki jobban annál, mint amit mondott, így kételyek között hagyta őt. Lorenzo Damiani neve nem volt ismeretlen Szicíliában, bár leginkább Messinában volt egyértelmű, ki is ő, de ettől függetlenül – habár ismerték a szigeten – mégis akadt egy-két ember, akihez nem ért el a híre. Persze nyilván neki sem volt korlátlan hatalma és fennhatósága a szigeten, de az emberek többsége tisztában volt a kilétével.

Szerda délután végre találkoztak a főtéren, ahol Tommaso már nagyon várta őt az autóban. Ahogy meglátta Isát, kiszállt és kinyitotta neki a Maserati ajtaját. Tommaso lábadozása után Lorenzo vett egy Maserati Quattroportét a fiának, ami teljesen golyóálló volt. Erre valójában nem volt szükség, hiszen tudatosan senki nem akarta megölni a fiát, és ahogy vesszük, a múltkori eset is tulajdonképpen egy don részeg, pökhendi fiának a gőgössége miatt alakult ki, aki nem tudta elviselni a veszteséget. Azonban Lorenzo teljesen hajthatatlan volt ebben a kérdésben, ezért egy sötétkék, páncélozott autót gyártatott le a fiának. Isa beszállt a gyönyörű autóba, aminek konyakszínű bőrülése volt, és a műszerfal fa berakással volt díszítve. Tommaso adott egy könnyed puszit Isa arcára.

– Rosszul emlékszem, hogy múltkor másik autóval voltál a kikötőnél?

– Nem, teljesen jól emlékszel, apám ragaszkodik hozzá, hogy ezt használjam. Nos, az a tervem, hogy, ha nincs ellenedre, megmutatom a borászatot, körbevezetlek kicsit az ottani birtokon.

– Persze menjünk – mondta mosolyogva.

Nem sokkal később, talán alig tíz perc múlva kiértek Messinából. A város határából már viszonylag messziről látszott a borászat, ahol a szőlősorok szinte takaróként borították be az egész domboldalt. A főútról letérve egy kanyargós, macskaköves, fákkal övezett úton végül felértek a hatalmas présházhoz.

– Tetszik? – kérdezte Tommaso, miközben kiszálltak az autóból.

– Fú, ez valami eszméletlen szép... Ezt most akkor te vezeted?

– Igen, mondhatni most már teljesen átvettem apámtól a borászatot. Gyere, menjünk, megmutatom a birtokot.

A présház mint egy villa, hatalmas volt, de persze annak is kellett lennie, hiszen a pinceszinten volt tárolva a borok majdnem 80%-a, ezen kívül a terület másik végén volt még egy kisebb tárolóépület, amely az egyéb eszközök és a maradék bormennyiség tárolására szolgált, de még az is legalább akkora volt, mint más hétköznapi ember háza. Igaz, az látványra nem volt olyan szép, mint a birtok elején lévő présház, de nem is volt lényeges, mivel ha borkóstolót is szerveztek, azt a nagy présházba tették, és ez az épület szinte láthatatlan volt a nagyközönség számára, mert pont a völgyben helyezkedett el, és elég messze is. A présház teraszáról gyönyörű kilátás nyílt a tengerre, varázslatos volt a látvány. Isának is nagyon tetszett. A látóhatáron a tenger ragyogó sötét, mély színe látszódott, ahogy közeledett tekintete a helyzetükhöz, úgy látta a várost, a kisebb dombokat és völgyeket. Miután elidőztek kicsit a teraszon, lementek. Egy másik autó is állt a parkolóban.

– Kié ez a fekete Jeep?

– Apáé. Gondolom, kijött szétnézni kicsit a birtokra. Szeret kijárni, sőt gyakran ő maga is foglalkozik egy keveset a tőkékkel. Menjünk, keressük meg, ha már itt vagyunk.

– Jó, menjünk.

Tommaso kézen fogta a nőt, és így bolyongtak a végeláthatatlannak tűnő sorok között, mire egyszerre csak a munkások között megláttak egy férfit, aki ingben volt. Természetesen a földeken dolgozó munkások általában nem ingben dolgoztak, ezért egyértelmű volt, hogy csak ő lehet az.

– Szia, apa! – köszönt rá Tommaso, mire az édesapja megfordult...

– Á, sziasztok!

– Már kerestünk egy ideje. Nem tudtam, hol lehetsz, de láttam a kocsidat a parkolóban.

– Igen, kijöttem kicsit, mert beszélni akartam Marinóval. Ki a kis hölgy, fiam?

– Ő Isabella Ettore.

– Nagyon örvendek a találkozásnak, már sokat hallottam önről.

– Ó, igazán? – kérdezte Tommaso meglepetten, hiszen ő még nem mesélt az apjáról szinte semmit sem.

– Persze...

Isabella észbe kapott, hogy talán nem volt a legjobb ötlet, hogy ezt mondta, de igyekezett javítani a helyzeten. – Te meséltél nekem pár apróságot – nézett Tommasóra zavarában.

114

– Örülök neked én is, Isabella. Szép neved van. Na, de én magatokra hagylak benneteket, amit akartam, már elintéztem, és már vár anyád. Ma el kell mennünk egy fontos vacsorára.

– Rendben van, apa, menj csak. Mi még kint leszünk egy darabig a birtokon.

Ahogy Lorenzo távolodott, Tommaso úgy kezdett el gondolkodni, hogy vajon rákérdezzen-e az előzőre, vagy hagyja annyiban, de nem hagyta nyugodni a kíváncsiság, így végül pár perc után kibökte, miközben a sorok között sétáltak vissza:

– Mi volt az a szöveg, hogy sokat hallottál már róla?

– Na jó. Gondolom, ezt úgysem hagynád annyiban, szóval elmondom, de semmi komoly... Annyi, hogy amikor küldtél nekem egy csokor liliomot, akkor a kolléganőm kérdezősködött, hogy kitől van, és én mondtam a nevedet. Végül is csak annyit mondott, hogy vigyázzak veled. Ezt nem is értettem, aztán próbáltam még faggatózni nála másnap, de nem jutottunk semmire.

– Isa. Figyelj ide.

Megállt, és a lány két vállát megfogta.

– Ezek olyan dolgok, amikről még nem mondhatok neked semmit. Ne firtasd, kérlek, ha úgy alakul, én magam fogok neked elmondani bizonyos dolgokat. De bármit is gondolsz, az apám jó ember.

Adott egy puszit az arcára, és haladtak tovább a sorok végéig, ahol egy kék kockás pléd volt leterítve az egyik nagy tölgyfa árnyékában. Egy kosár is volt a pléden.

– Hát ez meg? – kérdezte Isa mosolyogva.

– Gondoltam, nem csak annyi lesz a program, hogy körbevezetlek a borászatban, hanem kicsit elüldögélünk a fa árnyékában, egy-két pohár bor kíséretében, és ha esetleg megéheznél, a kosárban van pár apróság. Grissini, olívabogyó, sajt. Üljünk le, gyere.

– Nem is gondoltam, őszintén, hogy még piknikezni is fogunk.

Leült, miközben Tommaso már töltött is egy pohár bort Isának, amit átnyújtott neki, egyet pedig magának.

– Te vezetsz, Tommaso. Nem lesz baj, hogy iszol?

– Nem, nyugi... – hangzott el a rövid mondat a szájából egy halvány kis kacagással egybekötve.

– Na jó, ha te mondod, elhiszem... Ugye tudod, hogy kissé titokzatosnak tűnsz? Az előző mondandóddal, és ezzel. Lassan már nem tudom, hogy mire gondoljak.

– Ne gondolkodj most semmin, kérlek. Elmondtam korábban, hogy most nem fontos, de nem kell aggódnod.

Kicsit később Tommaso a fának döntötte hátát, Isabella pedig az ölében fekve nézte az idilli tájat, ami körülvette őket, így beszélgettek egy darabig még. Tommaso közben simogatta a nő arcát és a haját. Fölé hajolt, az egyik kezével megfogta Isa tarkóját, és lágyan, de szenvedélyesen megcsókolta. A hosszú, forró csók közepette Tommaso keze Isa combján vándorolt egyre lejjebb, amíg elérte a nő fehérneműjét. Közben a nyakát, a kulcscsontját csókolta. Isa pedig Tommaso hajába fúrta a kezét, miközben a háta ívbe görbült a vágytól. Tommaso először csak a bugyin keresztül simogatta Isát, majd kis idő elteltével félrehúzta azt, és érezte, hogy mennyire meleg az ajka. Amikor pedig közéjük húzta lassan az ujjait, akkor érezte, hogy mennyire nedves már a kedvese. Isa nyelvével kéjesen megnyalta száját Tommaso, miközben nyögött az élvezettől, amit Tommaso a kezével okozott. Tommaso abbahagyta egy pillanatra, amíg megpróbálta levenni Isa bugyiját, aki kissé megemelte csípőjét, így segítve, hogy mielőbb lekerüljön róla a fehérnemű. Tommaso Isa térdénél adott egy szenvedélyes csókot a bőrére, majd lassan, centiről centire és csókról csókra haladt az ágyékához. Amikor odaért, akkor egy gyengéd puszit adott a szeméremdobjára, majd mintha belecsókolt volna a nedves ajkak közé, nyelvét hosszan és lassan húzta végig a csiklóján. Lassan kényeztette, hosszú percekig, miközben a középső ujjával résénél izgatta. Egyre hangosabban nyögött Isa, és alig pár perc alatt az élvezet csúcsára ért. Ekkor hangosan felnyögött, szinte annyira hangosan, hogy akik akarták, még Messinában is halhatták volna. Tommaso ekkor ismét fölé hajolt, megcsókolta, miközben a nyelve lassan bekúszott Isa szájába. A következő pillanatban Tommaso már a ruhát hámozta le a nőről, aki alig várta, hogy ő maga is kiszabadíthassa Tommaso férfiasságát a nadrágjából. A rövidnadrágon keresztül simogatta Tommaso férfiasságát, miközben előtte térdelt. Lejjebb húzta nadrágját, majd a bokszeralsóját is, és kezébe vette ágaskodó péniszét. Először csak finoman, kezével lassan simogatta, majd egy pillanattal később egy könnyed mozdulattal megnyalta makkja végét. Lassan, a tövétől egészen a makkjáig kényeztette a péniszét, majd egyszerre a szájába vette, és lassan, mélyen izgatni kezdte, közben kezével besegített. Tommaso annyira élvezte, hogy végre Isa szájában lehet, hogy az egyik kezével a tarkóját tartva szinte rányomta ágaskodó férfiasságára. Próbálta biztosítani, hogy ne hagyhassa abba a nő. Mielőtt elélvezett volna, Tommaso kivette a nő szájából kemény férfiasságát és lefektette Isát a földre. Fölé kerekedett, majd a péniszét párszor lassan végighúzta nedves szeméremajkain, majd a hüvelyéhez támasztotta vastag, kemény hímtagját. A nő már teljesen kész volt vágytól, s alig várta, hogy végre belehatoljon Tommaso, aki lassan csúszott egyre beljebb, míg tövig befogadta a lány öle. Ekkor Isa háta ívbe feszült ismét. Tommaso közben az egyik kezét a nő mellére tette és azt masszírozta, a másik mellbimbóját pedig bekapta, nyalogatta körbe-körbe, és időnként szinte teljesen bekapta. Tommaso egyre gyorsabban mozgott, mire Isa szinte pár perc alatt a csúcson volt. Hogy ne legyen megint olyan hangos, Tommaso egy csókkal csitította el szerelmét. Isa kérte, hogy hadd lovagoljon. Nem sokkal később Tommaso felült, és a fának támasztotta hátát. A nő lassan fölé guggolt, de még nem ereszkedett le. Ismét szájával kényeztette Tommaso férfiasságát, aki meglepődött egy pillanatra, de abszolút élvezte a helyzetet. Mindössze fél perc volt az egész, csak ezt követően térdelt Tommaso ágyéka fölé. A testét hozzászorította Tommaso ágyékához, és vonaglott rajta. Tommaso már annyira be akart hatolni, hogy egy ügyes mozdulattal megfogta hímtagját, és magára húzta a nőt, aki még váratta volna a férfit ezzel. Tommaso most kevésbé volt finom; most ő diktálta a tempót azzal is, hogy a kezeit Isa fenekére tette, rámarkolt, úgy húzta minden egyes mozdulattal magához mélyebben és mélyebben. Mindketten nagyon közel jártak már, és hevesen zihálva nyögtek. Isa mellét Tommaso szájához nyomva jelezte, hogy még több gyönyört szeretne. Akkor egy pillanat alatt, szinte egyszerre élveztek el...

Egy-két óra elteltével már úton voltak Taormina felé. Tommaso hazavitte Isabellát. Amikor megérkeztek a házhoz, a lány felé fordult:

– Köszönöm, hogy hazahoztál – mondta mosolyogva.

– Igazán nincs mit, szívesen elhoztalak.

Tommaso egyik kezét a lány arcára helyezte, a másikat a combjára, miközben közelebb hajolt hozzá egészen lassan, szinte várva, hogy a lány is viszonozza a közeledését. Isabella is közelebb hajolt hozzá, amíg összeért az ajkuk, és akkor egy ráérős, de szenvedélyes csókba feledkeztek bele. Isabella lassan elhúzódott.

– Most már tényleg megyek. Örülök, hogy ma is láttalak.

– Én is nagyon örülök, majd hívlak.

Isabella még az utcán várt egy keveset, amíg meghallotta a kocsi dübörgő hangját: Tommaso elindult.

8. fejezet

Négy hónappal később, egy szombat reggel, hajnali 5 körül Tommaso arra ébredt, hogy csörög a telefonja. Semmi kedve nem volt felvenni, de álmosan megnézte a kijelzőt és látta, hogy Monica hívja. Unottan, de fogadta a hívást.

– Mit akarsz?

– Beindult a szülés. Gondoltam, érdekel, hogy pár óra múlva megszületik a lányod.

– Jézusom, komolyam? Azonnal indulok Milánóba, írd meg SMS-ben, melyik kórház.

Pár órával később Tommaso már az intézményben várakozott. Teljesen megfeledkezett arról, hogy délutánra megbeszélte Isabellával, hogy találkoznak. Három óra lehetett, amikor Isabella felhívta Tommasót.

– Szia. Nem úgy volt, hogy ma moziba megyünk munka után? Vagy közbejött valami, szívem?

– Ó, jézusom, elfelejtettem a mai rohanásban. Ne haragudj, ma semmiképp sem jó. Sajnos halaszthatatlan dolgom akadt, de holnap találkozzunk, és elmagyarázok mindent...

– Érdekes. Jó, hát gondolom, akkor majd elmeséled, mi volt annyira halaszthatatlan.

– Majd holnap elmondom, életem, nem telefontéma.

Este hat körül végre megszületett Tommaso és Monica kislánya. Tommaso bement a szülőszobára, ahol meglátta a kis csöppséget Monica mellkasánál. A nő odanyújtotta neki a kislányt, és Tommaso félve átvette tőle. A mellkasához fogta az újszülött lányát. Egészen meghatódott, és könnybe lábadt a szeme.

– Mi legyen a neve? – kérdezte Monica fáradtan.

– Legyen Siena. Az szerintem szép név.

– Jól hangzik. Hasonlít rád a lányod, a szeme tisztára olyan, mint a tiéd.

– Nekem nem tűnik úgy, de biztosan igazad van. Nekem vissza kell indulnom Messinába, de majd hívlak, mikor jövök Siena miatt.

Tommaso jobbnak vélte, ha visszautazik Messinába, hiszen Isabellának tartozott egy magyarázattal, plusz Monica közelségét sem viselte jól. Ennek ellenére a kislánynak nagyon örült.

Reggel Tommaso úgy döntött, elmegy Taorminába Isabelláért, hogy elvigye a munkába, és közben megpróbálja elmondani neki valahogy, hogy tegnap született egy lánya. Mióta ismerkedtek, ez nem igazán került még szóba, de egy ilyen dolgot nem titkolhat sokáig – illetve nem is szeretné, mindazonáltal nem is egyszerű elmondani valakinek. Isabella boldogan ült be Tommaso mellé az autóba.

– Figyelj, szívem. Szeretnék elmondani neked egy fontos dolgot, amiről eddig nem beszéltem, mert kicsit körülményes.

– Hű. Komolyan hangzik... Most kezdjek félni?

– Nem, félni nem kell, de ezt fontos, hogy tudd, mert az én életemet is befolyásolja.

– Hallgatlak.

– Nos, ott kezdem, hogy mielőtt megismerkedtünk, én házas voltam, de elváltam, még mielőtt találkoztunk volna.

– Várj, te házas voltál, és nem is mondtad? Miért váltatok el, ha nem titok? – kérdezte meglepetten, miközben az autóban ülve Tommasóra nézett.

– Igen, de most nem is ez a fontos. El akartam mondani, de igazán nem volt jelentősége. Amit viszont most mondok, annak annál inkább... Mellesleg erre röviden reagálva: megcsalt az esküvő után nem sokkal. De – mondta nyújtottan – kiderült, hogy terhes, és tőlem. Elvileg el kellett volna, hogy vetesse, mikor visszaköltözött Milánóba, de nem tette. Szóval azt próbálom kinyögni, hogy tegnap született meg a lányom.

– Jézusom... – mondta lesújtva Isabella.

– Tudom, ez sok volt. Ne haragudj, hogy nem mondtam el, de nem tudtam, hogy tálaljam ezt az egészet.

– Te normális vagy? Jogom lett volna tudni, hogy gyereked lesz, mielőtt összejövünk. Fú, ez az egész most nekem egy kicsit sok. Nem is tudom, mit kellene mondanom, vagy hogyan reagáljak a hallottakra.

– Semmit nem kell reagálnod, de el kellett mondanom, mivel innentől kezdve Siena is az életem része lesz... Szeretném, ha ezt meg tudnád érteni, mert nagyon fontos vagy nekem.

– Tommaso, kérlek, most nem tudok erre reagálni. Légy szíves, tegyél ki a központban, inkább sétálok, amíg beérek az irodába.

– Biztosan ezt akarod?

– Kérlek, most szeretnék egyedül lenni kicsit a gondolataimmal.

– Rendben, ahogy szeretnéd, majd hívj akkor.

Meg akarta csókolni Isát, de ő elhúzta az arcát és csak puszit tudott neki adni.

– Szia, szívem, vigyázz magadra.

– Jó-jó, vigyázok. Szia.

Isabella másnap délután felhívta Tommasót, hogy találkozzanak munka után a főtéren.

– Szia, kicsim – mondta Tommaso, puszit adva Isa homlokára.

– Mi újság?

– Szia. Gondolkodtam ezen a dolgon, amit meséltél. Kicsit fura a történet... biztosan a tied a gyerek?

– Szívem, biztos. Csináltattunk géntesztet a magzatvízből, amikor már lehetett.

– Jó, végül is mindegy, nyilván nem a baba tehet a helyzetről, tehát csak azt akartam mondani, hogy nem esett jól, hogy csak most tudtam meg, de nem okolhatlak a helyzet miatt sem. Szóval részemről nincs gond ezzel.

– Örülök neki, szerelmem, hogy ezt mondod. Fontos nekem, hogy megérted ezt, és köszönöm.

Pár héttel később, mikor péntek reggel felébredt Tommaso, felhívta Isát, hogy délután, amikor végez, elmegy érte a munkahelyére.

Délután négy körül, amikor elhozta Isabellát, beültek a Mare-ba vacsorázni. Miközben várták az ételt, a beszélgetés egy hétvégi meglepetéskirándulás köré irányult.

– Elutazunk hétvégén. Az Iseói-tónál van egy kis sziget, a Loreto, mit szólsz, kedvesem, ismered?

– Komolyan mondod?

Hatalmas, fülig érő mosoly látszódott Isabella arcán.

– Nem ismerem, életem, de nagyon jól hangzik.

– Na, akkor pakolj be pár holmit, és szombaton reggel indulunk repülővel.

Tommaso korábban, már járt a Mare-ban, amikor Alberto, a tulajdonos beszélt vele pár szót. Ennek már jó pár éve, és bár Tommaso el is felejtette az öreget, de Alberto hogy is feledhette volna azt a fiút, aki lehet, hogy az ő unokaöccse. Alberto meglátta a fiút egy csinos hölgy kíséretében. Nagyon gondolkodott, hogy odamenjen-e hozzá, mivel nem tudta, mikor láthatja legközelebb, hogy beszélhessen vele az édesanyjáról. Végül egy kis gondolkodás után azért odaköszönt, és vitt egy palack bort az asztalukhoz személyesen, hátha mégis csak emlékszik rá az ifjú.

– A ház ajándéka a szép fiatal párnak – mondta mosolyogva Alberto.

– Bátyám! Üdvözöllek. Nem is gondoltam, hogy ma láthatlak itt az étteremben. Örülök, hogy találkoztunk. Jól vagy? – kérdezte mosolyogva. – Rég nem láttalak.

– Jól vagyok, persze. Köszönöm. Nem is reméltem, hogy emlékszel még rám. Úgy megvénültem az évek alatt.

– Ne viccelj! Persze, hogy megismertelek. Pár évig szinte haza sem jöttem Messinába, ezért sem volt alkalmam betérni, de megfogadtam a tanácsodat, bátyám, és most már jó a viszonyom az apámmal.

Alberto magára erőltetett egy mosolyt, hiszen nem számított arra a válaszra, amit Tommaso adott neki. – Örülök, fiam. Mennem kell, dolog van. Örültem, hogy láttalak, majd egyszer térj be hozzám és beszélgessünk kicsit...

Sokat sejtető mondata után eltűnt a konyhában.

Nagyjából egy óra múlva a fiatalok továbbindultak az étteremből, azonban most már nem Taorminába vitte haza a lányt, hanem a saját villájába. Isa korábban még nem volt Tommaso házában, és elképedve nézte a pazar „házat".

– Wáo... Szívem, ez az épület egy kisebb kastély, mint ház – mondta, mikor belépett az előtéren keresztül a nappaliba.

Tommaso felnevetett, majd azt mondta:

– Gyere, körbevezetlek.

A villa egyébként nagyon egyszerű, de ízléses volt. Nagyjából elmondható, hogy a fehér és a föld-színek domináltak, illetve a természetes anyagok – terméskő, fa –, üveg, beton: modern stílusú ház volt. A nappaliba belépve feltűnt a lánynak, hogy milyen sok üveg felület van, és milyen magas ott a belmagasság. A kanapéval szemben kandalló volt. A konyhában, ami teljesen egybe volt nyitva a nappalival, középen hatalmas konyhasziget bárszékekkel. A konyhának nem volt rendes mennyezete: ívelt üveg csatlakozott az emeleti falhoz.

– Lent van három vendégháló és egy fürdőszoba, fent meg a szobám. Érdekel?

– Persze, hogy érdekel... – mondta kaján mosollyal Isa.

Belépve a szobába egy hatalmas ágy volt a szeme előtt, az ágy mögött betonfal volt, felette pedig szintén üveg futott végig a szobán. Az ágy melletti lebegő polcok mellett rejtett LED világítás kapott helyet. A plafonról az éjjeliszekrények felett sötét burkolatlámpák lógtak. A meleg hatású, sötétbarna fapadló burkolatot egy sötét márvány mintázatú járólap váltotta azon a részen, ahol a szoba bal oldali sarkában egy szabadon álló kád állt. Számára teljesen szokatlan volt ez a szoba és a ház, de tetszett neki. A káddal srégen szemben egy modern kandalló helyezkedett el.

– Szép szoba, de én valami mást szeretnék csinálni – mondta Isabella, miközben kéjesen megnyalta a szája szélét.

– Nem tudom, mire gondolsz...

Isabella megfogta Tommaso kezét, és magával húzta a fürdőkád mögött hosszan elterülő üvegfalhoz, ahol nekiszorította a falnak. A nyakát csókolta, miközben azt kérdezte:

– Valóban nem tudod, mit akarok?

– Nem. Csak nem sakkozni támadt kedved?

– Rossz válasz...

Megfogta két kezével Tommaso arcát, az ajkába harapott lágyan, majd a keze Tommaso nadrágjának azon részére vándorolt, ami már enyhén dudorodott. Az öltözéken keresztül simogatta a párjának nemi szervét, majd pár perccel később benyúlt nadrágjába, hogy hozzáférhessen. Egy kis elidőzés után kicsatolta az övét, majd lehúzta a nadrágját, kiszabadította a merev péniszt és letérdelt előtte. Egy pillanat alatt szinte teljesen szájába vette Tommaso férfiasságát. Élvezte a helyzetet, hogy kényeztetheti a párját. Lendületesen, gyorsan mozgott, aztán egyszer csak felállt, és egy kicsit hátrálva leült a kád szélére, ahol rövid, fekete ruhája alól egy könnyed mozdulattal lehúzta bugyiját és szétterpesztette lábait. – Most pedig gyere ide és térdelj le! – mondta szinte parancsolón Tommasónak, aki felvonta szemöldökét és mosolyra húzta a száját, miközben elindult a kádhoz. Megcsókolta Isabellát, a kezét pedig a mellére rakta. Rövid idő után elindult az ágyéka felé, ami már várta volna az örömöt, de Tommaso keze, mikor már egészen közel volt Isa szeméremdombjához, megállt. Érezhetően közel volt, de nem tett semmit. Amikor Isa megérezte ezt, elhúzta a száját. Tommaso ekkor elvette a kezét, Isabella ajkához emelte két ujját, hogy a lány benedvesítse azokat. Ezután Tommaso letérdelt, Isa hüvelyébe csúsztatta két ujját, közben vadul elkezdte kényeztetni a nyelvével is. Pár perc elteltével a hangok alapján Isabella már a csúcson volt. Tommaso megcsókolta és felkapta a lányt, az ágy irányába indult vele, ahol finoman letette. Sokféle pózban szeretkeztek aznap, szinte kifulladásig, és amikor abbahagyták, csak feküdtek egymással szemben, és szinte elvesztek a másik tekintetében. Mosolyogva, egymás arcát simogatva beszélgettek. Tökéletes este volt. Nyugodt, békés.

Két nappal később, reggel nyolc körül már leszálltak Milánóban, ahonnan autóval mentek tovább az Iseói-tóhoz, motorcsónakkal pedig a Loreto szigetre, ahol egy régi kastély állt. Amikor kiszálltak a motorcsónakból és a várhoz indultak, akkor egyszerre csak egy nagy tömeg tárult Isa szeme elé, egy igencsak díszes társaság, de meglepetésére sok ismerős arcot látott.

– Mi ez az egész, Tommaso? Van valami, amiről nem tudok?

– Igen, kedvesem.

Tommaso letérdelt elé, előhúzott a zsebéből egy sötétkék bársonydobozt, amiben egy szép fehérarany gyémántgyűrű volt. – Isabella Ettore, hozzám jössz?

– Úristen, Tommaso...

Hirtelen az arcába temette a fejét, és egy pillanat múlva mosolyogva, kedvese nyakába borulva mondta:

– Igen, igen, és ezerszer is igen.

– Örülök. Én vagyok a világon a legboldogabb, és ez a sok ember az eljegyzésünk ünneplésére van itt.

Ez egyébként kissé szokatlan volt Isabellának, hiszen az emberek nagy részét nem ismerte, csak Tommaso anyukájával és a húgával találkozott alig egy hónapja. Ez egyébként inkább volt Lorenzo bulija, mint a jegyeseké, de persze ezt csak Tommaso tudta.

– Gyere, öltözzünk át, aztán visszajövünk a társasághoz.

– Menjünk, szerelmem.

Állófogadást szervezett Tommaso nevelőanyja. A magas asztalok fehér selyemszaténnal voltak borítva, amely púderszínű szalaggal volt az asztal lábához rögzítve. Az asztalok közepén egy-egy ízléses kis vázában pár szál

127

rózsaszín, fehér rózsa volt, közé egy-egy gyöngydísz tűzve a virágok közepére. A váza mellett általában egy, esetleg két úszó gyertya volt. A fejük fölött a vár, és a fák között égősorok voltak kifesztítve. Hangulatosan nézett ki, főleg a naplementéhez közeledve. A vízen még csillogott az aranyhíd, miközben a kivilágítás és a gyertyák kellemes melegséget adtak a kora esti szürkületben. Isabellának Flavia intézett egy gyönyörű zöld selyemszatén koktélruhát, ami a szobájukban az ágyra volt késztve, hozzá egy aranyszínű, nyitott, magas sarkú szandál. Tommasónak egy sötétkék öltönynadrág és egy bézs színű ing volt odakészítve, sötét mokaszinhoz. Aznap Isabellát sok embernek mutatták be, persze mindenki gratulált a jegyeseknek. Fárasztó volt egész nap idegenekkel bájcsevegni Isabellának.

– Életem, miért van itt ennyi ember, vagy kik ők?

– A legtöbb apám üzlettársa vagy anyám rokonsága. Elfáradtál?

– Őszintén szólva igen, de nagyon örülök a mai napnak. Viszont ha nem gond, én lehet, hogy visszavonulnék. Bár nem is tudom, hol fogunk aludni.

– Én is fáradt vagyok. Most a hétvégére az egész kastély ki lett bérelve, szóval itt alszunk a szigeten, ha megfelel.

– Persze, ne butáskodj, csodás ez a hely, csak kicsit kimerültem a sok új arc megismerése közepette,

– Megértem, menjünk akkor.

A szobába érve Isabella kevésbé érezte fáradtnak magát. Az ágynak háttal állt, és amikor Tommaso becsukta az ajtót, akkor magához húzva megcsókolta, és az ágyra borultak mindketten. A szenvedélyes csókok közepette a sármos ifjú hamar kihámozta ruháiból szemrevaló menyasszonyát, aki már alig várta, hogy közelebb kerüljön hozzá vőlegénye. Tommaso egyik kezével a lány ágyékához nyúlt és kényeztette, miközben a szájába vette az egyik mellbimbóját. Isabella azonban egy könnyed mozdulattal felülkerekedett Tommasón, és az ingét bontogatva, gombról gombra vonaglott párja dudorodó ágyékán. Amikor kigombolta az ingét, akkor a nyakától a kulcscsontján, mellkasán és a hasán keresztül csókolva haladt egyre lejjebb a nadrágja vonaláig. Kicsatolta az övet, és így már hozzáfért Tommaso férfiasságához, amit a kezébe vett, majd a szájába. Közben kéjesen fel-felnézett Tommasóra, amikor a mellével és testével a férfihoz dörgölőzve, fenekét kitolva előre-hátra mozgott. Egy kis erotikus kényeztetést követően felült és magába vezette párja nemi szervét, de csak szép lassan, és teljesen, amennyire csak tudta. Lassan kezdte a mozdulatokat, majd egyre gyorsabban lovagolt, miközben egyre hangosabban nyögött. Tommaso megmarkolva Isabella fenekét és a tarkóját gyorsított a tempón, és pár másodperccel később mindketten a csúcsra jutottak.

Reggel, mikor Isabella kinyitotta a szemét, az első, amit megnézett, hogy tényleg az ujján van-e gyűrű, nem csak álom volt. Persze tudta, hogy nem, mégis meg akart győződni róla. Amikor látta, hogy a gyűrű valóban ott van az ujján, akkor megnyugodva feküdt vőlegénye mellkasára és adott egy puszit borostás arcára. Tommaso kicsit hunyorogva, de lassan kinyitotta szemeit.

– Jó reggelt, te már fent vagy? – kérdezte még kissé álmos hangon.

– Felébredtem, hogy a szemembe süt a nap, és csak egy puszit akartam adni. Aludj tovább, szerelmem, még korán van.

Pár perccel később Tommaso vissza is aludt, vele együtt nem sokkal utána Isabella is, aki nyugtázta, hogy minden rendben, és konstatálta, hogy ő a világon a legboldogabb nő.

Alig valamivel több mint egy óra múlva mindketten felébredtek.

– Készülődj, szívem, megyünk reggelizni.

– Jó, de hova megyünk? – kérdezte Isabella érdeklődve.

– Hajókázunk egy kicsit a tavon, és a hajón költjük el a reggelinket. Mit szólsz hozzá, szerelmem? – kérdezte Tommaso, miközben odasétált Isabellához, és végigsimította az arcát.

– Nagyon jól hangzik, de addig is bekapnék valamit – mondta Isabella, és megnyalta ajkait.

– Szívem, nagyon jó lenne, de most mennünk kell, hogy elérjük a hajót. Ugyanis kivételesen ez most nem egy magánjachton fog megtörténni.

– Tényleg? – kérdezte meglepetten.

– Igen, gondoltam, néha lehetünk átlagosak is, de menjünk, lassan mert lekéssük.

Felszálltak a hajóra, ahol svédasztalos reggeli volt kihelyezve a hajó fedélközében. Megreggeliztek, azután felmentek a fedélzetre, ahol Isa a korlátnak támaszkodva nézte a csodásan csillogó kristálytiszta tavat, és az azt körbevevő vízparti falvakat, a magas, hófödte hegycsúcsokat, és a parton fekvő olajfákat. Tommaso mögötte állt és átkarolta derekánál a menyasszonyát, halkan fülébe suttogva:

– Boldog vagy, kedvesem?

– Szeretlek. Ez jó válasz? – kérdezte Isabella, fejét kicsit elfordítva Tommaso felé.

– A lehető legjobb. Szeretlek téged – mondta, majd puszit adott a nyakára. – Ha visszamegyünk Messinába, szeretném, ha hozzám költöznél, és a családjainkat öszsze kellene hozni egy vacsorára nálam. Mit gondolsz?

Isa hirtelen nagy mosollyal megfordult, és Tommaso nyakába ugrott. – Persze, hogy jó ötlet, és örülök neki nagyon, hogy azt szeretnéd, hogy veled éljek.

Teljesen kereknek érezte az életét. Bár mindkettejük édesanyja meghalt már, ami ezeket a közös örömöket kissé beárnyékolta, mégis mintha minden tökéletes lett volna az életében. Szerelmes volt Tommasóba, aki egy csodálatos, magas és jóképű férfi volt, és csak és kizárólag az övé lesz hamarosan.

– Édesem, azon gondolkodtam, mikor tartsuk meg az esküvőt – kérdezte Isabella kicsit bizonytalanul.

– Amikor szeretnéd, kedvesem, akár már holnap. Na jó, ez persze vicc volt – mondta kacagva.

– Lehetne idén augusztusban? Addig még van négy hónap, és idén még csak 29 évesek vagyunk. Tudom, butaságnak gondolod, de én örülnék, ha elmondhatnám, hogy 30 éves korom előtt férjhez mentem.

– Abszolút nem butaság. Ha szeretnéd, lehet augusztusban, de akkor inkább a vége felé, hogy ne legyen olyan meleg.

– Ebben egyetértek, az esküvői ruhában megsülnék...

– Így van, és akkor lenne egy sült galambom... Kár lenne érted – mondta nevetve Tommaso. – Az összejövetelt meg, ha jó édesapádnak is, akkor tartsuk meg jövő hét szombaton.

– Rendben, legyen úgy. Majd főzök valami finomat.

Csöngettek, bár este hét óra volt még csak. *A vendégeknek fél nyolcra kellett volna érkezniük* – gondolta Isabella a konyhában állva, miközben még főzött, és el sem készült.

– Tommaso, kérlek, nézd meg, ki jött!

– Édesapád érkezett, szívem.

– Szia, apa, kicsit korán jöttél – mondta meggondolatlanul.

– Így érkezett a vonatom.

– Gyere, Alessandro, üljünk ki a kertbe, addig amíg mindenki megérkezik.

– Jézusom, hogy lehettem ilyen bolond, tapintatlan? Hiszen mi mással is jött volna apa? Ah... – mérgelődött magában Isabella. *Inkább jobb, ha átöltözöm* – gondolta.

Alig félórával később mindenki megérkezett, és Tommaso bemutatta Alessandrót a saját családjának.

Alessandro egy zöldségesboltot vezetett, tehát cseppet sem volt tehetős, mint Tommaso családja, ezért kicsit feszélyezve érezte magát, de ezt a kezdeti hangulatot beszélgetéssel próbálták oldani.

– Úgy hasonlítotok, mint két tojás... – jegyezte meg viccesen Catherina.

– Érdekes meglátás, húgom, de szerintem ez egyáltalán nincs így.

Catherina mostanra kész ifjú hölggyé serdült, aki után bomlottak a srácok.

– Mondd, húgom, végül hova mész továbbtanulni, tudod már?

– Nem, attól függ, apa hova enged el. Mindenképp ruhatervezőnek szeretnék tanulni.

– Ha ez érdekel, akkor biztos elenged apa oda, ahol tanulni szeretnél.

– Na és mi a helyzet az édesanyáddal, Isabella? – kérdezte Flavia érdeklődve.

– Meghalt hat éve – szólalt meg komoran Alessandro.

– Igen, sajnos anya meghalt, amikor 23 éves voltam. Rákos volt.

– Sajnálom, ne haragudjatok, nem tudtam – szabadkozott Flavia. – Beszéljünk inkább az esküvőről. Gondolkodtatok, mikor tartjátok meg?

– Tulajdonképpen augusztus 29-re gondoltunk – válaszolt Tommaso.

– Akkor már nem lesz olyan meleg – tette hozzá Isabella.

– Tökéletes – vágott közbe Lorenzo –, úgyis sok mindent kell intéznem akkor, de így kellemest a hasznossal.

– Apa, Isabellával mi nem szeretnénk nagy felhajtást. Kis esküvőt szeretnénk, és még az sem kizárt, hogy nem is Olaszországban tartanánk meg.

– Micsoda? Hát ezt meg hogy gondoljátok? – csattant fel Lorenzo és Alessandro szinte egyszerre.

– Úgy, hogy a mi esküvőnk. Jelenleg még elképzelhető, hogy Mauritiuson fogjuk megtartani, úgy, hogy csak ketten leszünk, meg két tanú.

– Szó. Sem. Lehet. Róla! Fiam, gondolkozz! Te Lorenzo Damiani fia vagy, tudod, hogy ez nem vetne ránk jó fényt.

– Apa, nem érdekel. Ha mi nem döntünk másképp, akkor ez így lesz. Esetleg tartunk egy második esküvőt vagy fogadást itthon is, de mi döntjük el.

– Lorenzo, hagyd, igaza van a fiunknak – szólt közbe Flavia, csitítva Lorenzót. – Na és tudod már, milyen ruhát szeretnél, kedvesem?

– Van elképzelésem, igen, de még nincs konkrét ruha, amit kinéztem volna.

– Nagyszerű. Akkor, ha van kedved, te, Catherina és én elmegyünk, nézünk valami menyasszonyi ruhát.

– Jól hangzik, örülnék, ha eljönnétek. Több szem többet lát.

– Lányom, azért ne legyen túl drága a ruha – mondta egészen halkan, szinte fejét lehajtva Alessandro.

– Semmi gond, Alessandro, az esküvőt én állom – vágta oda Lorenzo kissé dölyfös hangon.

– Majd mi ezt elintézzük, apa. Együnk inkább.

Az este a véghez közeledett nagyjából másfél óra múlva. Alessandro volt az első, aki távozott, mivel a vasútállomásra kellett mennie. Isabella kikísérte a kapuhoz édesapját, és adott neki két puszit.

– Lányom, nekem nem tetszenek ezek az emberek. Figyelj oda, ne változz meg az ő kedvükre.

– Nem értelek, apa. Ők is a családom lesznek, ha összeházasodunk Tommasóval.

– Tudom, lányom, de a pénz nem minden… Vigyázz magadra!

Isabella visszatért a többiekhez. Tommaso családja még legalább egy órát ott maradt; meglehetősen jól érezték magukat. Isabellát valahogy jobban elfogadták, mint Monicát, akit – hiába szült nekik egy unokát – nem kedveltek. Isabella a szöges ellentéte volt Tommaso ex-feleségének. Persze szép volt ő is, de kedves és őszinte minden helyzetben, és rajta látszott, hogy igazán szereti Tommasót, nem a pénz miatt van vele. Isabella végül is elfogadta a helyzetet, hogy Tommasónak van egy lánya, de persze a helyzetet – hogy találkozni kelljen a nővel és a lányukkal – kerülni szerette volna, de persze ez elodázhatatlan volt.

Isabella lent ült a konyhaszigetnél egy pohár bor mellett, amikor megjelent Tommaso az egyik lenti fürdőszobából egy törölközőbe csavarva, félig vizesen. Mellkasán még ott pihentek a vízcseppek, miközben a haját törölgette a konyha bejáratánál állva. Igen szexi látvány volt.

– Te mire készülsz itt vizesen? Hmm, Mr. szexi?

Tommaso közelebb lépett Isához, aki számára a bárszéken ülve – habár ő sem volt alacsony – Tommaso szinte hatalmasnak tűnt, ahogy vele szemben állt. Szikár testén a tompa fény és a vízcseppek még jobban kiemelték vonásokat és egész alakját. Egészen lassan közelebb hajolt Isabella szájához, de nem csókolta meg, hanem csak várt.

– Na? – kérdezte Isa kéjesen.

– Isabella, szívem, jövő hét elején el kell mennem Milánóba, meglátgatom Sienát. Van kedved velem jönni?

Isabella kicsit hátrébb húzódott, és még ő maga sem tudta, miért, de a borospoharát egy húzásra kiitta.

– Nem tudom. Őszinte leszek veled. Nem igazán van kedvem az ex-feleségeddel bájologni...

– Tudom, szívem, de most nem is ő a lényeg, csak pár órára elvinnénk magunkkal valahova Sienát. Kisbaba még, szóval sokat egyébként sem lehetne távol az anyjától.

– Jó, ez igaz. Legyen. Megyek, de most ezért ki kell engesztelned valahogyan.

Mosolyra húzta a száját, miközben két kézzel megragadta a Tommasóra tekert törölközőt, szétterpesztette a lábát, és lehúzta a frottírt Tommasóról.

–Térdelj le! – mutatott ujjával szétterpesztett lábai felé.

– Na, mi ez a parancsolgatás, te kis domina?

– Hallgass, inkább csináld! – mondta mosolyogva Isabella.

Isabella idegesen tördelte ujjait a repülőgépen. Tommaso megfogta a kezét, és megszorította.

– Édesem, itt vagyok és nem lesz, gond ne aggódj. Nincs min idegeskedned, ő már csak a múltam, te meg a jövőm vagy.

Odahajolt, és adott egy puszit a homlokára, mielőtt leszálltak volna.

– Tudom, de attól még ideges vagyok, viszont örülök, hogy ezt mondtad.

Felemelte Tommaso kezét, ami az övét fogta, és megpuszilta.

Alig félórával később már leszálltak és úton voltak Monica, azaz Tommaso régi lakásához. Körülbelül tíz perc elteltével megérkeztek. Tommaso felcsengetett, és Monica kinyitotta a bejárati kaput.

– Hogyhogy a te neved szerepel a csengőnél?

– Ez az én lakásom. Gyere, menjünk!

Kézen fogta kedvesét, aki egy cseppet sem tűnt nyugodtnak abban a helyzetben. Meglepődött, hogy a vőlegénye lakásában él az ex-felesége, plusz a találkozó is aggasztotta. Minél közelebb értek a lakáshoz, lépcsőről lépcsőre egyre inkább azt érezte, mintha egy gombóc növekedne a torkában, ami egyre jobban fojtogatta. Egészen beleszédült a sok lépcsőzésbe. Egy pillanatra meg is inogtak a lábai, de Tommaso utánakapott, így nem tudott elesni.

– Minden rendben, szívem? Mi a baj?

– Nem tudom, talán csak az, hogy nem reggeliztem.

Haladtak tovább a lépcsőkön, majd megálltak az egyik ajtónál és Tommaso bekopogott. Isabella akkor már teljesen kész volt a gondolattól, hogy szembe kell néznie az adott helyzettel. Az ajtó kinyílt, Monica pedig meglepődve, még csak nem is köszöntve nézte a Tommaso mellett álló fiatal nőt. Tátott szájjal bámulta Isabellát.

– Nem mondtad, hogy nem egyedül jössz. Ki ő? Catherina lenne? – kérdezte mindezt olyan arccal és hangon, mintha egyértelműen tudná, hogy nem, de elsőre ő csak azt látta, hogy hasonlít Tommasóra a mellette álló nő. Mielőtt Tommaso megszólalhatott volna, Isabella már nyújtotta a kezét a számára ellenszenves nő felé.

– Szia. Isabella Ettore.

– Szia. Monica.

Arcára kiült a meglepetés: nem tudta, hogy Tommasónak már van valakije, ő egészen eddig remélte, hogy majd a lánya miatt visszamegy hozzá, és ő helyrehozhatja, hogy megcsalta. Azonban akkor tudatosult benne, hogy erre valószínűleg már csekély az esély.

– Mi járatban vagy, Tommaso?

– Szeretném egy pár órára magammal vinni Sienát.

– Ezt mégis hogy gondolod? Ő még kisbaba.

Tommaso karon ragadta, és az ajtóból a lakás belső része felé indult vele.

– Elnézést, kedvesem, máris jövök.

– Engedj már el, Tommaso, ez fáj!

– Na, tisztázzunk valamit! Egy: tisztelettel beszélj a párommal, mert ő nem érdemli a meg te keserűségedet. Kettő: Siena az én lányom is, ráadásul ne feledd el, hogy csak egy hajszálon múlik, hogy te neveld. Ha én azt akarom, akkor egy hónap múlva már csak hétvégi anyuka leszel. Gondolom, felesleges lenne magyaráznom, hogy miért. Három: ez az én lakásom, csak és kizárólag a lányomra való tekintettel lehetsz itt. Ezeket vésd jól az eszedbe, és nem ajánlom, hogy még egyszer provokálj! Na, most pedig összekészíted a szükséges holmikat, és délelőtt nálunk lesz a baba.

– Undorító vagy, hogy még így fenyegetsz is. Mikor jutottunk ide, hogy már így beszélj velem?

– Mikor? Megmondjam? Amikor a saját házamban, a saját hálószobámban te valaki mással feküdtél össze. Te utolsó ribanc!

– Ne nevezz így, mert nem esik jól.

– Tényleg? Nekem sem esett jól, mikor téged láttalak mással...

A háttérben egyre erősebb gyereksírás hallatszódott.

– Sír a lányod, megyek, megnyugtatom.

Azonban mire Monica odaért, addigra a sírás már elhalkult: Isabella kezébe vette a kis csöppséget, aki pillanatok alatt szinte teljesen elhallgatott. Amikor Monica meglátta, hogy Isabella kezében van a kislány, akkor szinte teljesen kifordult magából és szinte kitépte Isabella kezéből a kicsit, a másik kezét pedig pofonra lendítette volna. Tommaso közbelépett, és megragadta Monica kezét a csuklójánál, megállítva ezzel a pofont.

– Elég legyen ebből! Az előbb figyelmeztettelek.

Tommaso rideg pillantást vetett szeme sarkából Monicára. Isabella még sosem látta ilyennek Tommasót, és bár hallotta szinte a beszélgetésük nagy részét, még is az előzőek után is ő próbálta csitítani a férfit.

– Kedvesem, kérlek, hagyd ezt és induljunk. Tudod mit? Én lent várok inkább.

– Erre semmi szükség. Pár perc, és mehetünk.

– Tudom, de én szeretnék inkább lemenni.

– Megyek én is pár perc múlva, rendben?

– Persze – adott egy puszit Tommaso arcára, és kisétált a lakás ajtaján. Nagyon kellemetlenül érezte magát a történtek után; nem gondolta, hogy ennyire rossz lesz a találkozó. Amit elképzelt, sem volt leányálom, de ez még százszor rosszabb volt.

– Mi a franc volt ez? – kérdezte Tommaso üvöltve, mire Siena újra sírni kezdett.

– Látod, mit csináltál? Most sír a lányod.

– Inkább add ide, te szerencsétlen! Szedd össze a cuccait most! Ne kelljen kétszer mondanom.

– Ki vagy te? Nagyon megváltoztál – mondta kiábrándultan Monica.

– Igen, megváltoztam, és nem akarod látni a legroszszabb énemet, szóval fogd be és csináld. Az előző húzásodért pedig örülj, ha nem pofozlak fel!

Pár perc elteltével Tommaso lesétált, és látta, hogy Isabella teljesen elszontyolodott az előbbiektől.

– Életem, kérlek, engedd el azt, ami fent történt! Ez a nő velejéig romlott.

– Nem csak az aggaszt. Sosem láttalak ilyennek, és azt hiszem, ideje lenne komolyabban beszélgetnünk, ha hazaérünk.

– Rendben van, de tőlem nem kell félned, szerelmem.

A kislány a kezében volt, a másikkal megölelve Isát adott egy puszit a szájára. – Induljunk valamerre, mit szólsz?

– Jó, menjünk. Foghatom én is kicsit?

– Persze, szívem.

Óvatosan Átadta a törékeny csöppséget, miközben mosolyra húzta a száját. A délután jól telt, és bár túl sok időt nem tudtak Sienával tölteni, kicsit olyan volt, mintha egy igazi kis család lettek volna. Elsétáltak egy közeli parkba, ahol leterítettek egy puha, barna plédet, letették rá a picit, akin egy csöpp kis mackós body volt. A kislány mosolygott, kacagott, akárhányszor Isabella csak hozzáért. Tommaso is örült, hogy választottja nem idegenkedik a kislányától.

– Drágám, olyan kis vidám veled Siena, biztosan jó anya lennél. Mit szólsz, ha az esküvő után megpróbálkozunk a babaprojekttel?

– Hű, nem számítottam ilyen kérdésre, de persze, boldoggá tennél, ha lenne közös gyerekünk és egy család lennénk – mondta hatalmas mosollyal, Tommaso felé fordítva fejét Isabella. – Kár, hogy lassan indulnunk kell vissza. Most kicsit így is olyan volt, mintha család lennénk.

– Igen, kedvesem, de ne csüggedj. Sienával is lehetünk gyakrabban, is és nemsokára lesz sajátunk.

Tommaso felemelte Isa állát, aztán megcsókolta.

9. fejezet

Alig két hét volt már csak az esküvőig. A fiatalok végül úgy határoztak, hogy az esküvőt Mauritiuson tartják meg, kettesben ők, és két fogadott tanú. Így teljesen csak az övék lesz az a nap, felesleges felhajtás, jópofizás és idegeskedés nélkül. Így egyúttal a nászút is megvan. Isabella tudta, hogy indulás előtt pár nappal kell, hogy megjöjjön neki. Már a milánói kiruccanás óta nem szedett gyógyszert. Nem jelentkezett vérzés, de először azt hitte, csak késik, ezért nem tulajdonított egyből jelentőséget a dolognak. Eljött az esküvő előtti nap, amikor hajnalban indulniuk kellett a repülőtérre, és bár magángéppel mentek, mégis korán kellett indulniuk, hiszen az út legalább nyolc órás volt. Ahogy felszálltak, Isabella szinte el is aludt a gépen; korán is volt még, és keveset aludtak az előző esti ágytorna miatt. Amikor felébredt, már a leszállást hajtotta végre a pilóta.

– Ennyit aludtam volna, hogy már szállunk le?

– Igen, kedvesem, de semmi baj, hosszú volt az este – mondta mosolyra húzva száját Tommaso. Amikor leszálltak Mahébourg repülőterén, már várta őket a The Oberoi Mauritius hotel privát transzferszolgálata. A saját villájuk egyedi bambuszbútorokkal és tárgyakkal volt berendezve, a kert hangulatos pavilonnal és óceánra néző medencével rendelkezett. Maga a földi Paradicsom. Fehér homok, azúrkék víz, és lágy, meleg óceáni szellő simította arcukat.

– Ugye tudod, hogy innen már nincs menekvés, kisasszony? – kérdezte Tommaso, miközben magához ragadta Isabellát a derekánál fogva.

– Hova is menekülhetnék egy szigeten? De szerencsédre nem is szeretnék megfutamodni.

Isabella megfordult, megpuszilta a vőlegénye arcát, miközben próbált a kezei közül szabadulni. – Van egy kis elintéznivalóm, hamarosan jövök, jó?

– Na de hova mész, Isa?

– Majd megtudod hamarosan.

Becsukta maga mögött az ajtót, és nagyjából félóra múlva ért vissza a szobába, ahol Tommaso éppen aludt. Egészen halkan, szinte lábujjhegyen osont be a szobába, nehogy felébressze alvó szerelmét. Terhességi tesztet vett, amit akkor meg is akart csinálni. Várt pár percet, és akkor meglátta, hogy két csíkot mutat a teszt. Terhes volt. Kezét a szája elé tette, és teljesen meghatódott. Kiment a fürdőszobából, és odafeküdt finoman az ágyra. Tommaso felé fordult, és simogatni kezdte az arcát, puszilgatta. Így próbálta felébreszteni alvó kedvesét.

– Szerelmem, ébredj, kérlek. Van egy meglepetésem.

Tommaso lassan nyitotta ki a szemét, de nagyon álmos tekintete volt.

– Mi az, szívem? Mi történt?

– Van egy meglepetésem, akarod tudni?

Közben gyengéden puszilgatta az arcát.

– Persze, mondd.

– Terhes vagyok… – mondta ismét elérzékenyülve.

– Micsoda? – kérdezte Tommaso meglepődve, kissé elnyújtva a rövid kérdést.

– Mondom lassabban: ter-hes va-gyok.

– Jézusom, édesem…

Be sem fejezte a mondatot, rögvest Isabella fölé kerekedett és szenvedélyesen megcsókolta. Fehér, könnyű ruháját felhúzta, a fehérneműjét pedig óvatosan levette róla. – Akkor most vigyáznunk kell rád, ugye?

– Miért is?

– A baba miatt.

– Dehogy, nem kell aggódni. Gyere ide inkább.

Isa Tommaso tarkójára helyezte a kezét és megcsókolta vőlegényét, aki kevesebb, mint 24 óra múlva már a férje lesz. Minden tökéletes volt. Egy gyönyörű helyen hozzámehet álmai férfijához, és gyereket is vár tőle... lehetne még ennél is boldogabb? Valószínűleg nem.

Másnap már egészen korán izgatottan ébredt, amire Tommaso is felriadt.

– Gyere vissza aludni, még korán van – próbálta a kezénél fogva visszahúzni Isabellát, de ő hajthatatlan volt.

– Pár óra, és itt az esküvő, készülődnünk kell.

– Jaj, szívem, délután ötkor lesz, most meg körülbelül reggel hat van. Nem túlzol kicsit?

– De, lehet, viszont már nagyon izgatott vagyok, és úgysem tudnék aludni.

– Jó-jó, de azért látlak még addig?

– Hova gondolsz? Mennem kell sminkeshez, fodrászhoz, ezer helyre.

– Ah. Jó, akkor adj egy csókot, szépségem!

Isabella oda lépett kedveséhez, megcsókolta, majd magára kapva egy lenge tunikát, elindult készülődni. A ruhája egy könnyű ruha volt a tengerparti esküvőre való tekintettel. Szív alakú kivágása volt a felsőrésznek, mell alatt szűk, és abban a sávban volt egy nagy, virág alakú, gyöngyös bross. A ruha elöl csak térd fellett ért, hátul hosszabb, földig érő tüll anyag borított. A haját könnyedén feltűzték, és egy egyszerű, viszonylag természetesnek ható sminket készítettek neki. Fogadott tanúik voltak az esküvőre, tehát idegenek.

Kissé bántotta Isabellát, hogy nem az apja kíséri az „oltárhoz", de végül is tudta, hogy ők akartak felhajtásmentes esküvőt. A tanújába karolt, és az öt órához közeledve lassacskán elindultak a partra, ahol egy díszített kapu és az ő jóképű vőlegénye várta egy laza, fehér lenvászon ingben és hasonló anyagú nadrágban. A szél könnyedén és lágyan fújta Isabella ruhájának hosszabb részét. Csodálatosan szép volt. Amikor odalépett kedveséhez, már tudta, hogy csak pár perc, és örökre az övé lesz ez a csodálatos ember, aki a gyermekének az apja. A ceremóniát angolul vezényelte egy lelkész. Isabella nem sokat értett belőle, de amikor a lelkész kimondta, hogy *férj és feleség*, onnantól kezdve mintha már három méterrel a föld felett lebegett volna. 2013. augusztus 19-én kimondták egymásnak a boldogító *igent*.

Tommaso egyik kezét Isabella derekára helyezte, a másikkal megfogta szépséges arájának az arcát, és hosszan csókolta. Az a néhány röpke másodperc mintha egy örökkévalóság lett volna számukra. Mindketten a boldogságot és melegséget érezték abban a pillanatban, ami mindkettőjüket eltöltötte. Ketten voltak, így az ünneplés is személyesebb volt, és a nászút gyakorlatilag már a megérkezésüktől zajlott.

Kicsivel később megvacsoráztak a szállodában és bulizni indultak ketten. Kiélvezték minden pillanatát az estének, minden formában. Másnap délután egy szervezett kiránduláson vettek részt. A szálloda előtt várta őket egy autó, amely a közeli kikötőhöz vitte őket. Tommaso nem bírta ki, hogy ne kapja fel újdonsült feleségét, s úgy vigye fel a katamaránra. A kis vízi járművel kihajóztak a nyílt vízre. Ahogy egyre távolodtak a parttól, annál csodálatosabb látvány volt a fehér homokos, pálmafás sziget és az azúrkék víz, ami a megtett méterekkel lett egyre sötétebb kék. A hullámokon csillogott a nap, és a távolban már látni lehetett egy-két ugráló delfint. Megállt a katamarán, és ők felvették a mentőmellényt és a búvárszemüveget. Amikor kicsit távolabb úsztak a delfinektől, akkor az emlősök is közelebb merészkedtek hozzájuk. Isabella egy pillanatig meg is tudta simogatni az egyiket, annyira szelíd volt – már megszokta a sok turistát. Nagyjából egy órával később a katamaránról a kapitány síppal jelezte, hogy ideje visszatérni a hajóra és indulni a következő helyszínhez. Egy korallzátonynál álltak meg, ahol snorkelezhettek. A látvány valami eszméletlen volt. A nagy korallzátonyon mindenféle korall és hal volt, amerre csak néztek. Alattuk körülbelül tizenegy méter lehetett a víz, és mivel Isabella nem volt jó úszó, kissé aggódni kezdett, látván a mélységet, de mentőmellény volt rajta, így elsüllyedni sem tudott volna. Tommaso terelgette valamelyest, hogy ne is menjen túl közel a korallzátonyhoz, hiszen ott tengeri sünök vannak, és néhol élesek a növények és a zátony. Amerre néztek, mindenfelé kisebb-nagyobb színes és változatos fajtájú halat láttak. A mélységben még egy ráját is láttak úszkálni. Csodás látványt nyújtott, ahogy a nap átsütött a vízen, és megcsillant a fény a korallon és a kék kis halakon, amelyeket épp nagyon fürkészett Isabella. A zátonyt félóra alatt körbeúszták, majd visszatértek a katamaránra, ahol egyébként rajtuk ívül még két pár utazott, tehát elég hangulatos volt. Szólt a zene, a legénység egy tagja steaket grillezett éppen a hajón, és ahogy ment le a nap, a szigethez közeledtek, de a naplementét az egyszerű, de annál finomabb vacsora és egy pohár pezsgő kíséretében nézhették végig.

– Nagyon boldoggá teszel, ugye tudod, kedvesem? – kérdezte Tommaso mosolyogva, miközben adott Isabella arcára egy könnyed puszit.

– Remélem is, hiszen most már család is leszünk nemsokára, és hát el is vettél engem tegnap, tehát tudod, most már csak az ásó, kapa...

– Ne nevettess... egyébként nincs az az isten, hogy én elengedjelek téged valaha is. Te vagy az én másik felem, életem szerelme.

Ahogy ezt kimondta, a mutatóujját Isabella álla alá helyezte, úgy fordította arcát maga felé még jobban, hogy megcsókolhassa. A következő napot pihenéssel, strandolással és napozással töltötték el. A közel két hét, amit ott töltöttek, minden perccel közelebb hozta őket, és amilyen gyorsan telt a jól eltöltött idő, azon kapták a fejüket, hogy már csak három nap, és indulnak haza. Az utolsó előtti napon azért még elmentek egy quadtúrára, ami elég jó móka volt, de inkább csak Tommaso számára, aki hihetetlen önfeledtséggel élvezte az egész délelőtti programot, nem úgy Isabella, aki mögötte ülve azt érezte minden egyes bukkanó után, hogy az ő gyomortartalma is hamarosan kikívánkozik belőle. A terhesség miatt már pár napja egyébként is émelygett, és volt, amikor hányt is, de most kimondottan nehezen viselte ezt a túrát a baba miatt.

– Tommaso, szívem. Kérlek, lehetne lassabban menni, vagy olyan részen, ahol kevésbé göröngyös az út?

– Viccelsz? Nehezen menne egy földes, kopár, útnak alig nevezhető ösvényen.

– Tudom, persze, de nagyon nem jó a gyomrom, és kétlem, hogy azt szeretnéd, ha a nyakadba hánynék – mondta Isa erőltetett mosollyal az arcán.

– Ó, drágám, mindent ki kell próbálni egyszer... de ezt azért inkább kihagyom. A baba miatt vagy rosszul?

– Azt hiszem, igen. Már tegnap sem éreztem valami jól magamat reggel.

– Sajnálom, édes, akkor lassabban megyek, hátha jobban érzed magad.

– Köszi. Remélem, azért ez a reggeli rosszullét nem tart el három hónapig.

– Biztosan nem. Ne aggódj, édes.

– Gondolkodtál már rajta, hogy mikor mondjuk el az otthoniaknak a kis jövevényt?

– Nem különösebben, de hát gondolom, ha hazautazunk, valamikor utána a napokban úgyis találkozunk a szüleinkkel.

– Persze. Majd akkor elmondjuk esetleg.

– Lehet, bár tudod, nem vagyok babonás, de nem jó dolog a harmadik hónapig elmondani, mivel addig azért elmehet a baba.

– Akkor mihez kezd... kezdjünk? – csuklott el Tommaso hangja, amikor még számára is váratlanul egy kicsit nagyobb bukkanóba ütköztek.

– Woo. Nem úgy volt, hogy lassan mész?

– Nem tehetek róla, rád figyeltem.

– Persze. Elmondhatjuk, csak megjegyeztem ezt a kis plusz információt.

– Akkor megbeszéltük. Hétfő este elmondjuk az én családomnak, kedden meg az apukádnak.

– Rendben, legyen így, szerelmem.

A repülőút hazafelé kicsit többnek tűnt, mint az odavezető úton, pedig egy perccel sem volt több mint korábban. Isabella mégis ezt érezte, hiszen egyikük sem szeretett volna visszatérni a hétköznapokhoz. Itt volt bőven idejük egymással foglalkozni.

Hétfő este hat körül Tommaso és Isabella elindultak kocsival a férfi szüleihez, hogy bejelentsék a nagy hírt, amire senki sem számít.

Beléptek az ajtón, ahol Lorenzo szinte már tárt karokkal várta őket.

– Gyertek, gyertek, fiatalok, már vártunk titeket – mondta Lorenzo, miközben két kezével mindkettőjüket próbálta átkarolni.

Ahogy elengedte őket, a nappali irányába indult, és hatalmas kiáltással hívta a többieket.

– Catherina, Flavia! Gyertek, Tommasóék hazaérkeztek! – harsogta kitörő örömmel. – Üljünk le egy kicsit a teraszon, most kellemes az idő, már szerencsére nincs túl meleg.

– Menjünk – mondta Tommaso, miközben Isabella mögött haladva a háta közepére helyezte a karját, így kísérve szerelmét, mintha csak egy hímes tojásra kellene vigyáznia. Mióta kiderült, hogy kedvese várandós, valóban mintha a széltől is óvta volna őt.

Éppen hogy leültek, mikor Flavia üdvözölte őket.

– Sziasztok, hogy vagytok? – lépett oda először Isabellához. Odahajolt, és puszit adott. – Maradj csak, kedvesem, nem kell felállnod.

Tommasónak is adott két puszit.

– Jól vagyunk – mondta Isabella. – Csak sajnos túl rövid volt a nászút.

– Minden nem tarthat örökké – mondta Flavia kedves mosollyal az arcán. – Na de inkább meséljetek, milyen volt. Képeket készített valaki?

– Igen, anya, gondoltam, hogy ez lesz az első kérdésed, ezért előrelátóan készültem, és elhoztam a képeket neked egy DVD-n, illetve rajta van az esküvőről is a videó.

– Szuper, jól tetted, fiam.

– Catherina hol van, apa?

– Nem tudom, biztosan mindjárt jön, nemrég még itthon volt.

– Nincs itthon, egy barátjával ment be a városba.

– Mégis kivel? – kérdezte kissé morcosan Lorenzo.

– Egy Marco nevű sráccal, azt hiszem…

– Ki a franc az a Marco, aki az én kislányomat el merte vinni?

– Nyugodj már meg, csak moziba mentek.

– Catherina már elmúlt 18 éves, apa, nyugodj meg, nem lesz baja – csitította Tommaso az édesapját. – Tudod mit, apa? Inkább hozz egy üveg proseccót…

– Na de miért? Ünneplünk valamit? – kérdezte érdeklődően és meglepetten Lorenzo.

– Igen – mondta Isabella széles mosollyal az arcán.

– Gyermekünk lesz, Isabella várandós – kacagott Tommaso.

– Jézusom! – sikított fel Flavia. – Ez csodálatos hír.

– Gratulálok nektek, gyerekek! Lesz egy kisunokánk… – pattant fel Lorenzo, és már ment is a proseccóért.

Lorenzónak egyébként határozottan jól állt az öregedés. Őszes hajú, markáns arcú férfi volt, aki még 56 évesen is remekül nézett ki, az ősz haját leszámítva inkább nézett ki negyvenhatnak, mint ötvenhat évesnek. Flavia is határozottan jól nézett ki, ugyan ő tíz évvel fiatalabb volt, mint a férje. Sűrű, hullámos, világosbarna hajával és szép, karcsú alakjával az ember inkább arra gondolt, hogy Tommaso nővére, semmint a nevelőanyja.

– Na és hány hetes vagy, édesem? – kérdezte Flavia, miután megölelte a menyét.

– Nem tudom pontosan, még nem voltunk orvosnál, de a nászúton már terhes voltam, szerintem most körülbelül 4-5 hetes lehet a pici.

– Eszméletlen. Nagyon örülök nektek, de vigyázz magadra mostantól.

– Jaj, ne kezdd, kérlek, Flavia! Tommaso így is olyan, mintha a testőröm lenne, még egy szatyrot sem enged emelni – mondta mosolyogva, miközben Tommasóra nézett.

– Na de szívem, az a dolgom, hogy vigyázzak rád és a babánkra.

Zöld szemei szinte ragyogtak, ahogy ezt mondta, és a mosolya hihetetlenül csábító volt. Az egyik kezét Isabella vállára helyezte, úgy húzta közelebb magához, hogy az arcára adhasson egy puszit.

– Persze, vigyázhatsz rám, de nem vagyok egy törékeny porcelánbaba. A lényeg, hogy jövő héten megpróbálok időpontot kérni az orvoshoz.

– Mindenképpen. Ha nem kapsz időpontot, csak szólj, és intézünk neked orvost mielőbb – mondta Flavia, miközben elrévedt a gondolataiban.

– Köszönöm, kedves tőled.

– Na és, dolgozni szeretnél addig is, míg szülni fogsz?

– Persze, nem beteg vagyok, csak állapotos.

– Azért ezt még megbeszéljük – mondta Tommaso, miközben aggódó tekintetét rávetette kedvesére.

– Sienát mikor láttad utoljára? Képzeld csak, már elkezdett totyogni.

– Nem tudom, apa, már jó pár hónapja, de terveztem, hogy ha hazajövünk, akkor meglátogatnám.

Isabella kissé erősebben szorított meg Tommaso kezét, amit észre sem vett, mivel saját gondolataiban az előző találkozó kellemetlen eseményeit elevenítette fel.

– A legutóbb nem alakult túl jól a találkozó. Monica szinte nekiesett Isabellának...

– Hogy? – kérdezte szörnyülködve Flavia. – Teljesen elment az esze?

– Nem tudom, de az biztos, hogy bele kell törődnie a helyzetbe, hogy mással vagyok és alkalmanként velünk lesz Siena. Az én lányom is.

10. fejezet

Tommaso és Isabella alig egy hét múlva Milánóba tartottak, hogy ott töltsék a hétvégét és Sienával lehessenek. Isabellának nem volt ínyére a találkozó a legutóbbi alkalom után, de nem mondhatta azt Tommasónak, hogy menjen egyedül. Joga van látni a gyermekét. Ennek ténye – hogy mástól már van egy lánya – továbbra is kissé fájó pont volt számára, de ami leginkább aggasztotta, az Monica volt. Amióta leszálltak a repülőről, azóta nagyon ideges és feszült volt. Nem tudta, mire számítson vagy hogyan viselkedjen. Legbelül valami megmagyarázhatatlan rossz érzése támadt.

– Ideges vagy, kedvesem?

– Igen, nagyon. Valahogy rossz érzésem van...

– Nem lesz semmi baj, nem hagyom.

Ahogy a taxi egyre közeledett Tommaso régi lakása felé, Isabella szíve annál gyorsabban vert. Kiszálltak a kocsiból, és Tommaso felcsengetett az ex-feleségéhez. Monica nyitotta a kaput, bár bele sem szólt a kaputelefonba. Tommaso kopogott az ajtón. Isabella tudta, hogy innen már nincs visszaút, és nem tudta, mire számítson, de a szűnni nem akaró rossz érzés már-már szinte megfojtotta. Tommaso látta Isabellán, hogy ideges, de nem értette az okát. Monica lassan kinyitotta az ajtót, karjában Sienával. Tommaso, mikor meglátta Monicát, elképedt a látványtól. Hatalmas táskák voltak a szemei alatt, kialvatlannak tűnt, vékonynak, és nagyon leharcoltan állt egy melegítőben a fiatal szerelmesekkel szemben.

– Szia, Monica.

Monica egy erőltetett mosollyal köszöntötte az ifjú házaspárt.

– A hétvégét Milánóban töltjük, és arra gondoltam, hogy most pár órára elvinnénk Sienát.

– Hogy gondolod, hogy ideállítasz *ezzel*? – vetett egy oldalsó pillantást Isabellára utalva. – És ráadásul minden szó nélkül...

– Ne kezdd ezt! Légy szíves szedd össze a lányom holmiját, és add oda őt nekem.

– Szeretnéd, mi?

– Ne viselkedj így! Te is tudod, az előbb mondtam, miért jöttünk. Szóval gyerünk.

Ahogy Monica befelé indult a lakásba, hogy összeszedje a kislány holmiját, Tommaso és Isabella követte volna, de mikor Isabella átlépte volna a küszöböt, Monica odavetette goromba megjegyzését:

– Ez a szakadt nő ide nem jön be többet. Kifelé! – mutatott ujjával a lépcsőház irányába.

Isabella eddig némán tűrte a nem túl kedves mondatokat, mert nem tudta, Tommaso hogyan reagálna, ha kiosztaná az ex-feleségét.

– Tommaso... – kezdte a mondatot Isabella, mire a férfi félbeszakította.

– Kedvesem, nem. Nem mész ki. Te vagy a feleségem, ő meg az ex-feleségem, és semmiképp nem tilthatja meg, hogy begyere, már csak az miatt sem, mert ez az én lakásom.

– Feleség? – kérdezte gúnyos nevetéssel Monica. – Na, miről maradtam le...

– Semmi olyanról, amihez közöd lenne! – vetette oda mérges tekintettel a sármos ifjú.

Monica eltűnt az egyik szobában egy időre, és ahogy a pár beljebb lépett a lakásba, látták a rendetlenséget.

Ruhák szanaszét szórva szinte az egész lakásban, a konyhában hegyekben állt a mosatlan edény, a pizzás doboz, borosüvegek.

– Te iszol? – kérdezte kicsit hangosabban Tommaso a nappaliban állva.

– Mi közöd van hozzá?

Tommaso a kisszoba felé indult, ahol Monica pakolta a kislány holmiját.

– Annyi közöm van hozzá, te ostoba nőszemély, hogy ameddig a gyerekem anyatejen él, nem kellene mérgezned. A másik az, hogy azt hittem, megbeszéltük legutóbb, mihez tartsd magad. Tudod, hogy könnyűszerrel elintézem, hogy a felügyelet hozzám kerüljön.

– Siena pár hónapja már nem anyatejet eszik, megnyugodhatsz – fordult Tommaso felé a nő. Közelebb lépett hozzá, mintha megpróbálná megcsókolni.

– Neked teljesen elment az eszed? A feleségem a nappaliban van... te ittál? Délelőtt tizenegy van, de belőled árad az alkoholszag.

– Na és akkor mi van? Tönkretetted az életemet...

Monica szemei könnybe lábadtak, miközben ezt mondta.

– Én? Még is mivel? Nem te csaltál meg engem?

– De, de itt a gyerek a nyakamon.

– Elég ebből, most elviszem! Örülj, ha visszahozom egyáltalán ebbe a szemétbe, amiben élsz...

Tommaso felvette a kislányt az ágyról, megfeledkezve a kis, rózsaszín táskáról, amiben a pelenkája, a cumisüveg és egyéb szükséges dolog kapott helyet. A nappali felé indult.

– Gyere, Isa, megyünk!

– Rendben.

Ahogy kiléptek az ajtón, pár másodperccel később megjelent a lecsúszott nő is a rózsaszín kistáskával a kezében.

– Tőlem sosem veszed el Sienát, ezt jobb, ha észbe vésed. Te pedig – fordult Isabella felé – ne gondold egy percig sem, hogy az én lányomat te nevelheted, és te élheted azt az életet, ami nekem járna!

– Elég legyen ebből! Mit gondolsz, hogy csak úgy szó nélkül tűröm, hogy egy ilyen lecsúszott alkoholista kioktasson? – kérdezte felháborodva Isabella.

– Mit képzelsz te magadról? Te sehol nem voltál még, amikor már Tommaso velem dugott – nevetett gúnyosan Monica. – Szakadt kis trampli vagy te ahhoz, hogy veled maradjon egy életre az én Tommasóm!

Ahogy ezt kimondta, a kezében lévő csomagot olyan lendülettel próbálta átadni Isabellának, hogy az szinte inkább egy lökés lett, amitől Isabella elvesztette az egyensúlyát, és a jobb lába, ami egyébként is a lépcső szélén állt, megcsúszott, és ő a lépcsőfordulóig gurult le a fokokon. Olyan szerencsétlenül érkezett, hogy fejét a lépcsőforduló falába vágta be. Tommaso egyből odarohant a kislánnyal a kezében. Monica elképedve nézte, mi történt. Két kezével a fejét fogta.

– Kedvesem! – emelte meg valamelyest fél kézzel ájult szerelmét Tommaso. – Térj magadhoz, Isabella! – Hívj mentőt azonnal, ne csak állj ott, te szerencsétlen!

Monica berohant a telefonért és rögtön hívta a mentőket, de míg kiérkeztek, Tommaso egyre ingerültebb lett.

Monicához ment, aki a lépcső tetején állt, és az alkoholtól kábán nézett.

– Mi a franc volt ez? – kérdezte izzó haraggal Tommaso, aki a nő torkát megragadva egész erősen a falhoz nyomta. A füléhez hajolt, és ingerült, erélyes hangon folytatta:

– Ha bármi baja lesz Isabellának vagy a babánknak, akkor elbúcsúzhatsz egy életre Sienától, sőt örülj, ha nem öllek meg én magam, te undorító féreg!

Hátrébb húzódott a nő fülétől, és a szemébe nézve mérgesen kérdezte:

– Megértetted?

– Mit vársz tőlem? Azt hiszed, direkt csináltam?

– Tőled már ezt sem tartanám ördögtől való gondolatnak, amilyen állapotban vagy...

– Hagyd abba, ne beszélj így velem! – mondta könnybe lábadt szemekkel Monica. Eközben Isabella ébredezett. Nyögött egyet, és megpróbált felülni. Tommaso odasietett Isához.

– Kedvesem, ne mozogj, hívtam mentőt, hamarosan itt lesznek.

– Nincs szükség rájuk, jól vagyok – mondta halkan, bizonytalan tekintettel Isabella.

– Dehogynem. Vagy nyolc lépcsőt zuhantál, és bevágtad a fejedet is.

– Te vidd be Sienát, ne sírjon itt – nézett szinte gyilkos tekintettel a lépcső tetején álló ex-nejére.

Pár perc múlva megérkeztek a mentők, akik hordágyra fektették a kissé kába nőt, és elindultak vele a legközelebbi kórházba. Tommaso már legalább félórája fel-alá járkált a folyosón, várva, hogy a doktor mondjon végre valamit neki a kedvese állapotáról. Rettentően feszült volt. Felhívta édesapját, hátha eltereli valamelyest a figyelmét. Lorenzo azonban szinte egyből megérezte Tommaso hangján, hogy baj van.

– Mi történt, fiam, miért hívtál?

– Isabella kórházban fekszik, várok az orvosra, hogy mondjon valamit – mondta idegesen Tommaso, aki egyik kezét az arca elé tette.

– De hát miért, vagy hogyan?

– Monica lelökte a lépcsőn, mikor el akartunk jönni a lakásomról. Egy lépcsőfordulónyit zuhant, és bevágta a fejét a fordulónál a falba.

– Jézusom, elment az esze ennek a nőnek?

– Nem tudom, apa, de remélem, nem lesz bajuk...

– Nyugodj meg, fiam, nem lesz – szakította meg fia mondatát Lorenzo.

– Apa, leteszlek, mert kijött az orvos, majd beszélünk.

Tommaso odasietett az idős doktorhoz.

– Doktor úr mondja, kérem, mondja, hogy minden rendben van a feleségemmel és a babával!

– Megvizsgáltuk a feleségét. Enyhe agyrázkódása van, ami miatt mindenképpen bent tartanánk legalább egy napra. A baba rendben van – fogta meg az orvos Tommaso jobb karját. – Nem lesz baj.

– Köszönöm, doktor úr. Bemehetek hozzá?

– Igen, de csak rövid időre, mert pihennie kell.

Tommaso lassan belépett a terembe, ahol kedvese feküdt félálomban. Gyönyörű, fényes, barna, hullámos fürtjei szétterültek a párnán, arcára rásütött a nap. Az járt Tommaso fejében, hogy ennél szebb látványt el sem tudna képzelni, ha nem egy kórházban, az adott körülmények között feküdne éppen élete szerelme. Odaült az ágy szélére, és gyengéden végigsimította Isabella arcát. Közelebb hajolt, és adott egy puszit a homlokára. Másik kezét pedig a nő hasára tette.

– Szívem, örülök, hogy itt vagy – mondta kissé kábán Isabella. – A babánk jól van?

– Igen, azt mondta az orvos, hogy jól van a baba. Neked viszont pihenned kellene. Elvileg agyrázkódásod van, és egy napig minimum bent kell maradnod, de ne aggódj, kedvesem, itt maradok veled végig. Aludj csak.

Isabella nem sokkal később elaludt, azonban pár óra elteltével arra eszmélt, hogy erős, nyilalló fájdalmat érez az alhasánál. Felnyögött, és a hasához nyúlt.

– Tommaso, hívd az orvost, nagyon fáj a hasam!

Tommaso kirohant a folyosóra és orvosért kiáltott.

Isabella a takarót felemelve látta, hogy egy hatalmas vérfolt van az ágyon és a ruháján. A legrosszabbra gondolt rögtön. Az orvos odaért a teremhez és kiküldte Tommasót, hogy megvizsgálhassa a fiatal nőt. Az orvos nyugtatót adott Isabellának, amitől elaludt, ellátták, és félóra múlva kijött a teremből. Tommaso idegesen várta az orvost.

– Doktor úr, mi történt?

– A felesége... – sóhajtott fel az orvos – elvetélt. Sajnálom.

Tommaso ledermedt. Abban a pillanatban teljesen üvegessé vált a tekintete. Zöld szemei fátyolossá váltak a könnyektől, s azonnal berohant Isabellához, de ő aludt a nyugtatók miatt. Az járt a fejében, hogyan is mondhatná el a kedvesének, hogy elvesztette a babát. A szobában ült órákon keresztül, de Isabella mélyen aludt, így miközben ő próbált megbirkózni a gondolattal, ismét felhívta az apját. Csak annyit mondott neki:

– Apa, elvetélt...

Nagy csend volt a vonalban. Egyik sem tudta, mit mondjon a másiknak, de mégis jó érzés volt, hogy Tommaso elmondhatta apjának a történteket. Egy-két órával később Isabella magához tért.

– Kedvesem, sajnos mondanom kell valamit, ami nem jó hír – sóhajtott Tommaso.

– Mit?

– A baba elment.

Isabella üveges tekintettel nézett, mintha nem akarta volna elhinni, majd pár perc elteltével némán sírni kezdett, patakokban folytak a könnyei az arcán. Tommaso magához szorította kedvesét.

– Nyugodj meg, kedvesem, kérlek! Túlleszünk rajta, itt vagyok.

Isabella csak sírt órákon keresztül, míg belefáradt és elaludt. Másnap az orvosok megvizsgálták. Rendben voltak az eredményei, tehát kiengedték a kórházból.

– Tommaso, soha többé nem akarom látni azt a nőt!

– Nem fogod, kedvesem. Sienát pedig szeretném magamhoz venni, ha nem bánod te sem.

– Tudod, hogy nem Sienával van a bajom – mondta keserűen Isabella. – Menjünk haza, kérlek, Messinába.

– Megyünk, kedvesem.

Eltelt pár nap, amióta Isabella elvetélt, de a kedve nem volt túl jó. Pár nap szabadságot vett ki a történtek miatt. Tommaso azonban hazaérve a munkából minden egyes nap azt látta, hogy Isabella a kanapén egy plédbe tekerve gubbaszt, és a gondolataiba mélyedve ücsörög.

– Kedvesem, nem szeretnélek így látni. Nekem is fáj, ami történt, de tovább kell lépnünk. Arra gondoltam, ha van kedved, akkor a hétvégén elutazhatnánk Tenerifére, hogy kikapcsolódjunk és magunk mögött hagyhassuk ezt az egész dolgot.

– Jó, de lassan itt a karácsony, a szilveszter, nem akarod itthon tölteni?

– Minek? A szüleinkkel szilveszterezhetünk még nagyon sokszor, de nekünk most szükségünk van egy kis közös időre, én azt gondolom.

– Igazad van. Jó, rendben, menjünk, de előtte apámnak szeretném elmondani a történteket, ő még nem is tudja. Eljössz velem Taorminába hozzá?

– Persze, életem. Kérned sem kell.

– Na és mi lesz Sienával? Hogyan alakul eddig a felügyelet?

– Jól, de azért ez kicsit hosszadalmasabb procedúra, hiszen általában az anya az első, aki az állandó felügyeleti jogot megkapja. Nekem viszont, most ne haragudj, de apámhoz kell mennem. Beszélni akar valamiről, de ha visszajöttem, elmegyünk Taorminába.

– Rendben.

Tommaso átment, hogy beszéljen édesapjával, de épphogy csak belépett az ajtón, Flavia ölelte magához, szinte mintha megfojtaná.

– Sajnálom, fiam, hallottam, mi történt.

– Köszönöm, anya. Sajnos ezzel már nincs mit tenni.

– Isabella jól van?

– Még nem, de majd elutazunk hamarosan Tenerifére. A karácsonyt, és lehet, a szilvesztert is ott töltjük; szeretném, ha elfelejtené ezt az egészet.

– Igen, az biztosan segít rajta, ha elutaztok.

– Apa a dolgozószobában van?

– Nem, de pár perc, és biztosan jön.

– Na és a húgom itthon van? Már régen láttam.

– Nem, most Milánóban van valami bemutatón. Szeret ott tanulni.

– Örülök neki, anya.

Nem sokkal később hallották, hogy hatalmas fékcsikorgások közepette megérkezett Lorenzo, aki tajtékzott a dühtől. Tommaso pattant fel hirtelen a kanapéról.

– Mi történt, apa?

– Gyere a dolgozószobába!

Lorenzo, miután Tommaso belépett az ajtón, úgy becsapta mögötte, hogy az egész ház visszhangzott. – Szükségem van rád. Az egyik fegyverszállítmányunkat megfogták a vámosok...

– De hát hogyan, honnan tudták meg?

– Arra tippelek, hogy don Valerio d' Como köpött bele a levesünkbe.

– Miért tenné? Ő is részesedik belőle, nem?

– De igen, de ki tudja. Lehet, hogy az öreg korábbi békeajánlata csak hazugság volt, és most így próbálja többek között megbosszulni a fiát.

– Többek között? Történt más is?

– Nem fontos. Tudom, hogy nem szeretsz belefolyni ezekbe a dolgokba, de most jogilag van szükség a segítségedre, mert biztosan eljárást fognak indítani a vámosok. Egy ideje viszont az ő főnöküket nem tudjuk lefizetni, és ez megnehezíti az üzletet.

– Segítek, viszont akkor többet kell tudnom, illetve mi elutazunk az ünnepekre, de amint elindítják az eljárást, szólj, és intézek mindent. Nyugodj meg, apa. Megoldom.

– Tudom. Isabella hogy van a történtek után?

– Nincs jól, ezért is szeretnék egy hétre valamerre elmenni vele.

– Jól teszed, majd kiheveri. Még fiatalok vagytok, bőven lehet még gyereketek.

– Persze, én is így gondolom, de neki más a véleménye, illetve nem tudjuk, hogy az esés miatt volt-e, de az biztos, hogy most már magamhoz veszem Sienát, mert Monica nem beszámítható

– Nem tudom, mikor indultok, de akkor jó utat nektek, beszélünk, ha lesz fejlemény.

11. fejezet

Tommaso és Isabella egy héttel később Sirmionéba uta-
zott, hogy elfelejtsék azt a szörnyűséges balesetet, ami
Milánóban történt. Bresciáig repülővel utaztak, ott pe-
dig béreltek egy BMW X3-as autót, hogy kényelmesen
utazhassanak Sirmionéba. Azonban ahogy közeledtek
a szállásuk felé, úgy vált egyre szűkebbé az út. Amikor
Isabella megpillantott egy várat maguk előtt, Tommaso
pedig haladt egyre közelebb ahhoz, ahol hömpölygő tö-
meg volt, már nem tudta szó nélkül hagyni a mutatványt.

– Kedvesem, tudod, hogy most te a várkapun készülsz
behajtani?

– Persze, nyugodj meg, a szállásunk a várfalon belül van.

Ahogy haladtak, a kapuhoz közeledve egyre szűkebbé
vált az út, ami egyébként is keskeny volt, de az embere-
ket cseppet sem zavarta, hogy az autóval szerettek volna
áthaladni: inkább csak megpróbáltak két oldalra húzód-
ni, de még véletlenül sem álltak meg, hogy átengedjék
őket. Nos, nem volt éppen a legideálisabb választás egy
terepjárószerű, robusztus autó a szűk utcákhoz, amelyek
előttük kanyarogtak. A kocsi kívül nagyon szép sötétkék
színű volt, belül pedig vajszínű bőrüléssel és a legnagyobb
felszereltséggel rendelkezett. Kényelmes autó volt, bár
nem egy ilyen helyre való, ahol egy gombostűt nem le-
hetett leejteni. A szállás már nem volt messze, azonban
nekik olyan helyen kellett áthaladni, ahol az étterem
asztalai és székei, illetve a másik épület között alig volt
talán két méter, többek között ezért is meg kellett állni-
uk, hogy az étterem tulajdonosát megkérjék, hogy kicsit

pakoljanak odébb, amíg átmennek. Természetesen ez megtörtént, és bár be lehetett hajtani a váron belülre, hiszen sok szállásnak bent volt a föld alatti parkolója, néha mégis szúrós tekintettel néztek rájuk, mikor a robusztus kocsival lavíroztak az emberek között. Amikor végre megérkeztek, Isabella csak gyönyörködött a tó és a környezet szépségében. Csodálatos látvány volt a színes épületek között látni a gyönyörű, kék, csillogó vizet, a hajókat és távolabb a hegyeket. Emlékeztette arra, amikor Tommaso az Iseói-tónál megkérte a kezét. A látvány valóban gyönyörű és hasonló volt, talán ezért is töltötte el olyan kellemes melegségérzettel mindkettőjüket a hely bája.

– Na, hogy tetszik, kedvesem? – kérdezte Tommaso, miközben átkarolta Isabellát.

– Csodásan néz ki ez a hely. Te voltál már itt korábban?

– Nem, még nem jutottam el, de terveztem már régóta. Pakoljunk ki, aztán elviszlek valahova.

– Jó, menjünk – mondta mosolyogva Tommasónak Isabella, majd adott a szájára egy könnyed puszit.

Pár órával később elindultak gyalog a várkapu felé. Ahol alig tudtak átjutni korábban, most mindenféle akadály nélkül átsétáltak a keskeny várkapun. Kiérve jobb kéz felé pedig egy kikötőt láttak, ahol több vitorlás is horgonyzott. Arra vették ők is az irányt.

– Mi a meglepetés, Tommaso?

– Kimegyünk a tóra vitorlással.

– Wáo! Csak te meg én, vagy valami csoportos kirándulásra megyünk?

– Nem, csak ketten megyünk.

Pár száz méter múlva megálltak egy Szirén nevű kis vitorlás mellett. Tommaso és Isabella késő délután elindultak a kikötőből a tó közepe felé. A kis vitorláson behűtve volt egy üveg prosecco, és bár nem volt ok az ünneplésre, Tommaso úgy gondolta, hogy egy kis alkohol és a programok segíthetnek könnyebben felejteni. Egy idő után Tommaso leállította a motort és leengedte a horgonyt.

– Nem megyünk tovább? – kérdezte döbbenten Isabella.

– Nem, szerelemem.

Tommaso kivett egy hűtőtáskát az egyik ülés alól.

– Most egy picit élvezzük a pillanatot.

Kivette a proseccót és két poharat.

– Kérlek, fogd meg az egyik poharat.

Töltött mindegyik pohárba majd leült párja mellé.

– Most egy kicsit élvezzük a pillanatot, a proseccót, a vizet, a látványt, egymás társaságát. Azt szeretném, ha elfelejtenénk minden nyomasztó dolgot, ami eddig történt.

– Jól hangzik, de nehéz nem arra go... – Isabella nem tudta befejezni a mondatot, mert Tommaso megcsókolta kedvesét, aki, belefeledkezve párja szenvedélyes csókjába, már nem is tudta hirtelen, mire gondolt előtte. Csak a vágyra gondolt, hogy mennyire szeretné érezni a férjét. Az őket körülvevő környezet fantasztikusan szép volt. Hegyek, dombok a távolban, még látszott Sirmione is a parton, a horizonton a nap kezdett lekúszni. Isabella letette a proseccót a vitorlás közepén lévő kis asztalkára, és Tommaso ölébe ült. Két kezébe vette sármos férje arcát, és szenvedélyesen megcsókolta. Kissé beleharapott az ajkába és azt suttogta: – Nagyon kívánlak.

Majd a nyakához hajolt, és azt csókolta szenvedélyesen, míg egy pillanatra megállt, és a füléhez hajolt.

Ismét belesuttogott: – Tegyél a magadévá úgy, ahogyan eddig még sosem.

Isabella közben Tommaso dudorodó férfiasságán vonaglott. Hamarosan lehúzta Tommaso nadrágján a cipzárt és elővette a péniszét, ami már kemény volt a vágytól. Isabella a szájához emelte lassan, de még mielőtt ajkai közé vette volna, nyelve hegyével eljátszadozott érzékeny makkján, majd lassan mélyebbre eresztette. Természetesen Tommaso sem maradt az adósa: amikor megízlelte kedvesét, olyan mámor és vágy öntötte el mindkettőjüket, hogy egyszerre csak megfeledkezve arról, hol vannak, Isabella hangosan felnyögött. Ha eddig a közelben lévő hajósok nem vették észre őket, most már biztosan tudták, hogy valaki a közelben jól érzi magát – vagy egymást. Na persze ők ekkor nem is ezzel foglalkoztak. Miután Tommaso befejezte Isabella kényeztetését, még mielőtt behatolt volna a lányba, Isabella felpattant és hátradöntötte Tommasót, aki teljesen meghökkent, de élvezte a helyzetet. Isabella szép lassan rácsúszott, majd lassan elkezdett lovagolni, aztán egyre gyorsított a tempón, miközben Tommaso mellkasába markolt. Férje egyik kezét Isabella csípőjére helyezte, a másikkal pedig a torkánál fogta a nyakát, úgy vette át az irányítást Isabella tempója felett. Érezte Isabella is, hogy már nem kell sok, és egyszerre csak elöntötte őket a mámor. Isabella érezte, ahogy Tommaso is elélvez, érezte magában lüktető férfiasságát. Tetszett neki ez az érzés, és bár most legkevésbé amiatt, hogy teherbe essen, de ezt a pillanatot mindig is élvezetesnek tartotta. Isabella és Tommaso is zihált. A lány közelebb hajolt, és megcsókolta szerelmét.

– Tudod, hogy nagyon szeretlek téged? – kérdezte Tommasót nézve.

– Tudom. És te azt, hogy te vagy életem szerelme? – kérdezett vissza mosolyogva Tommaso.

– Merem remélni – nevetett fel Isabella. – Különben én leszek a legrosszabb feleség a világon.

Tommaso csak nevetett. Már rég volt ennyire könnyed minden, mint akkor, abban a pillanatban. Pár perccel később Isabella egy plédet maga köré tekerve merengett a távolba.

– Örülök, hogy eljöttünk Sirmionéba – mondta nyugodt tekintettel. Szinte sugárzott róla, hogy békességet érez.

– Boldog vagyok, ha nem kell szomorúnak látnom téged.

Tommaso adott egy puszit Isabella homlokára, majd pár órán keresztül csak így pihentek a vitorláson, miközben itták a proseccót és nézték a lenyugvó napot. Később, már sötétben, visszatértek a kikötőbe. Sirmione csodás látvány volt este is a kivilágított utcáival, üzleteivel, éttermekkel. A következő két nap a strandolásról és a tényleges pihenésről, semmittevésről szólt.

Azonban másnap este fél hét körül Tommaso taxit hívott, amiről Isabella ismét semmit nem tudott. Ő azt hitte, hogy vacsorázni mennek, ehelyett Tommaso leszervezett egy pikniket az egyik borászathoz. Egy fekete, gyönyörű Mercedes Coupe várta őket a szálloda előtt. Isabella meglepődött, amikor beültek az autóba, hiszen már azzal a járművel is nehezen tudtak közlekedni, amivel ők érkeztek, ez az autó még annál is sokkal hosszabb volt. Meglepődve néztek mindketten, hogy a sofőr milyen ügyesen lavírozik, tolat a szűk utcákban a hajó méretű autóval. Pár perc után kiértek a vár területéről. Nagyjából tíz perc elteltével egy hatalmas, szép birtokra hajtott az autó, ahol egy téglával kirakott, nagy, mutatós épület volt velük szemben. Ahogy kiszálltak a taxiból, csodás látvány vette őket körbe a Cascina Maddalenánál: amerre csak néztek, szőlőtőkék, és köztük fényfüzérek, alattuk párok. Nem voltak egyedül, de nagyon hangulatos volt a hely, és nem is bánták.

Az épületben egy kedves nő adott nekik egy nagy faládát. Kimentek, és egy fából készült, tető nélküli állványzat alá leheveredtek. Az állványzatra fényfüzér volt felfuttatva keresztbe-kasul. A fűben leterített plédre lerakták a ládát, amiben volt egy palack bor, két pohár, egy gyertya, és két papírdoboz, amiben különböző sonkák, olívabogyó, sajtok, és bagett felszeletelve. Romantikus meglepetés volt Tommaso részéről, aminek Isabella szemlátomást örült, hiszen egészen az ott töltött idő alatt mosolygott, mint a vadalma. Kicsit később Isabella Tommaso ölébe feküdt, aki csak simogatta kedvese haját, arcát. Élvezték, ahogy rájuk esteledik.

– Folyton meglepsz. Nem is tudom, mivel érdemeltem ki egy ilyen klassz férjet, mint te – nézett Isabella Tommasóra, miközben az ölében feküdt és élvezte az estét.

– Szeretlek, és szeretem, ha mosolyogsz.

Tommaso zöld szemei mindig is nagyon megigézték a fiatal nőt. Persze Tommaso egyébként is karizmatikus férfi volt, és hát kevés olyan nő volt, aki ne nézte volna meg a szemrevaló, jóképű olasz ifjút. Tommaso most kivételesen nem csak amiatt ment Sirmionéba, hogy a kedvese elfeledje az esést és a vetélést, hanem korábban édesapja megkérte, hogy beszéljen a helyi maffiafőnökkel is egy üzlettel kapcsolatosan. Tommaso ugyan a legtöbbször tartózkodott az efféle kétes ügyletektől, de apja kérését ezúttal mégis teljesítette. Isabella nem sokat tudott a család ügyleteiről, de bőven eleget ahhoz, hogy tudja: semmiképp sem jó belefolyni az üzletekbe részleteibe menően. Isabella reggel a kávét iszogatva hallotta, ahogy Tommaso az asztaltól kicsit távolabb telefonált, és egy találkozót egyeztetett valakivel.

– Minden rendben, kedvesem? – kérdezte Isabella, miközben egy croissant-t tördelt.

– Persze, de találkoznom kell valakivel.

– Most? Nem lehetne máskor?

– Nem. Megígértem apámnak valamit, és azt el kell intéznem, de csak egy óra az egész, aztán jövök is vissza hozzád. Addig reggelizz vagy napozz egyet.

– Örülök, hogy előre megmondod a lehetséges programot – vetette oda Isabella kissé rosszallóan.

– Semmi ilyenről nincs szó, de ez most üzlet. Ide nem jöhetsz velem, de utána kárpótollak, ígérem.

– Azt melegen ajánlom, Tommaso Damiani! – mondta duzzogva Isabella, miközben egy banánt szegezett Tommasóra, mintha csak egy pisztolyt tartana a kezében.

Férje elmosolyodott.

– Tudod, hogy viccesen nézel ki azzal a banánnal a kezedben? Tommaso adott egy puszit a nő homlokára, és végigsimította az arcát.

– Sietek vissza.

Nem sokkal később Tommaso elhajtott a BMW-vel a szálloda asztalai mellett. Isabella azon tűnődött, vajon milyen üzlet lehet az, ahova semmiképp sem mehetett vele, azonban pár perc után elengedte a gondolatot és úgy döntött, akkor inkább élvezi addig is az időt, a meleget, ezért a reggelit követően kifeküdt napozni a tópartra.

Tommaso pedig a közeli Veronában találkozott az apja egy régi ismerősével. Don Cariano Cariano korábban Lorenzo üzlettársa volt, de amikor az emberkereskedelmet Lorenzo abbahagyta, akkor megszakadt a kapcsolat köztük. Azonban Lorenzónak most szüksége volt rá, hiszen az öreg donnak sok ismerőse volt, és befolyásos kapcsolatai, többek között kapcsolatban állt don Valerio d' Comóval is, akire Tommaso apja gyanakodott, hogy az utolsó fegyverszállítmányt miatta fogták meg a vámosok.

Tommasso megérkezett Veronába, ahol a Le Cantine de l'Arena étterem teraszán várta az öreg don. Tommaso kissé nehézkesen tudott leparkolni az autóval itt is, hiszen az aréna környékén már a sétálórész volt, és igencsak szűk utcák voltak ott is. A parkolók pedig mind tele voltak. Közeledve az Aréna felé nem talált parkolót, így látva, hogy a tér elején három fekete, sötétített ablakú Mercedes terepjáró áll, így gondolta, az a don autója, ezért ő is mellé parkolt. Tommaso megjelenése igencsak határozott volt. Sötétkék mokaszint viselt, fekete öltönynadrágot és szintén sötét inget. Sötét haja jól fésült volt, szemén napszemüveg. Első látásra, ha valaki nem ismerte, azt gondolhatta, vérbeli maffiafőnök a jóképű férfi.

Tommaso közeledett a don felé, aki mögött két testőr állt, kettő pedig az asztal másik végénél, vele szemben. A többi testőr a tetőn vagy az étterem belső részéről figyelt. Még oda sem lépett az öreg, kövér donhoz, mikor az már kezdte.

– Késtél, Tommaso. Tíz órára beszéltük meg a találkozót – morgott Cariano.

– Elnézést kérek, bátyám, nem tudtam hol parkolni.

– Hagyjuk, a lényeg, hogy most itt vagy. Miért nem az apád jött el tárgyalni?

– Apámat most figyelik a vámosok, én pedig a feleségemmel jöttem Sirmionéba, így senkinek a figyelmét sem hívjuk magunkra. A vámosok között most nincs kapcsolatunk. Pontosan erről is szerettünk volna tárgyalni az apámmal.

– Tudom, miért jöttél, Tommaso... Már azelőtt tudtam, mielőtt veled közölte volna az apád. A kapcsolataim érdekelnek.

– Igen, részben. Üzletet ajánlanánk. Apám régen az üzlettársad volt, most a kapcsolataidra lenne szüksége, és cserébe az eladott fegyverek után 20%-ot kapsz.

– Nevetséges ajánlat! – nevetett fel az öreg don. – Mit gondolsz magadról, Tommaso?

– Semmit! – vágta oda közönyösen. – Apám helyett vagyok itt, tolmácsolom az ajánlatát, és ennyi, de nem kívánok a szükségesnél jobban belefolyni a dolgaiba.

– Már benne vagy. Egy fia van, tehát ha akarod, ha nem, de te leszel apád után a főnök. 40%-ot akarok, és akkor megkapja, amit akar.

– 40% kizárt! Harminc esetleg.

– 35%, vagy végeztünk.

– Rendben, legyen 35%. Apám többek között arra kíváncsi, hogy Valerio d' Comónak van-e köze ehhez az utolsó, megbukott áruszállítmányhoz. Nem tudom, mennyire vagy tisztában a kettejük konfliktusával, de korában történt egy incidens. A fia rám lőtt.

– Tudok róla. Apád meg kinyírta az ő fiát.

– Igen, így van. Úgy tudtuk, béke van, de jelenleg az a legvalószínűbb, hogy ő áll a háttérben. Amennyiben kiderülne, hogy ő volt, úgy szeretné, ha a szövetségese lennél egy esetleges háborúban.

– Az apád vicces ember. Azt gondolja, 35%-os részesedésért elárulom az egyik legrégebbi üzlettársamat?

– Nem, természetesen ezt nem. A 35% a fegyverel-
adás részesedése. Viszont tudjuk, hogy öt éve te öletted
meg Valerio feleségét.

Cariano arcáról lefagyott a mosoly. A testőrei közül
kettő a zakó belsejébe nyúlt, mintha fegyvert ragadnának.

– Ugyan, Cariano bátyám, csak nem gondoltad, hogy
az apám testőrök nélkül küld el hozzád? Kérlek, ezt te
sem hiszed. Nézz csak a tetőre! –mutatott a tetőre az ifjú.

Cariano felnézett a tetőre, és látta, hogy Tommaso
mesterlövészei a fejére céloznak.

– Nem csak a tetőn vannak, tehát szerintem nem sze-
retné egyikünk sem provokálni a másikat. Jól mondom,
bátyám? –mosolyodott el kajánul Tommaso. – Az üzlet
miatt vagyok itt, nem egy vérfürdőt rendezni!

– Te szemét kis patkány! Hogy mersz engem fenye-
getni?

– Tessék? Azt hiszem, rosszul hallottam. A fenyege-
tés még nem kezdődött el. Egyelőre alkut ajánlottam a
fegyverek eladásával kapcsolatban. A fenyegetés még csak
most jön – mondta mosolyra húzva száját Tommaso. –
Tehát tudjuk, hogy öt éve megöletted Karolina d' Comót,
mert nem volt hajlandó otthagyni Valeriót érted. Tehát
elraboltad, megerőszakoltad és azután megölted, az egész
helyzetet pedig úgy állítottad be, mintha autóbalesetben
halt volna meg. Persze tudjuk, hogy ha még balesete lett
volna, sem feltétlen gyullad ki az autó. Ügyes húzás volt,
mert így minden nyom megégett vele együtt, de vajon
mit szólna ehhez az öreg Valerió?

– Te rohadt kis szemét! Ezt úgy sem tudod bizonyítani!

– Nekem nem is kell. Apámnak azonban, szerencsére,
elég jó kapcsolata van az olasz rendőrfőnökökkel, és hát

megvannak a rendőrségnél a végső jelentések, amelyek szerint az autó nem műszaki meghibásodástól gyulladt ki.

Az öreg don most teljesen elsápadt, a homlokán folyt a verejték.

– Mit akartok tőlem?

– Már elmondtam: egyelőre információt és üzletet, azonban ha nem teljesíted a rád eső részt, akkor véletlenül lehet, hogy Valerio megtudja, mi történt a feleségével, és nem szeretnél háborút, ha jól sejtem... Nos, mi sem. Sem vele, sem mással, de kell az infó a vámosoktól. Plusz kell oda pár ember, hogy elrendezzék ezt a balhét, és továbbra is zavartalanul működhessen a fegyverkereskedelem, amelyből ugyebár már te is részesülsz.

– Te ügyvéd vagy, elvileg el kellene tudnod rendezni ezt – nevetett Cariano.

– El is fogom rendezni a jogi részét, de kell hozzá némi segítség az előbb említett formában. Nos, akkor megegyeztünk, bátyám?

– Meg.

Tommaso felállt az asztaltól, kezet nyújtott az öreg donnak, aki viszonozta, bár nem szívesen. Látszott az arcán, hogy nem szívelte az ifjú tárgyalási stílusát, magában valahol mégis tökösnek gondolta.

– Egy öröm volt veled üzletelni, bátyám.

Mosolyra húzta a száját, majd feltette a napszemüvegét, és olyan határozottsággal, elégedettséggel sétált a kocsihoz, hogy más járókelőnek úgy tűnhetett, mintha ez a férfi uralná Veronát. Tommaso, ahogy beült a kocsiba, felhívta Lorenzót, aki megdicsérte fiát, és hozzátette:

– Látod, fiam, tudsz te főnök lenni... és leszel is.

– Ez nem az én utam. Továbbra is ügyvéd vagyok.

– Ne viccelj, fiam, jó, hogy ügyvéd vagy, de tudjuk, hogy korrupt...

– Csak miattad és csak neked segítek ilyenben, mindketten tudjuk, hogy másnak sosem tenném

– Nem csak miattam tetted, amit tettél, hanem azért is, mert te magad is élvezed a hatalmat, amit már ízlelgetsz egy ideje általam.

– Tévedsz. Én nem leszek sosem olyan, mint te. Az én részemet letudtam. Hamarosan hazatérünk, aztán beszélünk.

12. fejezet

Pár héttel később, a bírósági tárgyaláson, Tommaso természetesen sikerrel járt az apja ellen felhozott, fegyverkereskedelemmel kapcsolatos eljáráson. A vádakat neki és don Cariano kapcsolatainak hála ejtették. Lorenzo neve így tiszta maradt. Hamis bizonyítékokkal azonban don Valerio d' Comóhoz jutott el a nyomozás. Ráterelődött a gyanú a vámon átcsempészni kívánt fegyverekkel kapcsolatban. Valerio körül szorult a hurok, ám még nem eléggé, mert pár héten belül sikeresen kibújt a hamis vádak alól, és végül pénzbírsággal megúszta. Lorenzo ezzel is elégedett volt, hiszen bebizonyosodott, hogy ő volt, aki a vámosoknak szólt az áruról. Végül visszájára sült a terve, de ezzel itt még biztosan nincs vége, ezt tudta Lorenzo is.

Tommasót azonban most más dolgok foglalkoztatták. Siena ügye lezárult, a kizárólagos gyámságot ő kapta meg, mivel sikerült bizonyítani a bíróságon, hogy a kislány édesanyja nem beszámítható. Persze a gyámhatóság előzetes felmérése is szükséges volt ehhez, de az is igazolta Tomassót. A mit sem sejtő Monicát váratlanul a tragikus esetet követő hetekben meglátogatták a gyámhatóságtól, s szemtanúi lehettek a nő lakásán uralkodó káosznak. A szanaszét heverő borosüvegeknek, rendetlenségnek, és a kislány ápolatlanságának. Azonnal nem hozhatták el ugyan, de kérvényezhették a körülmények miatt a gyorsított eljárás lefolytatását. A tárgyaláson a bizottság egyöntetűen Tommasónak ítélte a kislány felügyeleti jogát. Isabellának is és a férfinak is furcsa volt, hogy most, mint egy család éltek, illetve, hogy egy alig másfél éves kislányról kellett gondoskodniuk, és alkalmazkodni hozzá. Fogadtak Siena mellé egy dadát, de tulajdonképpen Isabella így már nem tudott rendesen, főállásban dolgozni. Négy órában járt be az ügyvédi irodába, hogy a kislánnyal is tudjon foglalkozni. Egyrészről Isabella örült ennek, hiszen neki még nem volt tapasztalata és így felkészülhetett a gyereknevelésre, másfelől néha kis keserűséggel töltötte el, de pár hét után megszokták az új jövevényt, és gyakorlatilag teljesen úgy viselkedtek, mintha a közös gyerekük lett volna. Isabella ismét terhes volt, amit ő már tudott, de Tommasónak még nem mondta el. Meglepetésnek szánta. Isabella, amikor meglátta a két csíkot a teszten, nagyon boldog volt, és már rögtön elmondta volna kedvesének, de úgy gondolta, hogy közeledik a karácsony, és inkább meglepi vele párját.

Az életük fenekestől felfordult, mióta Siena hozzájuk került, de annak ellenére örömteli is lett. Isabella ismét a világ legboldogabb emberének érezte magát. Volt férje; együtt neveltek egy csodaszép kislányt, és ő is terhes volt. Isabella napokig azon gondolkodott, mi is lenne a legjobb meglepetés a babavárás elmondására. Sok ötlet megfordult a fejében, például, hogy majd vesz egy kis cipőt és azt becsomagolja egy ajándékdobozba, vagy egy ultrahangos kép.

Isabella legbelül már annyira elfogadta a Sienával való helyzetet, hogy még örült is neki, hogy rajta gyakorolhatja az anyai szerepkört, amit hamarosan ő is betölt. Karácsonyig még két hét volt. Ez idő alatt több helyre kirándultak hármasban vagy a nagyszülőkkel együtt. Állatkertben jártak, vidámparkban. Egy érdeklődő kislány számára mindegyik nagyon érdekes persze, de nem csak

175

Sienának tetszettek ezek a programok. Egyik vasárnap reggel ellátogattak a Gardalandba, ahol egy egész napon keresztül hullámvasutaztak stb. Ahogy teltek a napok és közeledett a karácsony, úgy egyre több volt a készülődés. Bár nem az első közös karácsonya volt Tommasónak és Isabellának, de az első, amikor Tommaso lánya is velük volt. Abból pedig, hogy hol tartsák a karácsonyt, nagy vita kerekedett Flavia és Isabella között, mert mindegyik a saját otthonában akarta tartani az ünnepet. Természetesen azért nem vívtak ölre menő harcot, végül megegyeztek, hogy Tommaso házában tartják a karácsonyi vacsorát. Isabella nem maradt egyedül a szervezéssel: Flavia szenteste napján már kora reggel átment a fiatalokhoz – mintha tudott volna segíteni bármit is. A konyhában ültek, és a vacsorát egyeztették, amikor is Flavia felfigyelt valamire. Isabella a konyhapult mellett ült és egy szendvicset próbált legyűrni, azonban a reggeli rosszullét elkapta, és kirohant a mosdóba.

– Csak nem terhes vagy, Isabella? – kérdezte gyanakvón mosolyogva Flavia.

– Úgy fest, most nem tagadhatom le, de kérlek, ez maradjon köztünk. Szeretném meglepni vele Tommasót.

Flavia megölelte Isabellát, és adott egy puszit az arcára. Néha már-már anya és lánya viszony volt köztük.

– Nem mondom el – mosolygott Flavia. Na, és hány hetes vagy?

– Körülbelül három hete nem jött meg. Az orvos szerint nagyjából 4-5 hetes lehet, de nem tudtam megmondani, pontosan mikor volt meg utoljára.

– Akkor csak vigyázz azért, még nagyon kicsi a magzat.

– Igyekszem, de azért sem akartam eddig elmondani Tommasónak, mert akkor biztosan dolgozni sem engedne.

– Persze, de érthetően.

– Na, ne viccelj, ez nem betegség, hanem egy állapot, nem vagyok cukorból.

– Tudom, de nem tudjuk pontosan, mi történt a múltkor, mi okozta a vetélésed. Inkább legyél óvatosabb – fogta meg egyik kezével Isabella kezét. – Mikor jönnek a dekorosok és a cateringesek?

– A dekorosok félórán belül, a cateringeseknek azt mondtam, elég, ha délután négyre jönnek.

– Rendben, és végül is mi lesz a menü?

– Narancsos töltött pulyka, panchettával sült szűzérmék, fahéjas szilvás raguval. Kértem egy hidegtálat sajtokkal, illetve sütőtök krémleves pirított tökmaggal.

– Jól hangzik, de biztos elég ennyi étel?

– Nem leszünk túl sokan: ti hárman, apa, és mi hárman... szerintem elég.

– Na és milyen lesz a dekoráció?

– Arra gondoltam, hogy arany és bordó lenne a színek tekintetében, meleg fényű füzéreket rakatok a ház körül ide-oda, illetve arany és bordó gömbökkel díszített koszorú megy a bejárati ajtó fölé. A fenyőt szintén ilyen gömbökkel képzelem el, és a csúcsán egy vörös masni lesz. A lépcsőkorlátra girlandot szeretném, ha feltennének, és arra mikulásvirágot és aranyszínű masnit. Nagyjából ilyesmit szeretnék.

– Szerintem szép lesz, de nem túl egyszerű ez?

– Flavia, kérlek! Most mi tartjuk a karácsonyt. Nem egy fényűző parti lesz, hanem egy családi vacsora.

– Jó, ebben igazad van.

Este az asztal szépen meg volt terítve gyönyörű bordó terítővel, aranyozott szélű kristálypoharakkal, a fogások szépen elhelyezve, az asztal közepén egy kisebb asztali dísz, és a két oldalán, mellette egy-egy gyertya égett. Hangulatos volt, mindenki beszélgetett, nevetgéltek. Jó hangulatú vacsora volt. Pár órával később eljött az ajándékozás ideje. Mindenki Sienának akarta először odaadni az ajándékot, aki persze még egyedül ki sem tudta bontani azokat, de Lorenzo, mint egy igazi nagyapa, a térdére ültette a kislányt, és szorgosan bontotta neki egyik dobozt a másik után. A göndör hajú kislány csak mosolygott, és tapsikolt kis kezeivel. Látszódott arcán, hogy örül a meglepetéseknek. Mikor elfogytak a kislánynak szánt ajándékok, akkor Flavia adott egy ajándékdobozt Isabellának. Egy Luis Vuitton táska volt a dobozban. Isabella örült neki, bár sosem értékelte igazán a drága holmikat. Tommaso és Isabella Flaviának nyakláncot vettek, Lorenzónak pedig egy Rolex órát, Isabella apukája pedig egy síkképernyős tévét kapott a fiataloktól. Isabella következett, legalábbis Tommaso tekintetében, aki egy kicsi ajándékdobozt adott át nejének. Isabella megrázta a dobozt, és valami zörgött benne.

– Mi lehet ez? – kérdezte érdeklődőn.

– Nyisd csak ki, és meglátod...

Isabella kinyitotta a dobozt, és egy kocsikulcs volt benne.

– Hát ez? Tudod, hogy nincs jogosítványom...

– Nem baj, akkor most lesz alkalmad megszerezni, mert egy autót kaptál.

– Hű – szólalt meg Flavia. – Milyen autót és hol van? Hadd nézzük meg!

– Kint áll, a ház mögött.

Kimentek az udvarra, egy fehér Maserati quattroporte állt a ház mögött, aminek a motorháztetőjén egy nagy vörös masni volt.

– Tetszik, kedvesem?

– Jézusom... – Isabella a szája elé kapta a kezét. – Persze! –mondta lelkesen, majd Tommaso felé fordult és megölelte. – Nem kellett volna ilyen drága ajándékot venned...

– Nem számít, nézd meg az autót, ülj be.

Isabella beült a kocsiba, vele együtt az anyósülésre pedig Tommaso.

– Eszméletlenül szép ez az autó. Nagyon örülök neki, de menjünk be, mert még neked is van ajándékod, szívem.

– Menjünk.

Bent Isabella alig valamivel nagyobb ajándékdobozt adott Tommasónak. Tommaso is megrázta a dobozt.

– Ez zörög. Biztosan kocsikulcs van benne – mondta viccelődve. Amikor azonban kinyitotta a dobozt, meglepetésére két aprócska, fehér babacipő volt benne. Tommaso arcára egy pillanatra kiült a döbbenet.

– Ez...?

– Igen, terhes vagyok. Meglepi – mondta kissé elnyújtva a szót Isabella, aki mellette széttárt karokkal várta, hogy Tommaso megölelje. Azonban ő inkább felkapta Isabellát. Csókolgatta az arcának minden kis pontját.

– Na, akkor most már mi is gratulálhatunk – szólt közbe Flavia.

Mindenki örült, de Alessandro valahogy kivonta magát a karácsonyi ünneplésből. Mintha megerőltető lett volna számára látni, hogy a lányának van egy hatalmas családja, és ő úgy érezte, nem tartozik közéjük. Az idő telt, többé-kevésbé mindenki jól érezte magát. A napok is teltek, és lassan közelgett a szilveszter, amit szigorúan Flavia akart megszervezni. Jó partit szervezett, bár a fiatalok inkább hármasban töltötték volna otthon, de nem lehetett kibújni alóla.

Hamar eltelt az ünnepi időszak, a karácsony, a szilveszter és a január is. Közelgett a születésnapjuk, ami február 2-án volt. A születésnapjuk reggelén Isabella éles, nyilalló fájdalmat érzett az alhasánál, s mire felébredt, a lepedő már tiszta vér volt. Isabella felsikított, mire Tommaso odasietett és látta a szörnyű vértócsát, ami a lepedőn volt. Azonnal hívott mentőt, de mire kiértek és megvizsgálták, már megállapították, hogy feleslegesen vinnék kórházba, mert a baba már elment. Ettől függetlenül bevitték, mert Isabella teljesen kiborult az eseménytől. Nyugtatókat kapott, és különböző gyógyszereket: vérzéscsillapítót stb., de a magzatot nem tudták megmenteni. 2014 februárjában másodszorra vetélt el.

Tommaso nem értette, miért történt, persze senki nem tudta, mi okozta a vetélést, de mindenkit megrázott a szomorú hír. Mindenki nagyon várta a babát, aki ismét nem jött el hozzájuk. Tommaso próbálta ingerülten kérdezgetni az orvost, aki kijött Isabellától, de nem kapott olyan választ, amitől igazán megnyugodott volna. Csak annyit felelt az orvos, hogy 12 hetes korig ez normális, és bármikor megtörténhet. Ez a válasz egyáltalán nem tetszett Tommasónak, de el kellett fogadnia a helyzetet, akármennyire is fájt, mivel mást egyébként sem tehettek. Tommaso Isabella ágya mellett ült, amíg a nyugtatóktól kába kedvese magához nem tért. Tommaso egy pillanatra annyira belemélyedt a szomorú gondolatokba, hogy egy könnycsepp csordult le az arcán.

13. fejezet

Isabella és Tommaso közel 1 hónapot töltött Tenerifén édes kettesben. Ez idő alatt Isabellát mintha kicserélték volna. Szinte elfeledkezett arról, hogy nemrégiben másodjára is elvetélt. Vidám volt, cserfes, és továbbra is szerelmes. Tommaso is örült, hogy végül nem otthon töltötték a karácsonyt és a szilvesztert, mert otthon nem biztos, hogy ilyen könnyen elfelejtette volna a dolgokat. Teneriféről azonban haza kellett, hogy térjenek előbbutóbb. Amikor hazarepültek és beléptek a közös otthonukba, akkor Isabella megpillantott egy szép ajándékdobozt a nappaliban. Meglepetten fordult Tommaso felé.

– Mi ez az egész? Azt hittem, a tenerifei út volt a karácsonyi ajándék. Illetve már csak egy nap, és itt a szilveszter, mi ez a doboz?

– Menj, és nyisd ki, én addig behozom a bőröndöket – mondta mosolyogva Tommaso.

Isabella bátortalanul közeledett a nem is olyan kicsi ajándékdoboz felé. Megpróbálta felemelni azt, de kissé nehéz volt, és érezte, hogy valami megmozdult benne, amikor megpróbálta máshova vinni a dobozt. A masnit kikötötte, és leemelte a doboz tetejét. Abban a pillanatban meglátott egy apró, fekete kiskutyát, amelynek hatalmas fülei voltak. Az apróság alig várta, hogy kivegyék a dobozból. Vékony hangon jelezte, hogy már szeretne kijutni a szűk helyről. Isabella felvette a kezébe a csöppséget, és leült vele a kandalló elé. Ugyan a kandallóban még nem égett a tűz, de az előtte lévő, fehér, hosszú szőrű szőnyegre ült le a kiskutyával. Gondolta, biztosan tetszeni fog neki a szőnyeg puhasága.

– Tetszik a kutyus?

– Igen, nagyon – mondta boldogan Isabella, miközben felállt, és az aprósággal a kezében megölelte Tommasót. – Na, és mi legyen a neve? Egyáltalán, fiú vagy lány?

– Lány kutya, vagyis ha pontosak akarunk lenni, szuka. A Monához mit szólsz?

– Hm, tetszik, de miért pont Mona?

– Volt régen egy ilyen nevű boxer kutyám, de inkább a borászatnál volt.

– Mi történt vele?

– Az egyik szüret alkalmával az egyik traktor nem vette észre, és ráment...

– Szegényke. Egyébként tetszik, legyen Mona akkor. Nagyon örülök ennek a picinek. Milyen fajta?

– Francia bulldog, nem fog túl nagyra nőni.

– Aranyos kiskutya, köszönöm, kedvesem. Figyelmes vagy nagyon.

– Nekem viszont most lenne egy kis elintéznivalóm apával, de sietek haza. Kérlek, vigyázz Sienára.

Isabella akkor eszmélt rá, hogy Sienával nem is foglalkozott az elmúlt hetekben sem Tommaso, sem ő. Persze nem volt egyedül, hiszen a dada vigyázott rá Lorenzóéknál, mégis úgy érezte egy percig, mintha elhagyta volna a kislányt. Siena éppen az egyik szobában játszott, amikor Isabella a fekete kiskutyával a kezében benyitott a szobába. Siena hatalmas mosollyal az arcán egyből odafutott Isabellához. Isabella letette a földre a fekete apróságot, aminek Siena még jobban örült. A kislány önfeledten hempergett a puha szőnyegen a kis francia bulldoggal. A kutya összevissza nyalta az arcát, szaladgált, ugrált a kislány körül.

Tommaso eközben már az apja házában beszélgetett Lorenzóval az elmúlt időszak sikeréről. Lorenzo abszolút sikerként élte meg, hogy végül sikerült kijátszaniuk a bíróságot, és hogy az öreg Valerióra terelődött minden gyanú. Most nyeregben érezte magát. Pár nappal később Lorenzo a szokásos körútját járta Szicíliában a védelmi pénzek beszedése miatt, amikor az egyik üzletből kijövet hirtelen több fekete öltönyös férfi várta a bejáratnál. Ekkor ott termettek Lorenzo emberei is.

– Mi ez az egész? – kérdezte Lorenzo az őt körülvevő férfiaktól, mire az egyik válaszolt:

– Don Valerionak nem tetszik, ahogy mostanában viselkedsz. Azt akarja, hogy hagyd abba a fegyverkereskedelmet, és engedd át neki a múltkor történtek után.

– Nem tudom, miről beszél az öreg, de azt várhatja... – nevetett fel szarkasztikusan Lorenzo.

– Sejtette, hogy ezt mondod, de ez most még egy udvarias kérés volt. A következő alkalommal már nem lesz ilyen figyelmes.

– Vigyázz a szádra! Most pedig eresszetek át... Dolgom van!

Egy pillanatig még Lorenzo előtt álltak a nagydarab, öltönyös férfiak, de amikor Davide és Luca fegyvert nyomott a másik két férfi hátához, akkor már kénytelenek voltak átengedni Lorenzót.

– Most még sérülés nélkül megúsztad, Lorenzo, de jobb, ha vigyázol – mondta fenyegetően a magas, köpcös fickó.

Lorenzo már félig beszállt a kocsiba, amikor elhangzott ez a mondat.

– Mondd meg a gazdádnak, hogy már rettegek – vágta oda pökhendin Lorenzo, akit szinte hidegen hagyott a két férfi fenyegetése. Ő élte a megszokott életét, nyeregben érezte magát, hiszen don Cariano Cariano a zsebükben volt; tudta, hogy ő semmiképp sem fordulna ellenük. Így aligha kellett tartania az öregtől, akinek már közel sem volt olyan nagy hatalma. Lorenzo egyre kapzsibbá vált az évek alatt, amióta tisztában volt azzal, hogy a fia is bármikor könnyedén segíthet neki, arról nem beszélve, hogy don Cariano kapcsolataival és a sajátjaival együtt szinte nem volt olyan szerv, ahol ne lettek volna embereik. Hogy mégis mibe került ez nekik? Természetesen pénzbe, akiket pedig nem tudtak megvenni, ott sok esetben zsarolással tudták elérni a kellő hatást, hiszen senki sem feddhetetlen ebben a bűnös világban.

Tommaso is egyre inkább belefolyt az üzletbe, bár az igazán mocskos ügyletekbe nem ment bele, mint például a prostituáltakkal kapcsolatos szál, vagy a drogügyletek, de a fegyverkereskedelemmel kapcsolatos tevékenységek intézését teljesen átvette az apjától. Így történt, hogy az egykor feddhetetlen ügyvéd, aki a bűn ellen akart tenni és dolgozni, maga is belefolyt ebbe a világba. Már nem az a jó ügyvéd volt, aki a borászatot átvette édesapjától; akár tetszik, akár nem, de ő is maffiózóvá vált a hónapok alatt. Már nem volt idegen számára sem a zsarolás, sem a fegyver használata, vagy a saját szeme előtt kioltott emberélet gondolata, látványa. Ugyan ő soha senkire nem lőtt rá, de megtanulta használni a fegyvereket, és alkalomadtán megfélemlítésből használta.

Mindebből Isabella semmit nem érzékelt, mivel ő úgy tudta, Tommaso az ügyvédi irodában van legtöbbször. Persze tudatában volt annak, hogy nem csak legális üzletei vannak az apósának, de a férjéről nem feltételezte, hogy belebonyolódna ilyen kétes ügyletekbe, annak tükrében, hogy ügyvéd. Teltek a napok, a hetek és a hónapok azóta, hogy Lorenzót megfenyegették Valerio emberei. Semmilyen inzultus nem érte Lorenzót, így nem is erősítette meg sem a testőrségét, sem a család védelmét, mígnem egy augusztusi reggelen megszólalt a telefonja...

– Helló, kedves barátom! – szólt egy érces hang a telefonba.

– Valerio?

– Nem hiányzik valami, Lorenzo?

– Mindenem megvan, ami fontos.

– Oh, szerintem tévedsz. Nálam van a drága kislányod, Lorenzo. Igencsak szemrevaló példány. Az embereim alighanem kedvüket lelnék benne.

– Mit akarsz?

– Már elmondták az embereim: enyém a fegyverkereskedelem vagy megölöm a lányod, de előtte még hagyom, hogy a srácok meggyalázzák. Mit szólsz, tetszik az ajánlatom, Lorenzo?

– Ha a lányom haja szála is meggörbül, esküszöm mindenre, ami szent, hogy mindent elveszek tőled és az egész családodat a másvilágra küldöm. Senki nem lesz, aki továbbvigye a családod!

– Nem vagy abban a helyzetben, hogy fenyegetőzz. Két nap múlva gyere el Bellagióba, és ha megállapodunk, sértetlenül távozhatsz Catherinával.

– Honnan tudjam, hogy igazat mondasz, és tényleg nálad van a lányom?

Fabio csöndben maradt. Levette a kendőt a székhez kötözött lány szájáról, aki kiabálni kezdett az apja után, Lorenzo pedig egy vékony női hangot hallott kiabálni a telefonban. Azonnal felismerte a lánya hangját.

– Ott leszek.

Ahogy Lorenzo kimondta e szavakat, kinyomta a telefont és a kezébe szorította, majd egy határozott, erős mozdulattal a földhöz vágta, ami a nappali márványburkolatán darabokra tört. Davide, ahogy meghallotta a hangos puffanást, egyből berohant az udvarról, megtudni, hogy mi történhetett.

– Mi történt, főnök?

– Hívd Marcót! Tudd meg, hogy vele van-e a lányom.

Lorenzo fel-alá járkált a nappaliban az idegességtől.

– Főnök, Marco nem veszi fel.

– A rohadt életbe!

Lorenzo felkapta az üvegasztalon lévő vázát, és teljes erőből a falhoz vágta.

– Hívj össze mindenkit, akit csak tudsz, minél előbb!

– Rendben, de az eltarthat pár napig.

– Egy napot kapsz.

Mutatóujját a levegőben tartva Davide felé fordult. – Két nap múlva Bellagióban kell lennünk. Az a szemét Valerio elrabolta Catherinát.

– Tommasónak szóljak?

– Semmiképp! Ő nem jöhet velünk!

– Mi a terv? Megtámadjuk őket, vagy mit akar Valerio?

– Az a rohadék fegyverkereskedelmet akarja átvenni tőlünk teljesen, de sem ettől, sem a lányomtól nem válok meg.

Két nappal később már Lorenzo és még vagy harminc ember úton volt Bellagióba, hogy kiszabadítsák Catherinát. Lorenzo az oda vezető úton felhívta don Carianót.

– Giorgo, szükségem van rád és az embereidre. Bellagióba tartok az embereimmel. Valerio elrabolta a lányomat. Szedj össze annyi embert, amennyit tudsz, és egy óra múlva gyere Valerio házához.

– Lorenzo, ha most ezt megteszem, közvetlen célpont leszek utána Valeriónak.

– Te ezen ne aggódj. Lehet, hogy Valerio délutánra már halott lesz.

– Rendben. Hamarosan indulok.

Ahogy Lorenzo letette a telefont, hat darab sötét, páncélozott BMW X5 hajtott be Valerio kapuin. Valerio a ház emeletéről látta az autókat. Sejtette, hogy Lorenzo nem egyedül érkezik, ezért még mielőtt kiszálltak volna az autókból, Valerio emberei már különböző fegyverekkel várták a vendégeket. Valerio kilépett a teraszra, az egyik karjával megragadta Catherinát, aki hátrakötözött kézzel állt az öreg mellett, a másik kezével pisztolyt tartott a lány halántékához.

– Lorenzo! Semmi meggondolatlanságot nem ajánlok, vagy a lányod agyvelője teríti be a kocsid szélvédőjét!

Lorenzo pulzusa már az egekben volt, de lassan és megfontoltan kiszállt a legelső autóból.

– Tedd le a fegyvert, vagy csúnya dolog következik! Tárgyalni jöttem.

– Ennyi emberrel tárgyalsz? Ne nevettess már!

– Az embereim a védelmünkre vannak. Tárgyaljunk, ha már ennyire akartad.

Valerio a pisztollyal intett, hogy bemehet a házba. Azonban a házban Lorenzo védtelen lett volna, ha teljesen egyedül megy be. Ezért biccentett a fejével Davidének és Lucának.

– Ők velem jönnek!

– Legyen – jelentette ki az öreg don.

Lorenzo az embereivel együtt bement a házba, ahol az emeleten az öreg az íróasztala mellé ültette Catherinát, továbbra is fegyvert tartva a lányra.

– Mégis, hogy gondoltad ezt az egészet, Valerio? Nem elég, hogy a békeajánlatot felrúgva felnyomsz minket a vámosoknak, most még van képed a lányommal zsarolni? – kérdezte mutatóujjával maga felé mutatva Lorenzo.

– Te sároztál be engem hamis vádakkal, most fizess érte, ahogy én tettem. Lemondasz a fegyverkereskedelemről teljesen, vagy megölöm a lányodat és téged is.

– Hátrább az agarakkal, Valerio!

Lorenzo közelebb lépett az íróasztalhoz, ahol a lánya és az öreg elhelyezkedtek.

– Úgy fest, hogy ma itt nem én fogok meghalni, ha nem hagysz fel ezzel a hülyeséggel – jelentette ki Lorenzo, miközben kényelmesen leült az egyik székbe.

– Azt hiszed, hogy az a pár tucat ember fogja eldönteni ezt a kérdést?

– Nem. Hanem az a még plusz pár tucat, aki hamarosan megérkezik.

– Miről beszélsz?

– Don Cariano is úton van ide, de nem miattad.

Valerio arcára kiült a döbbenet.

– Meglepődtél? Nos, ne aggódj, egy lépéssel mindig előtted járok. Az idő feletted már eljárt. Most pedig elenged a lányomat, ha nem szeretnél vérfürdőt. Elfogadod, hogy a fegyverkereskedelem az enyém, és hogy én vagyok a főnök.

– Blöffölsz. Sosem támogatna téged.

– Akkor nézz ki az ablakon. Ha jól hallom, már itt is van talán – mutatott kezével Lorenzo az ablak felé. Valerio kinézett az ablakon és látta, hogy valóban érkezett még három autó. Az öreg még jobban felbőszült, látván, hogy régi barátja valóban Lorenzo mellé állt. Megragadta a lányt, és ismét a fejéhez tartotta a fegyvert. – Csak akkor engedem el a lányodat, ha elhagyjátok a birtokot most azonnal!

Lorenzo a háta mögül előrántotta fegyverét és felpattant a székből. Ahogy ezt megtette, egyből fegyvert rántott Luca és Davide is, és az öreg Valerióra szegezték.

– Dobd el a fegyvert! Nem mondom többször – kiáltotta Lorenzo. Catherina arcán a könnyek szinte patakzottak abban a pillanatban. A lány megpróbálta csípőjével odébb lökni az öreg dont, de épp, hogy mozdult – ez pusztán annyit jelentett, hogy Valerio Lorenzóra szegezte a fegyvert, és rálőtt. Ahogy elsütötte a fegyvert, abban a pillanatban Lorenzo hátraesett, Luca pedig Valerióra lőtt. Catherina a falhoz futott. Valerio két embere is a szobához sietett, de mielőtt beértek volna a bejárathoz, Davide lelőtte őket. Az öreg Valeriót a vállán érte a találat, Lorenzót pedig a mellkasánál. Szerencséjére azonban nem lett komolyabb baja, mivel előrelátóan felvett egy golyóálló mellényt a kocsiban.

Valerio a földön feküdt és vérzett, azonban a fegyvert továbbra is Lorenzo felé tartotta, hogy rálőjön, de ez már nem sikerült neki. Davide a kezére lépett, amiben a fegyvert tartotta, majd elvette tőle a pisztolyt, miközben ő is és Luca is fegyvert szegeztek rá. Lorenzo nagyjából fél perc elteltével felkelt a földről, és nyögdécselve odament a földön fekvő Valerióhoz. Lorenzo széthúzta az ingét a kezével, szinte csak úgy repültek a gombok mindenfelé. Lorenzo hiába volt már 55 éves, abszolút senki nem mondta volna meg róla, annyira jó formában volt, olyan sármos volt, hogy csak a dús, sötét tincsei között lévő őszes szálakból gondolhatta volna bárki is, hogy egy idősebb férfi. Az ing alatt volt a golyóálló mellény, amit egy trikóra húzott rá. Igen szexi látvány volt Lorenzo a széthúzott ingével. Persze ő csak arra tudott gondolni, hogy nyert. Ezúttal legalábbis. Merthogy Valeriót életben hagyta. Odament az öreg donhoz, aki a földön feküdt vérző sebbel.

– Látod, megmondtam, hogy itt ma nem én halok meg – húzta mosolyra a száját Lorenzo, miközben Valerióra szegezte a fegyvert.

– Gyerünk, lőj! – üvöltötte Valerio, s lőtt sebét szorította a kezével.

Lorenzo helyeslőn hadonászott a pisztollyal. Ekkor oldalra kapta a fejét, és látta, hogy Catherina a fal mellett kuporog rémülten, némán sírva és megkötözve. – Luca! Oldozd el Catherinát és vidd ki!

Luca odasétált a lányhoz. Levette szájáról a kendőt és elvágta a kötelet, amivel a kezeit hátrakötözték.

– Apa! – kiáltott Catherina. – Menjünk inkább. Ne bántsd, kérlek...

Lorenzo akkor gondolkodott el a tényen, hogy Catherina soha nem látta még ezt az oldalát, és nem biztos, hogy ilyennek kellene látnia őt. Kis töprengés után Lorenzo kibiztosította a fegyvert, fejével biccentett Lucának, hogy vigye ki a lányt. Luca belekarolt Catherinába és az ajtó felé húzta, de még mielőtt kiléptek volna, Catherina kitépte a karját Luca szorításából és visszafordult.

– Apa! Ne tedd!

Lorenzo hátranézett, és látta, hogy a lánya sír, és reszket a félelemtől.

– Ez a szerencsenapod, Valerio. Többet ne lássalak a családom közelében, különben megöllek!

Lorenzo megfordult és a lányához ment, akit megölelt, és megpuszilta a homlokát.

– Nincs baj, Cathie, hazamegyünk.

Amikor kisétáltak az épületből, Lorenzo, Cariano és Valerio emberei még egymásra fegyvert szegezve álltak az udvaron.

– Le a fegyverekkel! Mindenki!

Először a legtöbb ember – szinte ügyet sem vetve arra, amit Lorenzo mondott – ugyanúgy állt.

– Az öreg Valerióval foglalkozzatok, különben meghal.

Ahogy Lorenzo kimondta, úgy a fegyveres emberei az épületbe siettek. Lorenzo don Cariano felé fordult.

– Örülök, hogy eljöttél – vetette oda közönyösen Lorenzo.

– Volt választásom? – kérdezett vissza a kövér don.

Lorenzo csak hümmögött és beszállt az autóba, ahogyan azt követően az emberei is, és nem sokkal később a terepjárókkal mintegy konvojban elindultak a villától hazafelé. Az út porzott, a hátrahagyott don még gondolkodott egy rövid ideig, hogy vajon bemenjen-e régi barátjához, vagy csak olaj lenne a tűzre. Kis töprengés után jobbnak látta, ha az embereivel ő is útnak indul.

Lorenzo és Catherina hazaértek. Amikor beléptek házba, Flavia Catherinához futott és megölelte, Tommaso pedig dühében apjával üvöltött, amiért az nem szólt neki az esetről. A drámai események heteken belül feledésbe merültek – legalábbis Tommaso részéről mindenképp – mert egy még ennél is felkavaróbb hírrel kellett szembesülnie.

14. fejezet

2014. szeptember 15-én délután harmadszorra is elvetélt Isabella. Ekkor már Tommaso is nagyon összetört. Isabella menthetetlenül sírt és sírt, szinte épphogy csak abbahagyta, már kezdte is újra. Tommaso odaült mellé a kanapéra.

– Menjünk el orvoshoz, hátha van valami gond, amit ki kellene vizsgálni.

– Mire gondolsz? – kérdezte Isabella hüppögve.

– Nem tudom, nincs semmi ötletem, de bármi miatt lehet. Az első vetélésedet az esés okozta, de az utóbbi kettőt nem tudjuk, és jó lenne kivizsgáltatni, én azt gondolom – mondta Tommaso kissé elcsukló hangon, miközben a kanapén magához húzta síró feleségét. – Arról nem beszélve, hogy ez nem állapot, hogy napok óta szinte semmit nem eszel, és csak sírsz. Boldognak akarlak látni.

– Jó, menjünk el orvoshoz.

– Rendben, van egy ismerősünk, kérek hozzá időpontot, ő hasonló dolgokkal foglalkozik egy magánklinikán.

– Legyen így.

Alig egy héten belül kaptak időpontot az orvoshoz, de ez idő alatt Isabella legalább 3 kg-ot fogyott. Szinte csak falatokat evett, és az egész napos sírás sem tett túl jót az állapotának. Az egyetlen dolog, ami valamelyest enyhítette a szomorúságát, Mona volt, a kis francia bulldog, aki szinte egyfajta szeretetbomba volt. A kutyus, mintha érezte volna, hogy a gazdája szomorú, mindennap, mikor sírásba kezdett, odament hozzá és rátámasztotta két mellső lábát a térdeire, hogy vegye fel. Amikor felvette, akkor pedig belekucorodott az ölébe és nyalogatta a nő kezeit, aki ettől szinte mindig, mintegy varázsütésre, elfelejtette a szomorúságát.

A magánklinika nem volt messze tőlük. Mindketten idegesek voltak, amikor leültek a doktor irodájában, akire várniuk kellett pár percet. A feszültséget megtörte, amikor a fiatal doktor belépett az irodába.

– Elnézést kérek, de egy sürgős ügy miatt nem tudtam előbb jönni.

– Semmi baj, doktor – kezdte Tommaso, miközben kezét kézfogásra nyújtotta.

– Csak Giuseppe, hiszen ezer éve ismerlek már, Tommaso.

– Ő a feleségem, Isabella.

– Nagyon örülök, Guiseppe.

– Nos, miért jöttetek hozzám?

– Van egy kis gondunk – kezdte Isabella.

– Tulajdonképpen Isabellának sajnos már volt három vetélése. Az első valószínűleg egy baleset miatt, de a másik kettőnek nem tudjuk az okát.

– Na és hány hetesen történtek meg ezek a vetélések?

– Körülbelül a hatodik és a nyolcadik hét környékén.

– Volt bármi hasonlóság a két vetélés között. Pl. előtte emeltél-e, nem is tudom, valami nehezet, vagy megerőltetted magadat sporttal stb.?

– Nem volt ilyesmi – hajtotta le kissé fejét Isabella a rövid mondat után.

– Viszont mindenképp szeretnénk tudni, mi okozza, hogy többször ne forduljon elő.

– Értem, Tommaso. Nos, azt kell tudnotok, hogy különböző vizsgálatokat elvégezhetünk, és ezt követően tudunk pontosabb megállapítást mondani nektek, hogy mi okozza ezt.

– Milyen vizsgálatokra gondolsz? – kérdezte Isabella Guiseppét.

– Például az egyszerű ultrahangos vizsgálattól elkezdve a szövettani vizsgálatig, méhtükrözés, endometriális genetikai vizsgálat... van egy úgynevezett PCT-teszt, HBA-teszt, összeférhetetlenségi vizsgálat, és az STD-vizsgálat. Nagyjából ezekre van lehetőség, de ennyi vizsgálatból ki szokott derülni a probléma oka. Leggyakrabban az okozza ezeket a vetéléseket, hogy pl. az apa vércsoportja más, mint az anyáé, így a magzatnak is lehet eltérő vércsoportja, mint az anyáé, ekkor szervezet úgy tekint a magzatra, mintha az egy káros anyag lenne, és ezért megpróbálja egy ellenanyaggal elpusztítani.

– Na és ha a vércsoportunk azonos?

– Egyelőre ezt nem tudjuk, de ha azonos, akkor mást is meg kell vizsgálni ezek mellett. Ha készen álltok, egy egyszerű vércsoportigazolási vizsgálatot akár már ma elvégezhetünk, aztán pedig adok időpontot a többire, mondjuk a hétvége felé.

– Persze, csináljuk meg, ha már itt vagyunk – mondta lelkesen Isabella.

– Akkor most annyit fogok tenni, hogy egy vércukorszintmérőhöz hasonló eszközzel megszúrom az ujjaitokat, és ez megmutatja, milyen csoportú a véretek.

A kis, kellemetlen vizsgálatot követően kiderült, hogy a vércsoportjuk azonos.

– Most már tudjuk, hogy valószínűleg nem a különböző vércsoport okozza a vetéléseidet. Pénteken egy órára gyertek vissza, és akkor elvégezzük a többi vizsgálatot.

– Rendben. Köszönjük, Giuseppe, a segítségedet.

– Köszönjk – tette hozzá Isabella is.

Amikor hazaértek, kicsit fagyos volt a hangulat, bár ők maguk sem tudták megmondani, miért. Siena dadája szakította meg a csendet a porszívóval.

– Tommaso, mi lesz, ha valami olyan derül ki, ami például nem is lehet sosem gyerekünk? – kérdezte rémült arccal Isabella, miközben a konyhasziget mellett üldögélt egy pohár vízzel a kezében.

– Nem tudom, kedvesem. Még semmit sem tudunk. De bármi történjen is, én nem hagylak el, viszont arra is gondolni kell, mi van, ha miattam nem lehet. Akkor el kell gondolkodnod azon, hogy elhagyj s megpróbáld mással, mert akkor én nem adhatok neked gyereket.

– Ne mondj ilyet! Sosem tudnálak elhagyni, Tommaso – mondta Isabella, miközben az egyik kezét férje arcára helyezte. Közelebb hajolt, majd hosszasan megcsókolta. – Szeretlek, ezen semmi nem változtathat.

Alig két nap múlva mentek a következő vizsgálatokra, de az a másfél nap nagy feszültségben telt el otthon. Sienát Isabella és a dada nevelte, tehát ők már közös gyerek nélkül is mondhatni, hogy család voltak, mégis, az utolsó vetélésénél nem tudott erre gondolni Isabella. Csak az járt a fejébe, hogy neki miért nem lehet saját gyereke a férfitól, akit a világon mindennél jobban szeret. Emésztette ez a gondolat, és bár imádta Sienát, mégis, mikor ránézett, mindig arra tudott csak gondolni, hogy az ő babája elment...

Pénteken a klinikán nagyjából két órával az érkezésüket követően minden vizsgálatot elvégeztek az orvosok. Giuseppe szerint nagyjából egy héten belül volt várható az eredmény minden tesztre. Ezt egyfelől mindketten várták, másrészről pedig mindketten aggódtak is miatta, mivel nem tudták, mire számítsanak. Szörnyen lassan teltek ezek a napok, és igen feszült hangulatban. Amikor Guiseppe hívta Tommasót, már tudták, hogy biztosan megvan az eredmény. Bementek a klinikára, és Guiseppét várták az irodájában.

– Sziasztok.

– Szia, Guiseppe.

– Nos, nincsenek túl jó híreim. Vannak olyan tesztek, amelyeket végül is feleslegesen végeztünk, mert a vérvizsgálat és az összeférhetetlenség már adott egy választ.

– Mit, Guiseppe, mondd már!

– Nézd, nem is tudom, hogy mondjam ezt nektek, de mindenekelőtt meg kell kérdeznem, hogy tudtok-e bármilyen rokoni kapcsolatról?

– Nem, semmiről sem – mondta Isabella kissé ingerülten.

– Mire gondolsz, Giuseppe? – kérdezte Tommaso bizonytalan hangon, miközben Isabella kezéhez nyúlt.

– Az eredmények alapján annyira azonos a DNS-láncotok, ami csak testvéreknél lehetséges…

– De hát mi nem vagyunk testvérek – mondta Isabella rémülten.

– Nézzétek, én azt mondom, amit a vizsgálatokból tudok. Mellesleg véleményem szerint vannak hasonló, majdnem azonos vonásaitok. Tudom, hogy ez nem segít a helyzeten, de ez a kész tény.

– Baszd meg a véleményed, Giuseppe! Mondd, mennyivel tartozom, és itt sem vagyunk!

Tommaso kifizette az orvost, és elhűlt arccal, szinte loholva indultak az autóhoz. Isabella meg akarta fogni Tommaso kezét, de az ifjú gyorsan elhúzta. Amikor beültek az autóba, Isabella nem állhatta, hogy az ezer meg ezer kérdés közül, ami a fejében kavargott, ne kérdezzen rá a vizsgálatra.

– Tommaso, szerinted ez most mégis mit jelentsen?

– Nem tudom... de ha valóban testvérek vagyunk, az oltári gáz.

– Persze, hogy az. Beszélnem kell apámmal – mondta Isabella megrökönyödve.

– Nekem meg az enyémmel.

Isabella Tommaso kezéhez nyúlt, hogy megfogja, de Tommaso elhúzta ismét, és egy puszit adott a homlokára.

Alig egy félóra múlva Isabella már az apjánál volt Taorminában, hogy megkérdezhesse, mégis hogyan lehetséges ez.

– Apa! Merre vagy? Apa! – szólongatta Isabella, mire végül válaszolt Alessandro.

– Szia, Isabella, a nappaliba gyere. Mi újság, lányom, miért jöttél?

– Kérdeznem kell valamit, és fontos, hogy most mindenképp őszintén válaszolj, ha ez eddig szóba sem került.

– Mondd, lányom, mi az, ami ilyen ingerültté tett.

– Apa, te vagy az igazi apám?

– Ez meg micsoda badarság?

– Apa, elég! Mondtam, hogy őszintén válaszolj! Tommasóval voltunk egy vizsgálaton a vetéléseim miatt, és az eredmény az orvos szerint azt jelenti, hogy mi ketten rokoni viszonyban vagyunk. Túlságosan is egyezik a DNS-ünk, de ez csak akkor lehetséges, ha nem te vagy az apám, és örökbe fogadtatok.

Alessandro szinte elhűlt a hír hallatán.

– Hogy mit mondtál? Testvérek?

– Igen, azt mondtam. Szóval ne hazudj, kérlek, mert tudnom kell az igazat.

– Az igazság az… – kezdett bele habozva Alessandro a mondandójába –, szóval az igazság az, hogy örökbe fogadtunk egy taorminai kórházból. Te még szinte csecsemő voltál, és azt mondták, a kórházból az árvaházba vittek volna, mivel az édesanyád meghalt szülés közben. Apádat meg halottnak hitték.

– Jézusom… Miért nem mondtátok el ezt eddig sohasem?

– Nem tartottuk fontosnak, mivel úgy tudtuk, hogy nem élnek az igazi szüleid. Egyszer el akartuk mondani, amikor édesanyád már haldoklott… Ő kérte, hogy mondjam el.

Alessandro szeme könnybe lábadt, miközben magyarázta a régmúlt történéseit a lányának. A kezeit tördelgette a megtört idős kis ember, miközben folytatta a történetet.

– Szóval, amikor ő meghalt, nem szerettem volna elmondani, mert attól féltem, hogy téged is elveszítelek.

Nagy csönd lett hirtelen.

– Elég! – csattant fel Isabella. – Nem gondolod, hogy erről tudnom kellett volna?

– Kedvesem, kérlek, próbálj megérteni – nyúlt a lány kezéért az öreg Alessandro, miközben potyogtak könnyei.

– Ezek szerint Lorenzo az édesapád? – kérdezte hitetlenkedve Alessandro, bár tulajdonképpen inkább saját magától, mint Isabellától.

– Jézusom, van fogalmatok arról, hogy tönkretettétek az életemet?

– Ne mondj ilyet, kérlek szépen!

– Te ne kérj tőlem semmit sem ezek után… apa, vagy akárki is legyél te.

Isabella elviharzott Taorminából haza, Messinába ahol eközben Tommaso faggatta volna az apját a múltról.

– Apa! – kiabálta mérgesen Tommaso, amikor belépett a villa ajtaján.

Lorenzo kilépett a dolgozószobából a nagy ricsajra.

– Mi a baj, fiam? Miért óbégatsz?

– Beszéljünk komolyan!

Elviharzott Lorenzo mellett a dolgozószobába, majd leült az egyik fotelbe. Lorenzo becsukta az ajtót, s Tommaso már kezdte is.

– Voltunk Isabellával vizsgálaton, hogy kiderítsük, miért vetél el folyton. Az eredmény igencsak meghökkentő volt. Tudod, mit mondott nekem Giuseppe?

– Honnan tudhatnám?

– Azt mondta nekünk, hogy Isabellával rokonok vagyunk. Helyesebben, úgy fogalmazott, hogy annyira megegyezik a DNS-szerkezetünk, hogy ilyen csak testvéreknek lehetséges...

Lorenzo meglepődve a szájához emelte a kezét.

– Nem... az lehetetlen!

Eddig csak állt az asztalnál, de a hír hallatán a megrökönyödéstől lehuppant a fotelba.

– Szóval ideje, hogy mesélj, mert ez most nagyon fontos. Tényleg lehet a testvérem?

Lorenzo felállt, és töltött magának egy whiskyt, majd ismételten leült a fotelbe teljesen hűdött tekintettel.

– Igen... lehet, hogy a testvéred.

– Hogyan?

– Nézd, az anyád, amikor terhes volt, elszökött, és mire megtaláltam, addigra kiderült, hogy ő már nem él. Viszont megszült titeket, de nem is tudtuk először, hogy ikrek vagytok. Amikor megtaláltam a kórházat, ahol szülhetett, akkor derült ki, hogy két babát hozott a világra, és hogy árvaházba kerültetek, mivel az édesanyád azt mondta az orvosoknak, hogy az apátok halott, és nincs más élő rokona.

– Mégis mi oka lett volna anyámnak ilyet tenni?

– Az lényegtelen. Úristen... bassza meg! Mikor először láttam Isabellát, már akkor is furcsállottam, hogy annyira hasonlítotok egymásra. A születésnapotok is egy napon van. A rohadt életbe, ti házasok vagytok!

Lorenzo nem tudta, hogy örüljön vagy se, hiszen hosszú évekig kerestette a lányát, s most meglett, de álmában sem gondolta volna, hogy valóban Isabella lehet, hiszen ki feltételezné egy idegenről, hogy a fia barátnője, felesége a másik gyermeke.

– Tudom, hogy azok vagyunk, bassza meg, úgyhogy inkább mesélj.

– Mikor elmentem az árvaházba, akkor már csak téged tudtalak örökbe fogadni. A lányomat... Isabellát közel tíz évig kerestem, de mivel őt már addigra örökbe fogadták, semmilyen információhoz nem jutottam, hiába is kutattam.

– Szóval ő tényleg az ikertestvérem... és az anyám miért szökött el?

– Hagyd ezt, a lényeget már tudod.

Lorenzo, ahogy ezt kimondta, lehúzta a whiskyt.

– Nem! Ha ő nem szökik el, akkor lehet, hogy most nem ebben a helyzetben lennék, hogy életem szerelme... a feleségem és a testvérem is egyszerre.

Tommaso szinte tajtékzott a dühtől; nem értette, hogy egészen eddig ez miért nem került szóba a közel harminc év alatt, míg felnőtt. Tommaso becsapta maga mögött az ajtót, és elviharzott. Azonban nem haza indult, hanem a kikötőhöz hajtott a kocsijával. Egy darabig csak ült a kocsi motorháztetőjén és nézte a tengert, gondolkodott, hogy mitévő legyen. Kis idő múlva úgy döntött, beül a Maréba, és kér magának egy whiskyt. A kültéri teraszon, pont a tenger mellett volt egy asztal, hátul a sarokban. Nem sokkal később megjelent Alberto, s mint régi barátot üdvözölte Tommasót. A fiatal férfi kissé meglepetten nézett, bár maga sem értette, miért, hiszen gondolhatta, hogy találkozik Albertóval, mivel az ő étterme, de teljesen elfeledkezett a tényről. Alberto megölelte Tommasót, aki szemmel láthatóan feszült volt.

– Mi újság, mit hozhatok neked, Tommaso?

– Egy whiskyt kérek jéggel, Alberto.

– Rendben, már hozom is.

Pár perc elteltével kivitte neki a kért whiskyt.

– Nem akarsz mesélni, hogy miért vagy ilyen feszült?

– Nézd, szívesen mesélnék, de nagyon kusza a dolog. Nehéz feldolgozni, hogy van egy húgom, akinek a létezéséről eddig nem tudtam, mert apám eltitkolta, és azt is, hogy az anyám ezek szerint mégsem balesetben halt meg, hanem szülés közben. A többit már nem is említem.

– Nem mondod, hogy ezt eltitkolta előled! Tudod, hogy miért?

– Mert állítólag a húgomat nem tudta örökbe fogadni, bár anyámmal kapcsolatosan még mindig nem tudom az igazat.

– Ha nem vagyok indiszkrét... már szerettem volna korábban is kérdezni tőled valamit.

– Mit, bátyám? Mondd nyugodtan.

– Az édesanyádat hogy hívták?

– Csak azt tudom, hogy Anna volt a keresztneve. Miért?

Alberto ismételten elsápadt.

– Nem fontos...

– De hát látom rajtad, hogy elszörnyedtél, amikor meghallottad a nevét. Te ismerted az anyámat?

Tommaso csuklón ragadta Albertót, mikor az már hátat fordított volna neki.

– Nézd, ez csúnya dolog, és nem biztos, hogy tőlem kell hallanod az igazat.

– Mondd el!

– Nézd, nem tehetem. Ismertem Annát, de nem mondhatok többet, különben az apád megöl engem. Remélem, hogy egyszer megtudod az igazat, fiam. A whiskyre a vendégem voltál.

Alberto felállt, vállára dobta a konyharuhát, és hátat fordítva az ifjúnak elsétált. Tommaso lehúzta a whiskyt, de nem tudta, mitévő legyen, semmi kedve nem volt hazamenni. Nem tudta, hogyan viselkedjen ezután azzal a nővel, akivel az életét akarta leélni. Most egyszerre minden kuszának tűnt. Az is bosszantotta, hogy az anyjáról nem tudta meg az igazat még mindig, de abban biztos volt, hogy valami szörnyű dolog történhetett, ha ennyire nem akarja senki elmondani az igazat.

Tommaso tíz perc elteltével felállt, odasétált a kocsijához és hazavezetett. Amikor belépett a házba, elöntötte egy fojtogató érzés, amit nem értett, de ő maga nem tudta, hogy ettől a perctől kezdve hogyan kezelje a kialakult helyzetet. Akit eddig a feleségeként és a szerelmeként kezelt, most testvéreként kell rágondolnia. Ettől a gondolattól egyszerűen szinte libabőrözött Tommaso. Belépve a nappaliba megpillantotta kedvesét, azaz az ikertestvérét, aki már aludt a kanapén, de szemein látszottak a sírás nyomai. Tommaso odalépett Isabellához és karjára vette, majd felsétált vele a közös hálószobájukba, ahol óvatosan letette a lányt, és ezt követően az ajtóhoz indult. Már nem gondolta, hogy jó ötlet lenne egy szobában aludniuk, ezért a földszinti szobába indult, de még mielőtt becsukta volna az ajtót, megállt egy pillanatra, és egy fájdalmas pillantást vetett egykori szerelmére. A szíve majd' belesajdult a gondolatba, hogy többé nem ölelheti őt, nem csókolhatja, és mi több, el kell válniuk, mielőtt kiderülne és botrány kerekedne az esetből. Arcán olyan szomorúság uralkodott el, hogy szemei a gondolattól könnybe lábadtak. Becsukta az ajtót és lement a földszintre, de nem tudott még aludni. Feltűrte sötétkék ingének az ujját, és leheveredett a kandalló előtti fotelba. Kis töprengést követően a hűtőhöz indult, ahonnan kivett egy üveg whiskyt, és egy pohárral visszatelepedett a kandalló előtti kényelmes fotelba. Töltött egy poháritalt magának, és a lobogó tüzet bámulva azon gondolkodott, mégis hogyan fordulhatott elő, hogy ilyen helyzetbe került. Hogy a saját vér szerinti húgát vette el feleségül, és miért lehet, hogy egész eddig nem vette észre, mennyire hasonlóak: a születésnapjuk is egy napon van, a hajszínük, a szemük színe, a vonásaik... Miért nem gondolkodott el, mikor már más odavetette, hogy milyen hasonlóak?

Magát ostorozta ezekkel a gondolatokkal, miközben a tömény ital csak fogyott pohárról pohárra. Egyszerre, mikor már úrrá lettek rajta a negatív gondolatok, felpattant a fotelból és ingerülten, nagy erővel hozzávágta a kandallóhoz a poharát. Isabella az emeleten a zajra felriadt, de utána nagy csönd lett, így szinte egyből vissza is aludt. Tommaso is megpróbált aludni, de egyáltalán nem jött álom a szemére, csak forgolódott az ágyban, majd a hosszú töprengésben egyszerre csak elaludt valamikor.

15. fejezet

Isabella felébredt, de amikor kinyitotta a szemét, Tommaso nem volt mellette. Azon töprengett, hogy akkor ez tényleg valóságos, nem csak egy rossz álom volt az egész. Lement az emeletről egy köntösben és kereste Tommasót, de a nappaliban nem volt. Megnézte a lenti vendégszobákat is, de egyikben sem találta. Elment. Isabella viszont nem tudta, hogy hova és mikor, vagy egyáltalán az éjszakát otthon töltötte-e.

Tommaso eközben már kora reggel autóba pattant, de ötlete sem volt, merre menjen. Az ügyvédi irodába nem akart bemenni, dolgozni képtelen lett volna, az apját látni sem akarta, Albertóhoz is hiába ment volna, így végül úgy döntött, hogy a kikötőbe megy és kihajózik a tengerre. A tengeren azonban ugyancsak nem lelt megnyugvást a háborgó lelke. De hogy is lelhetett volna, mikor egy szempillantás alatt kiderült, hogy egy vérfertőző házasságban élt már több mint egy éve? Tommaso nehezen, de belátta, hogy ez semmiképp sem mehet így tovább, ezért el akart válni Isabellától.

A gondolatba is belepusztult, hogy elveszíti a szerelmét, de nem tehetett mást, ha egyszer a saját testvére. Nem helyénvaló, hogy szeresse, vagy másképp érintse a jövőben, mint egy testvért. Tommaso a hajón található italkészletet igencsak megcsapolta. A tűzőn napon a sok alkohol megtette a hatását, és teljesen öntudatlan állapotba került rövidesen.

Telefonon nem volt elérhető, így amikor már majdnem egy teljes nap után senki semmit nem tudott a hollétéről és elérni sem tudták, akkor Isabella pánikba esett. Lorenzóhoz fordult, de ő sem tudott semmit, így ő már attól tartott, hogy Valerio elrabolta Tommasót is, vagy roszszabb: megölte. Lorenzo kerestetni kezdte az embereivel a fiát, akiről semmit nem tudtak. Davide a kikötőben látta Tommaso autóját. Ebből már sejtették, hogy talán nincs akkora baj, mint gondolták. Davide jelezte Lorenzónak telefonon a dolgot, aki azonban ezt az információt elhallgatta Isabella elől. Lorenzo tudta, hogy a hajóban lévő GPS alapján tudni fogják a hajó pontos hollétét, és ha a kikötőben nincs, akkor csak és kizárólag Tommaso vitte el. Lorenzo a kikötőbe ment, ahol az egyik embere egy motorcsónakkal kivitte Tommasóhoz a hajóra. Ekkora már valamelyest magához tért az alkoholmámorából az ifjú.

– Tommaso! Hogy nézel ki? – kérdezte lesújtva Lorenzo, mikor meglátta, hogy a fia szinte öntudatlanul tántorog a hajó fedélzetén.

– Apa?

– Na, ülj le, és most hallgass meg!

Tommaso egyébként sem tudott túl sok mindent csinálni az ülésen kívül, hiszen a léptei is egészen bizonytalanok voltak.

– Tommaso, nem teheted tönkre magadat egy nő miatt sem. Értetted, amit mondtam?

Tommaso csak bólintott némán.

– Isabella a testvéred. A legnagyobb titokan elváltok, mielőtt ez kiderülne. Ha bárki kérdezné, miért, akkor azt mondod, hogy a vetélések miatt megromlott a kapcsolatotok...

Tommaso csak nézett maga elé továbbra is.

– Áh, feleslegesen tépem a számat, semmit sem fogsz megjegyezni. Hazajössz velem, lezuhanyozol, alszol, és majd utána beszélünk.

Tommasónak nem is igen volt ereje tiltakozni sem, csoda, hogy nem kapott alkoholmérgezést. A hajón több különböző alkohol üres üvege hevert szanaszét. Nem egészen egy nappal később ezt a beszélgetést megismételte Lorenzo. Fontosnak tartotta, mivel az ő jó híre forgott kockán a friggyel, és azzal, ha kiderül az igazság a fogantatásukról. Tommaso feldúltan reagált az apja által felhozott dolgokra, de legbelül tudta, hogy igaza van. Hazament Isabellához, aki a hollétéről már két napja nem tudott semmit. Teljesen ki volt borulva, így amikor Tommaso a házba lépett, szinte azonnal rohant és a nyakába ugrott. Megcsókolta volna, de Tommaso megfogta Isabella két karját, amelyek a nyakát kulcsolták át, és óvatosan, de határozottan eltolta magától a nőt.

– Isabella, figyelj rám. Az, amit a napokban megtudtunk, szörnyű, de ennek itt véget kell vetnünk. El kell válnunk.

– Hogy mi? – kérdezte Isabella elnyújtva a kérdést, teljes döbbenetben.

– Mit vársz? Nem lehetünk együtt.

– De nem mi tehetünk a helyzetről, Tommaso!

– Valóban nem, de mit vársz tőlem? Te a testvérem vagy – mondta elhalkulva Tommaso. Sóhajtott egyet.

– El kell válnunk, Isabella. A házban itt maradsz, amíg gondolod, de külön szobában leszünk.

– Elválni? Tommaso!

Isabella egyik kezét Tommaso arcához nyújtotta, de testvére ismét elhúzódott a nőtől.

– Kérlek, ne tedd ezt velem! Mindennél jobban szeretlek téged.

Isabella arcán ekkor már patakokban folyt a könny.

– Két napig azt sem tudtam, hogy hol vagy, egyszer csak hazajössz, és ezt mondod nekem? Ez komoly?

– Nem tudok mást mondani. Nekem sem egyszerű ez…

Lezárva a beszélgetést Tommaso felment az emeletre. Isabella azonban kis idő elteltével követte őt, és azt látta, hogy egykori kedvese bőszen pakolja a ruháit.

– Elmész? – kérdezte Isabella kétségbeesetten.

– Nem, de a lenti szobába költözöm.

Isabella Tommaso mögé ment, és megölelte őt szorosan. Egy pillanatra Tommaso felegyenesedett, és Isabella kezére helyezte a kezét. Megszorította a lány kezét, de egy pár másodperc elteltével próbálta kibontakozni az ölelésből. Megfordult.

– Ké… – szakította meg mondatát Isabella, aki hirtelen megcsókolta Tommasót. Az ifjú korábbi ellenállásának nem volt nyoma sem abban a pár másodpercben, amíg rá nem eszmélt ismét a rideg valóságra. Abban a pillanatban ismét elhúzódott.

– Tommaso, tudom, hogy szeretsz. Kérlek, ne engem büntess azért, ami nem az én vétkem.

– Isabella, ne nehezítsd meg ezt a helyzetet. Az isten szerelmére! Te is tudod, hogy szeretlek, de nem lehetek a húgommal, akivel eddig is vérfertőző kapcsolatban éltem.

– De nem mi tehetünk arról, hogy teljesen külön nőttünk fel és később találkoztunk, szerelmesek lettünk.

– Igen ebben igazad van. Attól még te a testvérem vagy, sőt nemcsak, hogy a testvérem, hanem az ikertestvérem. Ez nem tudódhat ki soha!

– Akkor nem is fog. Ezt csak az apád tudja, és az én nevelőapám.

– Szerinted ők mégis mit szólnának, ha ezek után is a feleségemként bánnék veled?! Ezt nem gondolhatod komolyan.

207

– Én szeretlek, és veled akarok lenni továbbra is. Igen, ezeknek a tudatában is!

– Én is szeretlek, és a szívem szakad meg, de ezt befejeztük.

Tommaso ismét megszakítva a beszélgetést kiment a szobából, és a holmijával együtt a lenti szobába sietett, megszabadulva a kellemetlen kérdésektől. A következő napok hasonlóan teltek el. Isabella folyton-folyvást kérlelte Tommasót, hogy ne hagyja el. A fiatal nő pedig éjjel-nappal csak sírt, és szinte semmit nem evett. Az állapota napról napra rosszabb lett, Tommaso pedig igyekezett a lehető legkevesebb időt otthon tölteni.

Legtöbbször a borászatban töltötte az idejét, vagy a hajón. Isabella egyetlen vigasza az apró Mona volt. Azonban egyik napról a másikra a kiskutya rosszul lett, szemlátomást nem evett, nem ivott. Isabella elvitte állatorvoshoz, de mint kiderült, az állatot egy fertőzött kullancs csípte meg, és már annyira rossz állapotban volt, hogy az orvos szerint aligha lehet megmenteni. A lány a szörnyű hír hallatán már minden reményét és vigaszát elveszítette. Nem volt családja, férje... a kiskutya is rossz állapotban volt. Isabella végképp összeomlott.

Tommaso nem reagált a hívásaira, így minderről semmit sem tudott. Az események azonban nem csak Tommaso és Isabella romjai körül forogtak a napokban. Valerio is ténykedett. A legutóbbi esetet Bellagióban nem tudta megemészteni, és hajtotta a bosszú. Valerio tudta, hogy Lorenzo hol lakik, hiszen a fia korábbi eljegyzését a családi háznál tartották. Lorenzo a birtokát átlagosan 8-10 emberrel őriztette. Azonban azon a szörnyű estén a tíz őr helyett csak hat volt a birtok körül. Valerio az őrök közül már régebbről ismer párat, akikről sejtette, hogy lefizethetők. A cél az volt, hogy a strázsák többsége hagyja el a birtokot. Ez sikerült Valeriónak.

Aznap este a szokásosnál kevesebb őr maradt a birtokon, amiről Lorenzo mit sem sejtett. Késő délután volt, inkább már este, a nap is lement, amikor ők még a medence mellett borozgatva beszélgettek. Egyszerre csak Lorenzo fegyverropogást hallott, akkor felpattant a fotelból és figyelmesen figyelt, nézett szerteszét, hogy honnan jöhet a hang. Flaviát a házba küldte, azonban ő vonakodott. Aznap Luca volt a testőrség vezetője, aki – hallva a lövöldözést – egyből Lorenzóhoz sietett. Luca már messziről észrevette, hogy a hátsó udvar felől öt fegyveres közeledik feléjük, ezért megpróbált erősítést hívni, de a hívásra senki nem reagált. Lorenzo és Flavia az épületbe menekültek. Luca az udvaron próbálta lelőni a közeledő merénylőket. Az ötből kettőt sikeresen eltalált, de azt követően őt is találat érte. Luca a fehér márványpadlón feküdt vérző sebbel, míg a másik három merénylő a ház bejáratához közeledett egyre csak. Flavia a nappaliban bujkált, Lorenzo pedig magához vett még egy fegyvert. Ő a konyha bejáratából próbálta lelőni a behatoló embereket, de hiába. Gépfegyverrel lőttek Lorenzo felé. A golyók a ház milliónyi kis részénél találatot értek, de Lorenzo még élt. Azonban Flavia, mikor felé közeledett az egyik pasas, akkor felsikoltott, így észrevették.

– Kérem, ne öljenek meg! – könyörgött Flavia reszketve. Az egyik merénylő felé tartva a fegyvert meghúzta a ravaszt, és pár másodperccel később már csend volt. Ekkor Lorenzo dühödten előugrott a konyhából, a kezében lévő két pisztollyal folyamatosan lőtt a merénylőkre, de hiába: golyóálló mellény volt rajtuk. Lorenzo azonban hibázott, mert így nyílt célponttá vált a támadók számára, akik nem is haboztak lőni. Lorenzót sok találat érte. Térdre rogyott, majd elterült a padlón. A fehér márványpadlón vörös vére egyre nagyobb foltban terjedt szét. Még eszméleténél volt, amikor Valerio lépett hozzá közelebb.

– Vége van, Lorenzo. Én nyertem – mondta kaján mosollyal az arcán az öreg don.

Lorenzo körül a világ egyre jobban elsötétült, ezzel együtt melegség járta át. Valerio és az emberei gyorsan eltűntek a helyszínről, hiszen a lövöldözés messze elhallatszott, és már hallották a rendőrség szirénáit. A rendőrség. Igen, a korrupt rendőrök, akik a néhai Lorenzo zsebében voltak. A rendőrség hamarosan értesítette Tommasót a szörnyű esetről. Az ifjú, ahogy tudott, odaérkezett, de a látvány, ami fogadta, még őt is elborzasztotta. A ház romokban, a nevelőanyját a mentősök éppen próbálták még újraéleszteni a helyszínen, de már sok vért veszített, így nem tudták megmenteni az életét. Az apját már csak élettelenül látta maga előtt, ahogy két férfi éppen egy fekete zsákba helyezi bele. Tommaso reszkető kezeivel a fejéhez nyúlt. Hírtelen egy szorongató, fojtó érzés kerítette hatalmába. Térdre rogyott. A rendőrök hamarosan észrevették az ifjút, akihez odalépve megpróbáltak információt gyűjteni, de persze Tommaso semmiről sem tudott. Még ha tudta volna, mi történt, sem tudott volna válaszolni: sokkban volt a látottak nyomán. Bár már látott halottat, mégsem tudta felfogni, hogy most a két szeretett családtagját látta élettelenül heverni, vérbe fagyva. Tommaso pár órával később ért haza üveges tekintettel. Isabella a kandalló előtt ült egy plédbe tekerve, egy pohár borral a kezében. Tomassónak, ahogy meglátta Isabellát, egy kósza gondolat futott át az agyán. A konyhában töltött magának egy pohár whiskyt, amit gyakorlatilag egyből megivott, egy húzásra. Isabella leült hozzá a konyhapulthoz. Kezét Tommaso kezére rakta, a hüvelykujjával simogatta a férfi kezét.

– Mi történt, miért hívtak a rendőrök?

– Most nincs kedvem erről beszélni – mondta kedvetlenül a jóképű ifjú, akinek a zöld szemei talán még soha nem voltak ennyire mélyzöldek. Mérges volt. Nem tudta, kire, de tudta, hogy aki ezt tette, azon bosszút fog állni. Tommaso töltött magának még egy pohár whiskyt, de ezt még csak forgatta a pulton, miközben Isabella felállt a bárszékről és Tommaso arcát simogatta. Mögé állt, és a férfi vállát masszírozta.

– Isabella...

Isabella csak folytatta, mit sem törődve azzal, mit akart mondani. A nyakához hajolt, és megpuszilta.

Tomasso ismét szólt a lánynak.

– A francba, nincs erőm ehhez most!

Ahogy kimondta, megragadta a lány csuklóját és az ölébe húzta őt. Az egyik kezével az állkapcsát fogta meg a bájos nőnek, a másikkal még egy pillanatig próbált éket verni maguk közé, úgy, hogy a lány csípőjét szorította. Tommaso tudta, hogy ha a nő szemébe néz, már nem tud ellenállni a csábításnak.

– Tudod, hogy ez nem helyes...

Azonban Isabella, mit sem törődve az elhangzottakkal és a ténnyel, két kezébe vette Tommaso arcát. Lassan felemelte.

– Tudom.

Isabella megcsókolta a daliás férfit, aki onnantól kezdve semmivel sem törődve elfeledkezett arról a tényről, hogy a nő a testvére. Szenvedélyesen csókolta. Felállt, és a nővel együtt az emeletre ment. Finoman az ágyra helyezte Isabellát, aki szinte széttépte a férfi ingét. Tommaso szenvedélyesen csókolta Isabella mellét, de egy pillanatra abbahagyta. Azon gondolkodott, hogy ha ezt megteszi, hogyan lesz ezután ereje máskor nemet mondani annak a nőnek, akit mindennél jobban imád. Még mielőtt bármit is mondhatott volna, Isabella a tarkójánál megragadva húzta közelebb magához Tommasót, aki aznap magáévá tette a nőt. Másnap reggel, mikor kinyitotta a szemét, kavarogtak a fejében az elmúlt nap eseményei. Azon tűnődött, hogy miképp mondja el ezt a testvérének. Aztán egy pillanatra eszébe ötlött, hogy hiszen két testvére van, és egyik sem tudja. Isabella is ébredezett. Tommaso, ahogy ezt észrevette, próbált a szobából minél előbb kimenni, de nem tudott észrevétlenül kiosonni.

– Hova mész most, szerelmem?

Tommaso megfordult, odaült az ágy szélére a lány mellé. Megfogta a kezét.

– Isabella, bocsáss meg, kérlek. A tegnap hiba volt. Ezt nem tehetjük.

– Mi? Ezt most hogy érted? Akkor tegnap miért feküdtél le velem?

– Nézd, a rendőrök tegnap azért hívtak... – akadt el a szava egy pillanatra a férfinak –, mert valaki megölte a szüleimet – sóhajtott.

– Az apánkat.

Isabella meredten nézett csak. A szemei másodpercről másodpercre könnyesebbek lettek, noha nem azért, mert az az ember, aki a vér szerinti apja, meghalt, hanem a gondolattól, amit Tommaso érezhetett tegnap. Leginkább azonban azért sírt, mert tudta, hogy csak ezért volt az este, és valószínűleg ez volt az utolsó alkalom, hogy a

212

tegnap megtörtént. A lány némán ült, felhúzott térddel. Tommaso közben elhagyta a szobát. A lány szemeiben egyre több könny ült meg, mígnem csak folyt az arcán. Tommaso az egykori családi házhoz ment, hogy kiderítsen valamit, de persze a romok között semmit nem talált. Davidét utasította, hogy kérdezze ki don Carianót, hiszen sejtette, hogy Valerio tehette. Az apjának sok ellensége volt, de kevés merte volna megtámadni. Isabella eközben próbálta hívni többször is Tommasót, de az nem vette fel a telefont a nőnek. Isabella az elmúlt időszak történésein őrlődve ült egy ideig a konyhaszigetnél egy üveg vodka mellett.

A szörnyű gondolatok közepette próbálta elképzelni, hogy boldog lesz és túljut ezen az időszakon, de akárhányszor megpróbálta elképzelni az életét a szeretett férfi nélkül, a szíve belesajdult és még jobban sírt. Kilátástalannak érezte a helyzetet. A földszinti fürdőszobába ment. Megnyitotta a meleg vizet. A vodkásüveget vitte megával. A kád megtelt vízzel, és ő belefeküdt a meleg vízbe. Az alkohol persze még inkább a fejébe szállt. A gondolatok pedig csak még inkább kínozták. A fiatal nő nagyjából az üveg felét megitta már, amikor is egy gondolat támadt a fejében…

Egy törölközőt csavart maga köré, kiment a konyhába vizesen, papírt és tollat ragadott. Búcsúlevelet fogalmazott meg Tommasónak. A levélben megpróbálta megértetni és leírni a fájdalmát, hogy miért teszi ezt. Csak pár sor volt, de szívszorító. A nő egy kést ragadott magához a konyhából, és visszament a fürdőszobába. Mona a kis apróság követte, de nem bánta. Nem akart egyedül lenni az utolsó pillanatban. Az ajtót magára zárta. A kis apróság leült vele szembe és nyalta a lábát, Isabella egy pillanatra elmosolyodott majd felvette a kiskutyát megölelte, megpuszilta a fejét majd lerakta. Isabella a kádba feküdt, a vodkásüveget meghúzta, majd letette a földre. A jobb kezébe vette a kést, és a bal csuklójához tette a pengét. A kutya agáskodva kíváncsiskodott a kád szélénél, mintha tudná mit akar a gazdája. Nyüszögött. Isabella becsukta a szemét, és a pengét elhúzta a kezén. Fájdalmas volt, de melegséget érzett, a vér pedig kezdte egyre jobban átfesteni a kiengedett vizet.

Mindeközben viszont Siena dajkája megtalálta az asztalon heverő levelet és azonnal hívta Tommasót, aki már szinte a ház kapujában volt. Nem vette fel a telefont. A dada egyre idegesebb lett. Amikor hallotta, hogy nyílik a bejárati ajtó, egyből odarohant, és mutatta a levelet Tommasónak. A fürdőajtó zárva volt. Tommaso próbált benyitni, de hiába. Idegesen kiabálta Isabella nevét, de az nem felelt – már eszméletét vesztette az alkohol és a vérveszteség miatt. Tommaso az ajtót próbálta betörni, de csak sokadszorra sikerült neki. Akkor megpillantotta Isabellát, ahogy vérben fekszik eszméletlenül, ernyedten.

16. fejezet

Tommaso végül éppen időben érkezett: egykori kedvesét már eszméletlenül találta a vértől vöröslő vízben. Tommaso semmivel sem törődve a kádhoz sietett, és egyik lábával a kádba lépve próbálta kiemelni onnan Isabellát. Amikor sikerült, az ingét eltépve próbálta minél szorosabban megkötni a lány vérző csuklóját, hogy amíg a mentők kiérnek, ne vérezzen el. Miután megkötötte a csuklóját, egyik kezével erősen szorította a lány csuklóját, a másikkal próbálta a mentőket hívni, de a vér csak ömlött még így is. A szőnyegen, a padlón egyre nagyobb foltban látszódott. Tommaso kétségbeesetten szorongatta a lány testét, és szólongatta őt.

– Nem hagyhatsz itt te is, Isabella! Nem teheted! – mondta Tommaso kétségbeesetten, elcsukló hangon. A fiatal férfi talán még soha ilyet nem érzett. Azt a leírhatatlanul fojtogató érzést, hogy semmit sem tud tenni a szerelméért, a húgáért. Az életének homokja lassacskán kifolyik a kezei közül, és ő nézni tudja mindössze. Az ifjú Tommasó a padlón térdelt az eszméletlen, vérző Isabellával a kezében. Siena sikított a látványtól, és akkor Tommaso hátranézett. A dada dermedten állt egy pillanatig.

– Vigye ki a lányomat! – kiáltotta Tommaso. Az arca csupa könny volt. A dada kivitte a kislányt, aki elkezdett sírni a látványtól. Szinte abban a pillanatban megérkeztek a mentők is. A dada beengedte őket és mondta nekik, hogy merre menjenek, de addigra Tommaso már a karjára vette a magatehetetlen nőt, és a kiérkezők felé

215

sietett vele. A mentősök megvizsgálták a pulzusát, de már nem vert a szíve.

Tommaso ezt hallva teljesen kiborult, az addiginál is jobban ökölbe szorított kezét a szája elé tartotta. A szeméből óhatatlanul csordultak ki a könnyek. A mentősök megpróbálták újraéleszteni Isabellát. A pólóját középen elvágták egy ollóval, és defibrillátorral próbálták viszszahozni az életbe. A második áramütésre Isabella szíve újra dobogni kezdett, de már nagyon sok vért veszített, így gyorsan szorítókötést tettek a csuklójára és azonnal a kórházba indultak vele, hogy vért adjanak neki. Tommaso is velük ment a kórházba. Az oda vezető úton az egyik ápoló tett fel kérdéseket Tommasónak. A fiú teljesen dermedten válaszolt, csak többszöri szólításra. Isabella kezét szorította egész úton.

– Uram! Tudnunk kell, mi a vércsoportja. Ön tudja esetleg?

A mentős sokadszorra kérdezte meg, mire Tommaso megtörölte szemeit és válaszolt.

– Nullás a vércsoportja. Én tudok vért adni neki.

– Az ön vércsoportja is ugyanolyan?

– Igen – mondta elcsukló hangon. – Az ikertestvérem.

Amint ezt kimondta, még inkább megeredt a könny a szeméből.

Ahogy a kórházhoz értek, már siettek is a fiatal nővel az intenzív osztályra, ahova kivételesen Tommaso is bemehetett, mivel ő adhatott leghamarabb vért a nőnek. Tommaso kezébe bekötötték a branült, Isabellának pedig egy másikat, így nem közvetlen, de a leggyorsabb módon kaphatott vért. Nagyjából félóra elteltével kivették a tűt Tommaso vénájából és a lányt infúzióra kötötték, de még az intenzív osztályon maradt, mert ugyanúgy élet-halál között lebegett. Tommasónak viszont most már távoznia kellett az osztályról, azonban szinte csak erőszakkal tudták kitessékelni onnan az ifjút. Az ápolók nem is értették: olyan hevesen reagált, mintha nem a testvére lenne, hanem a szerelme. Amikor ezt egy fél szó erejéig megjegyezte az egyik ápoló, akkor Tommaso észbe kapott, és igyekezett más viselkedést mutatni. Az idő ólomlábakon járt. Tommaso a folyosón várta, hogy valami történjen, de teltek a percek, az órák, és semmi hírt nem kapott. Akkor eszébe jutott, hogy ő Sienával mit sem törődve eljött, és a kislánynak szüksége van az apjára. Ezért hazament, de mire hazaért, a kislány már aludt, a dada vigyázott rá. Persze addigra már lejárt a munkaideje, de ebben a helyzetben nem hagyhatta ott kislányt, pláne egyedül.

– Marina, köszönöm, hogy vigyázott a lányomra. Nyugodtan menjen haza.

– Damiani úr, ebben a helyzetben azt hiszem, jobb, ha maradok. Tud már valamit Isabella asszony állapotáról?

– Nem, sajnos semmit. Kapott vért tőlem, de azután kiküldtek az osztályról és nem mondanak semmit.

– Sajnálom. Tehetek valamit önért?

– Nem, köszönöm, olyat nem tud, amitől jobban lennék.

– Ez esetben én lefekszem a kislány szobájában.

– Menjen csak.

Tommaso töltött magának egy pohár whiskyt, majd a kandallóhoz ment. Nézte a tüzet, miközben az egyik kezét a párkányra támasztotta. Azon töprengett, hogyan juthattak idáig Isabellával. Miért történt ez az egész? Vajon megakadályozhatta volna, hogy bekövetkezzen? Abba bele sem mert gondolni, hogy mihez kezd, ha a lány már nem ébred fel. Még szinte fel sem fogta, hogy az apját és Flaviát elveszítette, és most talán Isabella is itt hagyja. Alig pár nap leforgása alatt annyi minden történt, hogy már lassan azt sem tudta, hol áll a feje. Az apja és a nevelőanyja meghalt, még el sem temették őket, erre itt van Isabella esete. A húga, Catherina még nem is tud semmiről. Káosz volt körülötte, ami lassan teljesen fölé tornyosult. Tommaso napok óta szinte semmit nem aludt az események miatt, így egyszerre csak elnyomta az alkohol és a fáradtság. Reggel Sienára ébredt fel, aki az ölébe mászott és ölelgetni próbálta őt. Magához szorította a kislányt, aztán pár perccel később lezuhanyozott és a kórházba indult. Isabella azonban már nem volt az intenzív osztályon. Egy másik kórteremben helyezték el, és bár nem volt tudatánál a fiatal nő, már mégsem élet-halál között volt. Tommaso már ennek is rendkívül örült.

Isabella két nappal később magához tért, és az orvosok úgy döntöttek, egy-két napon belül hazaengedik. Amikor magához tért, Tommaso ott volt mellette és fogta a kezét.

– Te hogyhogy itt vagy? – kérdezte meglepetten Isabella.

– Itt vagyok, mert fontos vagy nekem, és majdnem elveszítettelek. Hogy lehettél ilyen buta, hogy ezt csináld?

– Tommaso, fejezd be, kérlek! Nem tudod, mit élek át…

– De tudom… ugyanazt éled át, amit én. Ezt nálam jobban aligha értheti meg más. Nem veszíthetlek el téged is.

Miközben Tommaso kimondta ezt a mondatot, az ágyon fekvő Isabella fölé hajolt, és egy puszit adott a homlokára. – Te vagy a legfontosabb ebben az életben, de most meg kell erősödnöd.

– Ez most mit jelentsen?

– Mindent megbeszélünk később, de most, hogy felébredtél, el kell intéznem valamit.

– Tommaso, tudom, mire gondolsz, de kérlek, ne menj!

Isabella Tommaso keze után nyúlt.

– Hagyjunk itt mindent, és költözzünk egy távoli helyre Sienával. Nem szenvedtünk még eleget mások miatt?

– Isabella, értsd meg, kérlek! Ez már nem arról szól, hogy elvették egy óvodás gyerek játékát. Az apánkat és Fabianát megölték… de bosszút állok értük.

Tommaso még egyszer megpuszilta Isabellát, és kisétált a kórházból. Felhívta Davidét.

– Igen?

– Mindenkit, akit csak tudsz, hívj össze, és Cariano sem bújhat ki ez alól. Nyomatékosítsd benne, ha nem lenne egyértelmű!

– Tommaso, biztosan ezt akarod?

– Igen. Gyere a házamhoz félóra múlva!

– Ott leszek.

Tommaso, mielőtt még hazaindult volna, tett egy kitérőt néhai apja házához, ami most inkább egy romhalmazra emlékeztette, mint egy családi otthonra: mindenhol golyónyomok, festménydarabok, törött üvegek, vérfolt egy csomó helyen… Borzalmas látvány volt ez az ifjú számára. Itt nőtt fel. A torkában gombóc volt, ahogy szétnézett a házba lépve. Tommaso ki akarta venni a pisztolyát az apja széfjéből, de nem találta.

– A francba! – üvöltötte, és becsapta a széf ajtaját, ami már eleve tárva-nyitva volt. Ezt követően kocsiba ült, és ahogy csak tudott, a házhoz sietett. Persze nem azért, mert annyira sürgős lett volna, hanem, mert azt érezte, felrobban a dühtől abban a pillanatban. Davide már ott várta, mire ő odaért.

– Hány embert tudunk vinni?

– Ha most azonnal indulunk, akkor körülbelül tíz-tizenöt, plusz Cariano még tíz emberrel tud jönni.

– Jó – mondta Tommaso, miközben haladt a ház belseje felé. –Elköszönök Sienától, és szólok Marinának, hogy maradjon vele. Davide! Két ember maradjon itt, és legyen egy Isabellával is a kórházban.

– Értettem.

Tommaso leguggolt Sienához. A kislány épphogy talán a magas férfi térdéig érhetett. Tommaso megölelte a kislányt. A combjára vette, miközben elbúcsúzott tőle.

– Siena, kincsem. Apu elmegy pár napra, addig Marina vigyáz rád. Apa siet haza hozzád, jó?

A kislány még éppen hogy csak tudott beszélni, alig érthetően motyogott valamit. Tommaso megpuszilta, és Marina kezébe adta a gyermeket.

Tommaso fekete öltönyt és inget viselt, teljesen úgy nézett ki, mint egy vérbeli maffiózó. Már nyoma sem volt az egykori ártatlan ügyvédnek. Három páncélozott autóval Bellagióba indultak Valerióhoz, hogy végre leszámoljon azzal, aki lemészárolta a családját, bár – tekintve az emberek létszámát – inkább kivégzésre készült. A páncélozott BMW-kkel útnak indultak. Útközben don Cariano is csatlakozott. Valerio nem számított az érkezésükre, így felkészülni sem tudott különösebben, hiszen soha nem gondolta, hogy Tommaso bármikor is fenyegetést jelenthet rá. Másnap Tommaso és az emberei odaértek Valerio birtokához.

Valerio reggel egyszerre csak arra eszmélt, hogy váratlanul behajtott legalább hat autó a birtokára. Ahogy megálltak, hirtelen kinyitották az ajtókat, de a házat őrző emberek rögtön tüzet nyitottak rájuk. Szerencsére a golyóálló ajtókon nem hatolt át a lövedék. Valerio a lövöldözést hallva egy pillanatra kinézett az erkélyre, de aztán el is tűnt. Tommaso és Cariano emberei is megindultak. Amikor Valerio emberei látszólag kifogytak a lőszerből, akkor részben gépfegyverrel, részben pisztollyal kezdtek el lőni. Alig négy őr volt a főbejáratnál, azonban a birtokon még ezen kívül talán tíz. Amint a kinti őrök meghaltak, Tommaso elindult a ház bejárata felé Davidével és Lucával maga mögött.

A házban váratlanul egy fickó két lövést adott le Tommasóra, aki meghátrált. Az egyik lövedék a karját súrolta, a másik a hasát érte volna, de golyóálló mellény volt az ing alatt. Davide rálőtt a pférfira, aki a lépcső tetejéről lőtt rá az ifjú Tommasóra. Tommaso, ügyet sem vetve a karján lévő sérülésre, haladt felfelé a lépcsőn elszántan. Az emberei egy része követte, kettő pedig előtte haladt, védve őt. Közben ismét feléjük lőtt egy ember a folyosó bal oldaláról. Tommaso kétszer viszonozta; az egyik lövése lábon találta a fickót. Közeledve felé, azt hitte volna az ember, megkíméli, de amint odaért a földön fekvő mellé, vetetett egy pillantást rá.

– Kérlek, ne lő...

Egy pisztoly hangja hallatszódott ekkor, félbeszakítva a kérlelő mondatot. Tommaso meghúzta a jobb kezében lévő pisztoly ravaszát, hidegvérrel fejbe lőve a földön fekvőt. A vér Tommaso nyakáig fröccsent, de nem érdekelte, csak az, hogy megölhesse az embert, aki végzett az apjával. Valerio szobájához érve Luca berúgta az ajtót. Az idős maffiafőnök és még másik két embere ott állt vele szemben. Luca a férfi mellkasára célzott. Valerio térdre rogyott, így csak a vállát találta el Luca. A másik két ember többször is Lucára lőtt abban a pillanatban, aki ettől hátraesett. Mögüle előrelépve azonban Tommaso folyamatos löréseket adott le, a két fickót célozva, Davide pedig a szobába érkező pasast lőtte le. A többi emberük eközben folyamatosan hatolt be a házba, és kegyetlenül végeztek Valerio embereivel. Bár Tommaso is vesztett embert, mégis fölényben voltak.

Tommaso lelőtte az egyik bent lévő martalócot, mire Valerio ismét felállt és gondolkodás nélkül lövöldözött, hol Davidét, hol Tommasót célozva. Davidét csak a mellénynél érte találat, azonban Valeriót a karján és az oldalánál. Ekkor az öreg don térdre rogyott, a fegyvert azonban még így is megpróbálta felemelni és Tommasóra szegezni. Tommaso lassan közeledett az öreg don felé, aki már szinte félájultan térdelt, vérző sebekkel, de még tudatánál volt ennek ellenére.

– Látod-látod, Valerio... Ezt a helyzetet te okoztad – mondta Tommaso kissé pökhendin, miközben a kezében lévő fegyverrel hadonászott.

– Rohadj meg, te kis féreg! – vetette oda Valerio, miközben már vér bugyogott a szájából is. – Apád megölte a fiamat miattad, aztán meg velem akart szórakozni. Mit gondoltatok, hogy csak úgy hagyom az egészet? Bár, ha jobban belegondolok, téged kellett volna megölnöm. Fiút fiúért, nemde? – mondta nehézkesen a don.

– A fiad majdnem megölt engem. Te is tudod, hogy mivel ő lőtt rám, így jogos volt apám tette. Te viszont kegyetlenül lemészároltad apámat és a nevelőanyámat...

– Anyádat nem szándékosan. Ő csak járulékos veszteség volt a játékban.

– Járulékos veszteség? – kérdezte ingerülten Tommaso, miközben kibiztosította a fegyvert. – Járulékos veszteség? – kérdezte ismét szinte üvöltve, teljesen kikelve magából.

– Tudod mit, Valerio? Én nem az apám vagyok, hogy elkövessem azt a hibát, miszerint életben hagylak.

Tommaso lassan felemelte a kezét, amiben a pisztolyt tartotta, és Valerio fejéhez emelte. – Akarsz valamit még mondani?

– Dögölj meg!

Valerio felemelte a kezét, és még mielőtt Tommaso lőhetett volna, elsütötte a fegyvert. Egy pillanattal később azonban Tommaso is meghúzta a ravaszt. Valerio a padlóra terült, de egy pillanattal később Tommaso is a földre rogyott: Valerio Tommasso combjába lőtt, és ezáltal beterítette az ifjú lábából fröccsenő vér, az ő vére pedig Tommasóra fröccsent. Azonban mivel Valerio előbb lőtt, így nem tudta fejbe lőni az ifjú, csak a kulcscsontjánál találta el. Tommaso összerogyott, és a lábából ömleni kezdett a vér. Valerio hanyatt vágódott, de még nem halt meg. Miközben Davide odarohant Tommasóhoz, hogy elláthassa valamelyest, Valerio a földön fekve megemelte a jobb kezét és megpróbált még egyszer lőni, de ekkor Luca bebicegett a szobába, és végül, mielőtt a don elsüthette volna a fegyvert, a fejére célozva kétszer egymás után meghúzta a ravaszt. Davide hátranézett, ekkor látta, hogy Luca is összeesett. Ugyan komolyabb sérülést nem szenvedett el, hiszen volt rajta mellény, de a karját és a lábát neki is több helyen meglőtték. Davide azonban most nem foglalkozhatott mással, csak Tommasóval. Davide kivette nadrágjából az övet, és amilyen szorosan csak tudta, a seb fölött megkötötte. Mentőt nem hívhattak a helyszínre, ezért Davide segítségével megpróbáltak minél előbb lejutni az emeletről az autóig. Tommaso a kocsiig nehezen elbicegett, homloka verejtékes volt, mivel már eddig is sok vért veszített. Nehezen beszállt az autóba, nyelt egy nagyot, már kába volt, de még nem ájult el. Davide sietett a legközelebbi kórházhoz, de az

egyórás útra volt tőlük. Mielőtt odaértek volna, Tomma-
so a kocsi hátsó ülésén elájult.

– Tommaso! Tommaso, tarts ki, mindjárt ott vagyunk!
Tommaso, ne csukd be a szemed!

Mindeközben Bellagióban don Cariano Lucának pa-
polt arról, hogy mi lenne a helyes.

– Az élet rendje akkor állna helyre, ha Tommaso is meg-
halna, hiszen évekkel ezelőtt eredendően ő okozta a bajt.

– Kussolj! – szólította fel Luca.

Davide odaért a kórházhoz, és gyorsan segítségért
szaladt. Az ápolók közül ketten odasiettek a bejáratnál
álló autóhoz, és igyekeztek minél gyorsabban és óvato-
sabban hordágyra fektetni és bevinni az ifjút.

– Mi a vércsoportja a fiatalembernek? – kérdezte az
egyik férfi, mire Davide rémülten, idegesen válaszolt. –
Gőzöm sincs róla.

– Ez nem segít...

– Akkor gyorsan vegyen tőle mintát! – mondta a má-
sik ápolónak.

Azonban Tommaso vércsoportja ritka volt, nem min-
den kórház tartott ilyen típusú vért. Szerencsére ebben
a kórházban pont volt két tasak nullás vér, ami elegendő
volt Tommaso számára. A sebet ellátták, stabilizálták
az állapotát, de mivel sok vért veszített, ezért pár napig
ott kellett maradnia, amíg felépült annyira, hogy lábra
álljon. Az orvos, amikor kijött az intenzív osztálytól, el-
mondta Davidének, hogy a fiatalember, akit behozott,
milyen állapotban van. Ennek a testőr nagyon megörült,
hiszen barátként szerette Tommasót. Isabellát Davide
értesítette arról, hogy férjével mi történt.

A telefon megcsörrent, amikor Isabella otthon me-
rengett a kanapén.

– Isabella! Davide vagyok. Valamit el kell mondanom neked, de ne ijedj meg.

– Davide! Szerinted, ha így kezded a mondatot, hogy „ne ijedj meg", akkor nem stresszelem magam? – kérdezte fennhangon Isabella.

– Jogos. Figyelj. Tommasót meglőtték, kórházban van, de már stabilizálták az állapotát.

– Micsoda? Ezt csak így mondod? Azonnal rohanok hozzá. Küldd el SMS-ben a kórház címét!

Isabella, ahogy meghallotta a hírt, sírni kezdett, de Davide próbálta megnyugtatni, hogy párja már túl van az életveszélyen. Isabella viszont hajthatatlanul csak azt kérte Davidétól, hogy valaki vigye őt Tommasóhoz a kórházba. Davide nem tett eleget Isabella kérésének, mivel tudta, hogy két-három nap, és kiengedik a kórházból. Felesleges lett volna ott aggódnia mellette. Azon a napon, amikor Tommasót kiengedték a kórházból, még kissé nehézkesen, mankóval bicegett Davidére támaszkodva, de a sérülése ellenére egyfajta megkönnyebbülést érzett magában. Nyugodt volt, bár az élete mondhatni fenekestől felfordult. Most a legnagyobb problémája az volt, hogy a szülei temetését intézze, és hogy miképp mondja el a húgának a történteket. Tommaso telefonon megkérte a lányt, hogy jöjjön haza, amint tud. Catherina egy nap múlva már Messinában volt. A reptéren Tommaso várta, Lorenzo és Flavia sehol sem voltak. Furcsállotta is a lány, azt pedig még inkább, hogy nem a szülői házhoz vitte haza a bátyja, hanem a saját otthonához. Amikor megérkeztek, Tommaso nehézkesen kezdett bele a mondandójába. Amikor elmesélte Catherinának, hogy a szüleik már nem élnek, a lány értetlenkedve nézett. Nem értette, hogyan történhetett.

– Tommaso! Te most miről beszélsz? Mi az, hogy meghaltak?

– Cat, nézd – a kezét a lány vállára helyezte –, lelőtték őket pár napja.

– Hé! Elég legyen, ne viccelj ilyennel, Tommaso! Vigyél át engem a szüleink házához!

– Cat, nem mehetsz át.

Davide kint állt a teraszon, amikor Catherina megragadta a zakóját és sírva kérlelte, hogy vigye el a szülei házához. – Nézd, Catherina, nem vihetlek oda téged. Értsd meg, kérlek.

– Mi? Mi az, hogy nem? A saját szememmel akarom látni a dolgokat.

Tommaso kiment a lány után. Megfogta a húga vállát, lehajtotta a fejét egy pillanatra, majd a lány szemébe nézve azt mondta:

– Ilyennel soha nem viccelnék.

Húga teljesen kiborult. Akkor értette meg igazán, hogy tényleg meghaltak a szülei.

A délutánt végig az egyik szobába zárkózva töltötte. Isabella és Tommaso még nem ültek le egymással beszélni, mióta mindkettő hazatért a kórházból, de mindenképp meg szerették volna várni a temetést. Catherina semmiről sem tudott, ami kettejüket érintette, így gyakorlatilag már csak Alessandro, Isabella nevelőapukája volt az egyetlen élő ember, aki tudott az ő testvéri kapcsolatukról. A temetés időpontja délután négyre volt kitűzve, azonban Tommaso még feltétlen szeretett volna elintézni valamit előtte. Autóba ült, és a kikötőhöz tartott. Albertót kereste a Maréban. Alberto éppen a kinti teraszon volt és egy asztalt törölgetett, amikor egy mély, férfias hang szólította meg.

– Üdv, bátyám!

- Tommaso? –kérdezte Alberto, miközben megfordult. - Már meg sem ismerlek. Mi ez a fekete öltöny, ing?

- Részben pont erről akartam veled beszélni. Az apám meghalt, nagyjából egy hete. Most szeretném, ha elmondanád az anyámmal kapcsolatos dolgokat, amelyeket korábban nem meséltél el.

- Sajnálom az apádat.

Ez nem volt a legőszintébb mondat Albertótól, de a fiút mégsem sérthette meg azzal, hogy a szemébe mondja, hogy örül a hírnek, és az apja megérdemelte.

- Nézd, Tommaso, elmondom neked, de tudnod kell, hogy nem lesz ínyedre, amit hallani fogsz. Biztosan akarod tudni az apád sötét titkát?

- Azért jöttem, hogy végre tisztán lássak. Napokon belül elutazom, és itt hagyom ezt az egészet, de addig nem tudok továbblépni, míg vannak kérdőjelek bennem.

- Megértelek. Nos, én azt tudom elmondani, amit magam tudok. Anna az unokahúgom volt. Anna Guerrának hívták. Az öcsém egy spanyol nőt vett el, bár a Guerra vezetéknévből azt hinnéd, ő a spanyol, de nem. Anna, az édesanyád, 1983-ban érkezett Messinába, hogy nálunk dolgozzon az étteremben. A családja Ferrarában élt. Anna szép lány volt, megtetszett az apádnak... Amennyire tudom, különböző összegű ajánlatokat tett neki, hogy feküdjön le vele, de ő nemet mondott.

- Apámnak honnan volt akkor pénze ilyesmire?

- Alapvetően a borászatot hagyta rá a nagyapád, aki, isten nyugosztalja, nagyon jó ember volt. Utána apád egy szállodát épített, vagy valami ilyesmi. Ezt a részét nem tudom annyira.

- Értem, de mi történt anyámmal?

- Lorenzo megerőszakolta...

Tommaso teljesen elképedt a hír hallatán.

– Aztán Annáról kiderült, hogy terhes, Lorenzo pedig a birtokra vitte, és ott fogságban tartotta. Többé mi már nem kaptunk róla hírt. Tommaso! Jól vagy? – kérdezte Alberto a továbbra is üveges tekintettel ülő ifjútól. – Várj, hozok neked egy pohár vizet.

A sötét titok persze lesújtotta Tommasót, de kénytelen volt felocsúdni a rossz hírekből, hiszen hamarosan az apja temetésére kellett menni. Mire Alberto visszaért, addigra Tommaso távozott. Beült a kocsiba, és nagy gázzal elhajtott a kikötőből. A tudomására jutott titkon részben nem is lepődött meg, hiszen tudta, hogy az apja nem feddhetetlen, szent ember. Ettől függetlenül még így is megrökönyödött, mert jól ismerte az apját, tudta, mire képes, de ez az információ még az ő gyomrát is megülte.

Útban a temetőhöz Tommaso szinte teljesen öntudatlanul vezetett, csak merengett üveges tekintettel. A fejében ezer kérdés és gondolat kavargott, amire már sosem kap választ. Amikor leparkolt az autóval, azon tűnődött, vajon hogyan ért oda. Nem mintha nem tudta volna, hogy vezet, de annyira belemerült a gondolataiba, hogy szinte felidézni sem tudta, melyik úton érkezett a temetőig. Még éppen időben érkezett: a szertartás alig tíz perc múlva kezdődött.

Lorenzo és Flavia Damiani temetésére rengeteg ember érkezett. Mindketten ismert családból származtak, így természetes volt, hogy sokan várakoztak a temetőben, mire Tommaso is odaérkezett. Catherina és Isabella egymás mellett álltak, átkarolva egymást. Isabella akkor először gondolkodott el azon a tényen, hogy valójában Catherina az ő kishúga is. Catherina Isabella vállához borulva sírt rendületlenül, amikor Tommaso lépett mögé, és átkarolta a két nőt. A temetés Catherina és Tommaso számára kimondottan hosszúnak tűnt, valójában viszont alig volt félóra az egész, de az azt követő részvétnyilvánítást már alig bírták elviselni. A sok sajnálkozó, szánakozó ember, akik talán életükben ha egyszer beszéltek valamelyik szülőjükkel… De persze ez nem csak erről szólt – legalábbis Tommaso számára nem. Voltaképpen ő sosem akart Lorenzo nyomdokaiba lépni, azonban ez a sok ember azért volt ott, mert az ő szemükben így ő lett az új don. Erre később Luca és Davide hívta fel a figyelmét, Tommaso pedig erre ügyet sem vetve próbált túlélni. Belefeledkezni a káoszba, ami őt körülveszi.

Gondolta magában, hogy minden vihar elül egyszer, és az ő háborgó lelke is megnyugvásra lel hamarosan, mert megérdemli. A temetést követő pár napban Catherina hosszasan töprengett a közelmúlt szomorú eseményein. Nem értette, hogy történhetett ilyen az ő családjában, de persze ő mit sem sejtve élte a napjait anélkül, hogy tudomása lett volna az édesapja piszkos kis ügyleteiről. Tommasót gyakran kérdezgette az azt követő napokban, ám mindig falakba ütközött. Fivére eldöntötte, hogy nem mondja el Catherinának a való igazat. Azt gondolta, így megvédheti a húgát az apja haragosaitól. Catherina, elunva a mindennapos komor hangulatot, már nem tudta, mihez kezdjen ezek után, visszatérjen-e Milánóba vagy maradjon a testvérével. Catherina az utolsó reggelen, amikor még Milánóban tartózkodott, megpróbált beszélni a testvérével.

– Bátyó! Tudom, nem szeretnél beszélni arról, ami történt, vagy arról, hogy miért történt, de szeretném egyszer megtudni az igazat. Kérlek!

Tommaso sóhajtott egyet.

– Ah, Catherina! Miért firtatnál egy ilyen csúnya ügyet?

– Mert a szüleim egyik napról a másikra haltak meg – szorította ökölbe a kezét az ölében. – Fárasztó ezen agyalnom, hogy nem tudom, miért volt, vagy azt, hogy kik voltak akkor valójában, és miért nem tudok semmit...

– A húgom vagy, mindig is vigyázni fogok rád, de vannak dolgok, amikről jobb, ha nem tudsz. Hidd el nekem.

Tommaso a mondat végén felállt, odament a húgához, aki az asztalnál ült, és megpuszilta az arcát. Továbbindult volna a teraszról a ház bejárata felé, amikor Catherina még megszólította.

– Bátyám. Isabella tudja a részleteket, igaz? Emiatt van köztetek mosolyszünet?

– Cat...

– Válaszolj!

– Nem! Nem emiatt... Isabellával más a helyzet jelenleg.

– Mi történt? Elmondod?

– Ez végképp nem rád tartozik!

Tommaso dühösen robogott be a házba. Igazából még mindig nem tudta, hogyan is álljon Isabellához, aki a felesége, szereti, de ennek ellenére sem kerülheti el a tényt, hogy a testvére is egyben.

Catherina alig egy hét múlva úgy döntött, hogy végül visszatér Milánóba a divatszakmához, amit tanult. Amikor ezt a döntését közölte Tommasóval, szinte látványosan látszódott az ifjún, hogy megnyugodott. Mintha egy kő esett volna le a szívéről. Isabella, bár már ismerte egy ideje Lorenzót, mégsem tudta apjaként szeretni, hiszen éppen hogy kiderült ez a dolog, már el is veszítette. Az ő számára ez nem volt olyan jelentős veszteség, mint az, hogy Tommaso a válást fontolgatta.

Egy kora délután, amikor Isabella ezzel kapcsolatban győzködte Tommasót, szinte teljesen kizártnak tűnt, hogy ők még boldogan élhetnek együtt, mint pár. Ez lett volna a normális, de ezt ő legbelül nem tudta elkönyvelni sosem.

Ahogy telt az idő, úgy tűnt, szép lassacskán minden elrendeződik, és az élet a drámák sorozata után visszatérhet a normális kerékvágásba. De valóban visszatérhet ennyi szörnyűség után, ennyi titok és hazugság, ennyi véres esemény után? Ki tudja? Jelenleg úgy tűnik, hogy ez a béke megmarad, de vajon mennyire törékeny?

„Most, három hónappal később, Koh Samui szigetén béke és nyugalom, a csodálatos azúrszínű víz, pálmafák, az élénken zöldellő kis szigetek vesznek körül, miközben lassan a végére érek a drámai történetem elmesélésének…"

2015. január 08.

HERZ FÜR AUTOREN A HEART FOR AUTHORS À L'ÉCOUTE DES AUTEURS MIA KA
HJÄRTA FÖR FÖRFATTARE UN CORAZÓN POR LOS AUTORES YAZARLARIMIZA GÖNÜ
CUORE PER AUTORI ET HJERTE FOR FORFATTERE EEN HART VOOR SCHRIJVERS TE
SZERZŐINKÉRT SERCE DLA AUTORÓW EIN HERZ FÜR AUTOREN A HEART FOR AUTH
BCEЙ ДУШОЙ К АВТОРАМ ETT HJÄRTA FÖR FÖRFATTARE À LA ESCUCHA
KΑΡΔΙΆ ΓΙΑ ΣΥΓΓΡΑΦΕΙΣ UN CUORE PER AUTORI ET HJERTE FOR FORF
KET SZERZŐINKÉRT SERCE DLA AUTORÓW
NO CORAÇÃO BCEЙ ДУШОЙ К АВТОРАМ E

A szerző

Juhász Klaudia Veszprémben született, és már számos kapcsolati nehézséggel küzdött meg. Életében a legérdekesebb és legrosszabb helyzetekbe ezek miatt a kapcsolatok miatt került. Sokat tanult ezekből, egyben átértékelte az életét. Két kézirat is született a tapasztalatok nyomán. Dolgozik, mint minden felnőtt ember, és számos elfoglaltsága akad – pl. a festés, a lakberendezői tanulmányai befejezése –, de az életfilozófiája, hogy az ember csak úgy juthat előrébb, ha azzal foglalkozik, ami boldoggá teszi. Ha nem is mindig kifizető, de szorgalmasan dolgozik önmagán és a körülményein, akkor gyakorlatilag bármi elérhető az életben.

A kiadó

Aki feladja,
hogy jobbá váljon,
feladta,
hogy jobb legyen!

E mottó alapján a novum publishing kiadó célja az új kéziratok felkutatása, megjelentetése, és szerzőik hosszútávú segítése. Az 1997-ben alapított, többszörösen kitüntetett kiadó az egyik legjelentősebb, újdonsült szerzőkre specializálódott kiadónak számít többek között Ausztriában, Németországban és Svájcban.

Valamennyi új kézirat rövid időn belül egy ingyenes, kötelezettségek nélküli kiadói véleményezésen esik át.

További információkat a kiadóról és a könyvekről az alábbi oldalon talál:

www.novumpublishing.hu